Tödlicher Kohldampf

Helga Bürster, Jahrgang 1961, ist in der Nähe von Oldenburg geboren und lebt heute wieder mitten im Grünkohlland. Mit »Das Kohl & Pinkel Buch« schrieb sie das Standardwerk zum Grünkohl.

Dieses Buch ist ein Roman. Handlungen und Personen sind frei erfunden. Ähnlichkeiten mit lebenden oder toten Personen sind nicht gewollt und rein zufällig.

HELGA BÜRSTER

Tödlicher Kohldampf

KRIMINALROMAN

emons:

Bibliografische Information der Deutschen Nationalbibliothek
Die Deutsche Nationalbibliothek verzeichnet diese Publikation in der Deutschen Nationalbibliografie; detaillierte bibliografische Daten sind im Internet über http://dnb.d-nb.de abrufbar.

FSC
www.fsc.org
MIX
Papier aus verantwortungsvollen Quellen
FSC® C083411

Umschlagmotiv: fotolia.com/Marek
Umschlaggestaltung: Nina Schäfer
Gestaltung Innenteil: César Satz & Grafik GmbH, Köln
Lektorat: Saskia Römer
Druck und Bindung: CPI – Clausen & Bosse, Leck
Printed in Germany 2017
ISBN 978-3-95451-987-3
Originalausgabe

Gewidmet Hinnerk Ahlers,
genannt Hasen-Ahlers, Wilddieb und Geschichtenerzähler
aus dem Stüher Forst

Is de Buuk vull, kann de Mors ook hoochdüütsch schnacken.

Niederdeutscher Trinkspruch

Prolog

»Das Wann-dann ist des Mül-lers Lust, das Waa-han-dann!«

Heinrich Jesco schmetterte das Lied in die frische Frühlingsluft. Forschen Schrittes wahanderte er über die heimatliche Heide. Ihm folgten dreiundfünfzig schwitzende, vor Anstrengung keuchende Schüler. Es war Mai, die Bäume schlugen aus, und somit war Wandertag an der Dorfschule in Larum an der Hunte. Das Ziel blieb immer gleich: die berühmten Larumer Steingräber, Zeugen einer großen und längst untergegangenen Zeit, die dennoch deutliche Spuren in dem kleinen Heidedorf hinterlassen hatte. Darauf durften die Larumer stolz sein, und genau deshalb wanderte Oberstudienrat Heinrich Jesco, der sich eigentlich zu Höherem berufen fühlte, mit seiner Klasse alljährlich hierher.

Wie immer erzählte er auch dieses Jahr von dem Gelehrten Johan Picard, der es in einer wissenschaftlichen Abhandlung von sechzehnhundertpiependeckel als erwiesen angesehen hatte, dass Riesen aus dem Norden die gigantischen Findlinge vor Urzeiten nach Larum geschleppt hatten, um hier tote Artgenossen zu begraben. Daher komme auch der Ausdruck »Hünengrab«, eben weil hier Hünen begraben lägen. Bei den Schülern blieb nur »Hühnergrab« hängen, worüber sie sich kichernd amüsierten, während Jesco die erbauliche Sage von der versteinerten Hochzeitsgesellschaft vortrug. Sie handelte von einem hartherzigen Bauern, der seine Tochter partout an einen reichen Grobian verheiraten wollte, denn: »Geld gehört zu Geld.« In seiner Not bat das Mädchen Gott, sie lieber in Stein zu verwandeln, was der Allmächtige erhörte und tabula rasa die ganze Hochzeitsgesellschaft versteinerte.

So weit der Ablauf des Wandertags, der stets der gleiche war, bis zu jenem legendären Jahr 1890, ein Datum, das Larum noch hundertfünfzig Jahre später beschäftigen sollte. An diesem Tag nämlich fand Jescos Vortrag ein unerwartetes Ende. Kurz vor Schluss schrie ausgerechnet der kleine Dirk Dirksen, Sohn ärmlicher Heuerleute, vom anderen Ende des Steingrabes: »Ich hab einen Riesenknochen gefunden!«

Jesco, ärgerlich, weil der Bankert ihm seinen Auftritt versaut hatte, schnauzte ihn an, er solle die Klappe halten, sonst gäbe es eins hintendrauf. Aber das war Dirk egal. Er schaufelte eifrig zwischen zwei Steinen Erde mit den Händen weg, sodass die Krumen nur so flogen. Die Schüler stolperten alle einen Schritt beiseite, als Jesco durch sie hindurchpflügte. Er war jetzt nicht nur sauer, sondern wahrlich ungehalten ob dieses ungebührlichen Betragens. Dirk buddelte indessen unbeeindruckt weiter. Kurz bevor der Lehrer ihn am Ohr zu fassen bekam, sprang er auf, rief: »Ick hebb't!«, und hielt die untere Hälfte eines riesigen Kieferknochens in die Höhe, in dem noch vereinzelt Zähne von beeindruckender Größe steckten. »Dat sind de Teen vun een Hünen!«, rief er aufgeregt.

Jesco, die Hand schon zur Ohrfeige erhoben, ließ sie wieder sinken und blickte verblüfft auf den Fund. Die Schüler kicherten. »Dat is doch man blots een oolen Eberknaaken!«

Man muss dazusagen: Die Schüler zu Bismarcks Zeiten kannten sich in der Anatomie von Schlachtvieh aus. Die meisten kamen von einem Bauernhof, wo selbstverständlich in jedem Winter eines oder mehrere Hausschweine geschlachtet wurden. Hin und wieder kam es vor, dass ein Kieferknochen, oder besser die Hälfte des Unterkiefers, ausgekocht wurde. Was übrig blieb, wurde hübsch bemalt und mit einer Kette oder einem Band versehen, um bei den beliebten winterlichen Kohlfahrten, die damals noch als zünftige Herrenpartien begangen wurden, den Kohlkönig damit zu zieren. Deshalb gab es jetzt Kommentare wie: »Dar liggt een Kohlkünnig unner de Eer. Dirk hett siene Kroon funnen!«

Sie spotteten immer nur auf Plattdeutsch, ihrer Muttersprache, die ihnen während des Unterrichts streng verboten war.

Jesco hatte seinen Zöglingen nur mit halbem Ohr zugehört, denn der Knochen nahm seine ganze Aufmerksamkeit in Anspruch. Ein Zeichen war dort hineingeritzt worden. Eine Rune. Jesco wurde ganz nervös. Er schnappte sich den Fund und betrachtete ihn von allen Seiten. Dann steckte er ihn in die Jackentasche.

»Dat is mien Knaaken!«, protestierte Dirk. Jesco fand, dass es endlich Zeit für die Ohrfeige war, und brachte seinen Schüler damit zum Schweigen.

»Das ist kein Riesenknochen, du Dööskopp!«, fuhr er den Jungen an. Um dann leise und mehr zu sich selbst hinzuzufügen: »Das ist etwas viel, viel Besseres.«

Klammheimlich dankte er Dirk und den Schülern. Sie hatten ihn auf eine grandiose Idee gebracht. Endlich konnte er beweisen, was wirklich in ihm steckte.

Sonntag

Kaum hatte sie geparkt, riss Bernd die Wagentür auf.

»Und? Wo ist er? Hast du ihn dabei?«, fragte er atemlos.

»Jetzt lasst mich doch erst mal aussteigen, Jungs!«

Bernd Behrends, Volker Ickeldick und Jürgen Koopmann, allesamt Mitglieder des Kohlfahrtvereins Larum e.V., traten einen Schritt zurück und sahen Cordula Carus staunend dabei zu, wie sie sich aus dem Wagen faltete. Zuerst schwang sie ihre appetitlich langen Beine heraus, die in beigen Lackstiefeln mit goldenen Pfennigabsätzen steckten. Nicht gerade der neueste modische Schrei, aber so sexy wie ihr Auto: ein karottengelber 914er-Porsche, Jahrgang 1972, ihr Geburtsjahr. Sie war eben eine Frau, die Wert auf Stil legte, selbst hier am Ende der Welt. Obwohl die Temperaturen Mitte Januar doch noch unter den Nullpunkt gesunken waren, trug sie Mini, einen weit ausgeschnittenen Wollpulli, der Einblick in ihr Dekolleté gewährte, und als Zugeständnis an den Winter eine Kaninchenfellweste.

So ganz elegant wollte ihr Auftritt dann doch nicht gelingen, denn der alte Kuno Hansen hatte sie vorhin in die Wade getreten, und es tat höllisch weh. Sie knickte ein und musste sich an der Wagentür festhalten. Im Stillen beglückwünschte sie sich, dass sie wegen der Kälte wenigstens eine blickdichte Strumpfhose angezogen hatte. Die verbarg die blauen Flecke an ihrem Bein. Nach gefühlten zehn Minuten hatte sie Kleidung und Frisur gerichtet und musterte nacheinander die drei Männer, die sie noch immer erwartungsvoll anblickten. Das war er also, der klägliche Rest des Kohlfahrtvereins, dem auch sie neuerdings angehörte. Eigentlich konnte sie es immer noch nicht fassen, dass sie ihr Berliner Domizil aufgegeben hatte und auf den halb verfallenen Resthof ihrer verstorbenen Eltern zurückgekehrt war. Da gab es nicht mal Internet! Oder fast nicht. Also kaum. Ja, mein Gott, Modems waren doch so was von Neunziger! Außerdem musste sie sich das Haus mit ihrem verrückten Bruder teilen. Vor einigen Wochen noch hätte sie jeden für ebenso bekloppt wie ihn gehalten, der ihr prophezeite, dass sie Öffentlichkeitsarbeit für den Kohlfahrtverein Larum e.V. machen würde, statt in den Straßen von Berlin Stars und Sternchen aufzulauern, um sie medial auszuschlachten. Fürs Fernsehen, versteht sich. Okay, fürs Privatfernsehen. Zuletzt auch mal für diverse Frauenmagazine. Also die, die man beim Friseur las. Bis ihr die Redaktionen die Tür vor der Nase zuschlugen. Angeblich wegen ihres alternativen Umgangs mit den Fakten. Also bitte! Es gab abwegigere Geschichten als die, dass Angela Merkel die Tochter von Helmut Kohl war.

»Also, wo ist er?«, fragte Bernd erneut und riss Cordula aus ihren Gedanken.

Sie schloss genervt die Augen. »Ver-schwun-den! Weg, in Luft aufgelöst, pfutschikato. Das hab ich euch doch schon am Telefon gesagt.«

»Ich meine nicht Kuno. Ich meine: Hast du den Orden wiederbekommen, weil doch …« Bernd verstummte. Er wurde von Jürgen und Volker abgelenkt, die mittlerweile den Porsche umtänzelten wie Zirkuspferde eine besonders leckere Möhre. Dabei ging es hier um den berühmten Larumer Kohlfahrtorden!

Oberstudienrat Heinrich Jesco hatte ihn im Jahre 1860 bei den Larumer Steingräbern entdeckt. Das Besondere daran waren die eingravierten Runenzeichen. Als Hobbyarchäologe hatte Jesco sie mit »Kohl« und »Krone« übersetzt. Alles in allem war klar, dass es sich bei dem Fundstück nur um eines handeln konnte: um einen Grünkohlorden aus der Zeit der Völkerwanderung. Dies wiederum belegte, dass schon die alten Germanen hier Kohlfahrten gemacht hatten. Die Geschichte Larums musste neu geschrieben werden: Die Wiege der Kohlfahrt stand hier, in dem kleinen Heidedorf an der Hunte. Zur Hege und Pflege des Larumer Kohlfahrterbes gründete Heinrich Jesco noch im selben Jahr den Verein »Kohlfahrtdorf Larum e.V.«, dem jeder Larumer, der etwas auf sich hielt, beitrat. Das Dorf wurde berühmt. Leider lockte die Geschichte mit den Jahren immer weniger Leute hinter dem Ofen hervor. Hätte Cordula Carus nicht beschlossen, in den Kohlfahrtverein einzutreten, hätte er sich aufgelöst.

Für das hundertfünfundzwanzigjährige Vereinsjubiläum, das kurz bevorstand, hatte Cordula den Orden zu einem Restaurator gegeben, zum Aufhübschen. Heute wollte sie ihn zusammen mit dem Krugwirt und ersten Vorsitzenden Kuno Hansen dort abholen. Dass Kuno dabei an einer Autobahnraststätte verschüttgegangen war, interessierte die anderen offensichtlich eher weniger. Na ja, Kuno war auch kein besonders netter Zeitgenosse. Eher so Richtung besorgter Bürger.

Cordula kickte die Fahrertür mit dem heilen Knie ins Schloss. »Kuno hat den Orden mitgenommen. Als er an der Raststätte zum Pinkeln gegangen ist, hatte er ihn bei sich. Und jetzt sind beide verschwunden.«

»Nicht wahr, oder? Kuno ist mit dem Schweinekiefer abgehauen?«

Cordula nickte und beobachtete, wie sich eine Schweißperle auf Bernds Stirn bildete. Sie rann ihm die Nase hinab und blieb zitternd an der Spitze hängen.

»Wieso hat Kuno unseren Grünkohlorden?«, fragte er tonlos und wischte sich mit dem Hemdsärmel über das Gesicht.

»Weil er der erste Vorsitzende ist«, antwortete Cordula schnippisch. »Und außerdem ist er der amtierende Kohlkönig. Was sollte ich denn tun?« Die Männer nickten ernst. Fast hätte sie sich ihre Geschichte selbst abgekauft.

»Hätten wir den Orden nicht zu diesem Restaurator gebracht, wäre das alles nicht passiert«, knurrte Jürgen. »Wie viel Geld das allein gekostet hat!«

»Wenn ihr euch erinnert: Ich habe Fördergelder besorgt«, schnappte Cordula. »Außerdem hat die Presse berichtet, und wir brauchen Publicity.«

»Ja. Schon. Aber ein bisschen Möbelpolitur hätte es auch getan. Dann hinge er noch da, wo er hingehört.«

Cordula verstand, was Jürgen meinte: Solange sie sich erinnern konnte, hatte der Orden an der Fotowand im Krug zwischen Dieter Thomas Heck und Heidi Kabel gehangen.

»Ick verstah ok nich, warum Kuno eenfach so verschwinnen kunn«, hakte Volker nach.

Cordula zog es vor, diesbezüglich nicht ins Detail zu gehen. »Ich kann es mir auch nicht erklären«, seufzte sie stattdessen, und ein Windstoß durchharkte ihre sorgfältig gelegte Föhnfrisur. Sie drückte sie wieder in Form.

»Bestimmt hat er sich verlaufen«, überlegte Bernd. »Ich meine, wir wissen doch alle, dass Kuno in letzter Zeit tüdelig wurde.«

»Bi'n Miegen verloopen?« Volker blickte irritiert. »Mann, so breegenklöterig weer he nu ok woller nich.« Volker musterte Cordula mit zusammengekniffenen Augen. »Hett he denn nich seggt, wo he henwull?«

»Nein. Er hat nur sein Handy, ein Taschentuch und Pfefferminzbonbons bei mir im Wagen liegen lassen. Das ist alles.« Cordula schlang die Arme fröstelnd um sich. »Aber das hilft uns jetzt auch nicht weiter. Lasst uns endlich reingehen. Die Presse wartet auch nicht ewig.« Sie ließ die Männer stehen und klackerte auf ihren Stiefeln zum Eingang des Gasthauses. Sie hatte sich auf dem Weg hierher genau überlegt, was sie dem Nordboten und der Wochenendzeitung sagen wollte, nämlich dass es einen spektakulären Zwischenfall gegeben hatte. Kuno Hansen war mit dem ältesten Kohlorden aller Zeiten pinkeln gegangen und anschließend durchgebrannt. Das würde eine Schlagzeile geben. Wow! Später würde sie dafür sorgen, dass er wieder auftauchte. Wenn sie daran dachte, kribbelte ihre Kopfhaut. Sie hatte die Türklinke schon in der Hand, als sie merkte, dass die Männer ihr nicht folgten. »Was ist denn noch?«

»Es gab einen Notfall. Sozusagen«, druckste Bernd.

Cordula kam die Treppe wieder herunter. »Was heißt das?«

»Na ja. Die Wochenendzeitung war schon nach fünf Minuten wieder weg«, erklärte Jürgen, »aber die Jessy vom Nordboten ist länger geblieben. Musste dann aber auch nach Bocksdorf. Obwohl sie eine Tierhaarallergie hat.«

Cordula verstand kein Wort, aber bevor sie fragen konnte, mischte sich Bernd ein. »Schräge Deern, diese Jessica Meyer. Aber fleißig. Nach dem Termin in Bocksdorf muss sie wieder an die Kasse. Wir sollen selbst was schreiben, hat sie gesagt.«

»An welche Kasse denn?«

»Die jobbt beim Edeka.« Bernd hob bedauernd die Hände. »Von irgendwas muss die ja leben. Vom Schreiben wird man nicht satt. Du weißt, wie das ist.«

»Ich weiß gar nichts!«, pampte Cordula ihn an. »Und ich wäre euch dankbar, wenn ihr Klartext reden könntet. Was ist denn nun mit der Presse?«

»Dat is so«, fing Volker an, und seine Miene wurde ganz weich. »Lisa ut Bocksdorp hett Veerlinge, twee witte un twee schwatte. Sogar dat Fernsehn is dar.«

»Mutter und Nachwuchs sind wohlauf«, hauchte Jürgen versonnen. »Gibt auch schon ein Foto auf Facebook.« Er zückte sein Smartphone. »Willste mal sehen?«

»Vierlinge? In Bocksdorf?« Cordula starrte verständnislos auf die Fotos, die Jürgen ihr zeigte: Ein Schaf lag im Stroh, an den Zitzen saugten vier Lämmchen. *Dafür* kam die Presse also. Es versetzte ihr einen Stich.

»Wir sollten jetzt wirklich reingehen«, drängelte Jürgen. »Frau Jesco will schließlich auch wissen, was los ist.«

Beim Namen Jesco verspürte Cordula plötzlich keine Lust mehr, ins Warme zu kommen. Sie blickte unwillig zum Fenster der Gaststube. Einen kurzen Moment lang sah es aus, als bewegte sich ein Schatten hinter der beschlagenen Scheibe. Obwohl sie die Grundschule vor mehr als dreißig Jahren hinter sich gelassen hatte, graute ihr immer noch vor ihrer alten Lehrerin, die auch noch die Urenkelin von Heinrich Jesco, dem berühmten Entdecker des Kohlfahrtordens, war. Aber es gab keinen Ausweg. Sie riss sich zusammen und betrat die Höhle des Löwen.

Gerda Jesco saß kerzengerade am Vereinsstammtisch, als habe sie einen Stock verschluckt. Ihre dreiundachtzig Jahre sah man ihr nicht an. Eigentlich sah man ihr gar kein Alter an. Sie war schlank und drahtig, die weißen Haare trug sie streng zu einem Knoten zusammengebunden. Ihre Haut war farblos, dafür aber glatt und schier. Als sie Cordula gewahr wurde, schafuterte sie ohne Umschweife los: »Was hattet ihr da draußen denn so lange zu beschnacken? Heimlichkeiten?«

Volker blies in seine klammen Hände, während Jürgen und Bernd sich wortlos am Stammtisch niederließen. Volker setzte sich ebenfalls, und Cordula lehnte sich rücklings an den alten Rippenheizkörper, um sich aufzuwärmen. Außerdem war der Abstand zu Frau Jesco so größer.

Die Alte funkelte sie böse an. »Was ist passiert? Raus mit der Sprache!«

Cordula blickte so bekümmert, wie sie nur konnte. »Kuno musste mal aufs Klo.«

»Na und? Da muss er ständig hin, seit er siebzig ist.«

»Ich habe auf dem Rückweg vom Restaurator an einer Raststätte gehalten. Er ist ausgestiegen und kam nicht wieder.«

»Hast du ihn nicht gesucht?«

»Natürlich hab ich das. Ich hab sogar eine Streife angesprochen, die vorbeikam, und die Beamten haben sich ein bisschen umgesehen.«

»Ein bisschen?«

Cordula nickte betreten.

»Hast du ihn wenigstens vermisst gemeldet?« Frau Jescos Stimme war in ungeahnte Höhen geklettert, und Cordula zog unwillkürlich den Kopf ein.

»Die netten Polizisten meinten, bei Erwachsenen können sie erst nach achtundvierzig Stunden eine Fahndung einleiten, weil die meisten in der Zeit wieder auftauchen.«

»Und was ist mit dem Orden?«, bohrte Gerda weiter.

»Na ja, den hat er bei sich.«

Eine Weile war nur noch das Ticken der alten Kaminuhr zu hören, die im Regal hinter der Theke stand. Dann sprach Jürgen laut aus, was wohl alle außer Cordula in diesem Moment dachten: »Es ist wegen dem Fluch, oder?«

»Wegen *des* Fluches!« Gerda schlug mit der flachen Hand auf die Tischplatte. »Genitiv! Habt ihr denn nix bei mir gelernt?«

»Op Platt gifft so wat nich«, knurrte Volker und erntete einen vernichtenden Blick von Cordula.

»Haglaz«, flüsterte sie.

Gerda sog scharf die Luft ein. »Sprich das Wort nicht aus!«

Obwohl Cordula nicht daran glaubte, sträubten sich ihre Nackenhaare. »Haglaz«, so hieß die Rune, die neben die Worte »Kohl« und »Krone« in den Kohlorden geritzt worden waren. In seiner unter Heimatchronisten berühmt gewordenen Abhandlung »Der Larumer Kohlorden und seine Bedeutung für die Geschichte der Kohlfahrt« hatte Heinrich Jesco dieses Zeichen als Fluchrune gedeutet, und da hatte er fast den Nagel auf den Kopf getroffen. Der Restaurator hatte Cordula bestätigt, dass die »Haglaz«-Rune genauso alt war wie der Knochen, nämlich tausendsechshundert Jahre. Die schlechte Nachricht war, dass irgendein Witzbold die Worte »Kohl« und »Krone« nachträglich in den Knochen geritzt hatte, wofür eigentlich nur einer in Frage kam: Gerdas Urgroßvater Heinrich Jesco höchstselbst. Es wurde Zeit, dem Verein diese Hiobsbotschaft mitzuteilen.

»Ich habe den Restaurator gebeten, eine Radiocarbondatierung machen zu lassen«, begann Cordula.

»Eine was?« Bernd blickte verständnislos.

»Eine Altersbestimmung. Nur zur Sicherheit.« Cordula machte eine effektvolle Pause. »Das lief so ein bisschen unter der Hand, wisst ihr? Der Restaurator hat gute Kontakte zu einem Labor und -«

»Mein Urgroßvater, Gott hab ihn selig, hat mit bloßem Auge erkannt, dass der Kohlorden aus der Zeit der Urvölker stammt!«, zischte Gerda.

»Na ja, so falsch lag er da nicht«, gab Cordula ihr recht, »der Knochen stammt wahrhaftig aus der Zeit der Völkerwanderung. Aber die Zeichen darauf nicht. Bis auf diese Rune, deren Name hier nicht genannt werden darf.«

»Und was heißt das?«, wollte Bernd wissen.

»Ihr müsst jetzt stark sein.« Cordula setzte ein Gesicht auf, als müsse sie eine Todesnachricht überbringen. »Der Knochen ist wahrscheinlich nur eine Grabbeigabe. Deshalb die Fluchrune. Die sollte böse Geister fernhalten.«

»Dann haben die alten Germanen am Steingrab einen Kohlkönig beerdigt?«, fragte Bernd fassungslos.

Cordula stöhnte auf. »Eben nicht! Der Knochen hat mit

Grünkohl so viel zu tun wie du mit der Enzyklopädie des Wissens.« Bernd machte den Mund auf, aber Cordula schnitt ihm das Wort ab. »Kapiert ihr das nicht? Die Einritzung ›Kohlkrone‹ ist gefälscht. Und was das Schlimmste ist: Wir hätten längst selbst drauf kommen können.«

Jetzt wussten sie es. Aber Gerda Jescos einziger Kommentar war: »Du faselst, Cordula!«

Sie hatten es offenbar immer noch nicht begriffen. Cordula stieß sich von der Heizung ab und setzte sich an den Tisch. »Die Urvölker Larums kannten das Wort ›Kohlkrone‹ nicht«, sagte sie betont langsam. »Das altsächsische Wort dafür wäre ›Köli-Hövidband‹ oder so ähnlich gewesen. Auf dem Knochen stehen aber die hochdeutschen Worte ›Kohl‹ und ›Krone‹, zwar im schönsten Runenalphabet geschrieben, aber trotzdem falsch.«

Gerdas Mund klappte mehrmals auf und zu, aber es kam kein Laut heraus.

»Jemand Grog?«, fragte Bernd und flüchtete hinter die Theke, wo er sich erst mal selbst einen Schluck aus der Rumflasche genehmigte.

»Is ja nicht to glööven«, flüsterte Volker. Einige Minuten lang war es still, bis auf das Ticken der alten Uhr und das Geklapper der Gläser hinter der Theke. Schließlich brachte Bernd den Grog.

»Gegen den Schock«, sagte er und verteilte die Gläser. Bei Cordula hielt er inne und zog die Stirn kraus. »Ich frage mich nur, wie kommt ein hochdeutsches Wort in Runenschrift auf eine alte Grabbeigabe?«

Cordula nahm ihm das Glas aus der Hand. »Es ist im Grunde ganz einfach«, sagte sie. »Entweder wurde in Larum die Zeitreise erfunden, oder der gute Heinrich Jesco hat ein bisschen geschummelt. Sucht euch was aus.«

Alle sahen zu Frau Jesco, die wie versteinert am Tisch thronte. Nur ihr linkes Augenlid zuckte nervös. Cordula musste ein Grinsen unterdrücken. Ach, was machte das für einen Spaß!

»Wenn die Sache mit der gefälschten Inschrift publik wird, war's das mit der Ehrenbürgerschaft«, fuhr sie fort. »Keine Heinrich-Jesco-Straße mehr. Und wenn die Presse erst mal davon Wind bekommt!« Sie ließ in gespielter Betroffenheit den Kopf hängen.

»Nu verstah ick, warum Kuno mit den ollen Knaaken afhaut is«, seufzte Volker.

Cordula nickte betroffen. »Wenn ihr mich fragt, trampt der gerade Richtung Italien.«

»Kuno und trampen!« Gerda war also doch noch nicht verstummt. Und das mit dem Trampen ging vielleicht wirklich ein bisschen zu weit.

»Ich mein ja nur«, verteidigte sich Cordula.

»In Italien gifft ok gar kien Grönkohl«, sagte Volker. »Wat schall he denn dar?«

»Italien hin oder her! Eins ist klar«, stellte Jürgen fest. »Das Jubiläum können wir vergessen.«

»Schlimmer«, fügte Bernd hinzu, »den ganzen Verein können wir in die Tonne treten. Nix mehr mit Wiege der Kohlfahrt und so.« Er warf seiner alten Lehrerin einen verstohlenen Blick zu.

Cordula fand, es lief allerbest. Sollten sie die alte Jesco ruhig von ihrem hohen Ross herunterholen. Gerade rutschte sie von der Bank und langte wortlos nach ihrem Gehstock. Mit versteinerter Miene setzte sie sich in Bewegung Richtung Ausgang. Als sie an Cordula vorbeischritt, trafen sich ihre Blicke. Mit der Alten war noch zu rechnen, in ihren Augen flackerte mörderische Wut. Aufrecht wie eine Primaballerina mit kaputter Hüfte stolzierte sie durch die Gaststube und schlug dann die Tür hinter sich zu.

Cordula atmete auf, während die Männer betreten die Tür anstarrten, durch die die graue Eminenz des Kohlfahrtvereins gerade verschwunden war. Höchste Zeit für eine flammende Rede.

»Männer«, rief sie, »lasst den Kopf nicht hängen. Schließlich hat sich das halbe Dorf schon zum Jubiläum angemeldet. Wir können die Larumer jetzt nicht enttäuschen!«

»Na ja. Dreiundzwanzig Leute stehen auf der Liste«, bemerkte Bernd resigniert. »Davon sind zwei aus Bocksdorf und fünf aus der Kreisstadt.«

»Ist ja auch noch ein bisschen hin!«, munterte Cordula sie auf. »Die meisten melden sich erst kurz vorher an.«

»Und wenn schon«, sagte Jürgen geknickt. »Ohne Orden kein Kohlkönig und ohne König keine Kohlfahrt. Aus die Maus.«

Sie war wohl ein bisschen über das Ziel hinausgeschossen, musste Cordula feststellen. Frau Jesco einen Schuss vor den Bug zu versetzen, war eine Sache. Aber jetzt desertierte gleich der ganze Verein.

»Nun werft die Flinte doch nicht ins Korn!«, rief sie. »Ihr dürft nur nicht breittreten, dass der Orden, na ja, sagen wir mal, dass der gerade nicht da ist. Das Jubiläum feiern wir trotzdem, und wenn ich uns einen Schweinekiefer schnitzen muss!«

»Schön und gut, aber wo soll das Jubiläum stattfinden?«, fragte Jürgen. »Wir können den Krug nicht einfach in Beschlag nehmen, solange Kuno weg ist.«

Cordula griff in ihre Westentasche und kramte einen Schlüsselbund hervor. »Hab ich ganz vergessen«, sagte sie siegesgewiss. »Den hat Kuno auch im Auto liegen lassen.«

»Aber –«, begann Jürgen wieder.

»Du mit deinen Abers!«, schnitt Cordula ihm das Wort ab. »Was glaubt ihr, wie Kuno reagiert, wenn er zurückkommt und wir haben das Kohlessen abgesagt?«

»Dat wart em nich gefalln«, seufzte Volker.

»Gut! Ja! Aber habt ihr mal überlegt, wer den Kohl kocht, wenn Kuno länger ablandig bleibt?«, gab Jürgen zu bedenken.

Darüber hatte Cordula zugegebenermaßen noch nicht nachgedacht. Doch Bernd wusste Rat.

»Da ist doch noch die Tochter in Berlin. Monika. Die arbeitet sogar im Gastgewerbe, hab ich gehört.«

»Stimmt!«, fiel Cordula ein. Sie war Moni Hansen sogar mal in Berlin über den Weg gelaufen. Warum war sie nicht selbst darauf gekommen?

Volker nickte entschlossen. »De schullen wi furs mal anroopen.«

Mittwoch

Hauptkommissar Hans Olbers hatte schon mehrmals auf seine Armbanduhr gesehen. Vor sage und schreibe vier Stunden hätte sein regulärer Feierabend begonnen, aber er hatte seit heute Morgen leider einen Fall. Der Wirt vom Larumer Krug, Kuno Hansen, war am Sonntag auf mysteriöse Weise verschwunden. Cordula Carus, die neue Pressefrau des Vereins, war am Morgen auf der Wache aufgetaucht und hatte ihn als vermisst gemeldet. Zwei Kollegen von der Autobahnpolizei bestätigten Cordulas Geschichte. Sie hatte sie am Sonntag auf der Raststätte angesprochen und gebeten, ihr bei der Suche zu helfen. Ohne Erfolg. Die Kollegen hatten nur kurz eine Runde gedreht und waren dann weitergefahren, denn Kuno wurde laut Aussage erst eine halbe Stunde vermisst.

Natürlich kannte Olbers den Wirt recht gut, konnte aber nicht behaupten, dass er ihn auch mochte. Trotzdem hatte er ihm das eine oder andere zu verdanken. Als Junge war er beim Kinderkarneval im Krug als Indianer dramatische Tode gestorben. Dort hatte er, während seine Kumpels sich den ersten Rausch antranken, bei einem Glas Vanilletee sein erstes Liebesgedicht verfasst und später Hochzeit gefeiert. Seine Elke hatte Moni Hansen quasi adoptiert. Es war im Dorf bekannt, dass bei den Wirtsleuten regelmäßig gehörig die Fetzen flogen. Deshalb war Moni zu ihnen gekommen. Gerade mal volljährig war sie dann weggezogen. Es hatte sich angefühlt, als hätte die eigene Tochter sie verlassen, doch der Kontakt war niemals ganz abgebrochen. Aus all diesen Gründen und weil die Jubiläumskohlfahrt kurz vor der Tür stand, schob Kriminalhauptkommissar Hans Olbers Überstunden. Er hatte sogar die Hundestaffel auf die Suche nach Kuno Hansen geschickt. Na gut, wenn er ganz ehrlich war, tat er es ein ganz klein bisschen auch Cordula Carus zuliebe. Es rührte ihn, wie sie sich um den Wirt sorgte, der inzwischen alt, verbittert und mutterseelenallein in seinem Krug hockte und den verstaubten Kohlfahrtorden hütete. Außerdem sah sie scharf aus und fuhr einen tollen Wagen, aber das behielt er lieber für sich.

Je mehr er sich jedoch mit dem Fall beschäftigte, desto seltsamer kam ihm alles vor. Wenn er davon ausging, dass der Wirt sich nicht durch die Kanalisation gespült hatte, gab es nur zwei mögliche Szenarien: Entweder saß er hinter irgendeinem Busch, oder er hatte sich aus Versehen in den falschen Wagen gesetzt und schiffte gerade nach Timbuktu ein. Tüdelig genug war er inzwischen. Dass er aus eigenem Antrieb das Weite gesucht hatte, dafür klebte Hansen viel zu fest an der Scholle. Es war zum Mäusemelken. Er hatte nicht die kleinste Spur hinterlassen. Auch auf dem Handy, das Cordula Carus dem Hauptkommissar mit wenigen anderen Hinterlassenschaften übergeben hatte, war absolut nichts Brauchbares zu finden. Hansen hatte das Gerät, das inzwischen archäologischen Wert besaß, wohl höchstens als Uhr benutzt. Nach ziemlich ergebnislosen Befragungen des Raststättenpersonals wartete Olbers jetzt nur noch auf die Rückkehr der Hundestaffel. Die durchkämmte schon seit geraumer Zeit das Freiluftklo hinter dem Restaurant.

Endlich kam eine junge Beamtin auf ihn zu. »Die Hunde sind durch«, keuchte sie und zupfte sich ein verwelktes Blatt aus dem Haar. »Zu viele Gerüche zwischen den Bäumen dahinten. Die drehen durch.«

»Und?«, fragte der Kommissar. »Irgendwas gefunden?«

»Nichts.«

Er blickte nachdenklich in die Ferne. »Geradezu mysteriös, wie jemand beim Pinkeln so spurlos verschwinden kann.« Vielleicht sollte er ein Gedicht darüber schreiben. Er spürte schon den Hauch der Muse, da riss ihn die Beamtin aus seinen Gedanken.

»Brechen wir ab?«

Hans zuckte zusammen. »Was? Ja. Natürlich. Sammeln Sie die Hunde ein. Wir machen Schluss.«

Donnerstag

Kaum hatte sie einen Fuß auf den Bahnsteig gesetzt, spürte sie den scharfen Ostwind im Gesicht. Dünne Schneeflocken puderten den grauen Asphalt, die Luft roch nach mehr Schnee. Sie schlug den Kragen ihres Mantels hoch, während die Nordwestbahn hinter ihr abfuhr. Das Wetter war so frostig, wie ihr gerade zumute war. Hatte sie sich nicht vorgenommen, nie wieder einen Fuß in dieses Kaff zu setzen? Dies war jedoch schon das zweite Mal, dass sie ihren Vorsatz brach und zurückkehrte, seit sie das Dorf mit achtzehn fluchtartig verlassen hatte. Wie naiv sie gewesen war. Und so voller Hoffnung. Ins frisch wiedervereinigte Berlin auszuwandern, davon träumte damals jeder unter fünfundzwanzig. Aber dann war es doch nicht so cool gewesen. Jahrelang war sie durch den Scheuersack gegangen, hatte alle möglichen Jobs angenommen und in schäbigen WGs gewohnt. Schließlich hatte sie knapp vor Torschluss eine Lehre als Hotelfachangestellte angefangen. So hatte sie Abraham kennengelernt, das Beste, was ihr jemals passiert war. Er war ein bekannter Starkoch und Inhaber des Bronx, ein Geheimtipp in der hippen Berliner Szene. Er bot ihr eine Stelle an.

Nachdem sie beschlossen hatten zu heiraten, war sie das erste Mal ins Dorf zurückgekehrt, um es den Eltern zu erzählen. Die waren schier aus dem Häuschen gewesen. Ihre Monika. Die hatte es doch noch zu was gebracht. In Berlin! Da hatte Moni den nächsten Schritt gewagt und von *der Sache* erzählt. Es gab da nämlich etwas, das nicht ins Weltbild ihrer Eltern passte. Abraham besaß zwar einen deutschen Pass, aber sonst wenig, was ihn in den Augen ihrer Eltern zu einem passenden Schwiegersohn machte. Ihr Vater hatte sie prompt vor die Wahl gestellt: Entweder suchte sie sich einen ordentlichen Bräutigam, oder sie war nicht mehr seine Tochter. Der Mutter war es peinlich gewesen, was sollten denn die Leute denken, wenn sie mit *so einem* hier auftauchte! Ohne Abschied verließ Moni das Dorf ein zweites Mal. Sie heiratete Abraham und kam nicht einmal zur Beerdigung ihrer Mutter zurück. Das war jetzt acht Jahre her.

Und nun stand sie doch wieder hier und betrachtete mit gemischten Gefühlen das Bahnhofsgebäude, dessen Baujahr 1896 frisch unter den Dachfirst auf den Putz gemalt worden war. Wie es schien, hatte der Bau kürzlich einen neuen Anstrich bekommen. In der ehemaligen Wartehalle verkaufte die Genossenschaft jetzt Streusalz, Vogelfutter, Arbeitskleidung und Briketts, dafür mussten die Fahrgäste im Regen stehen bleiben.

Der Tag dämmerte schon seinem Ende entgegen. Sie schlang fröstelnd die Arme um ihren Oberkörper und sah sich nach Hans Olbers um. Der hatte sie gestern informiert, dass ihr Vater vermisst wurde. Am Sonntag, als Jürgen Koopmann sie in seiner Eigenschaft als Schriftführer des Kohlfahrtvereins angerufen hatte, dachte sie, das sei ein verdammt schlechter Scherz. Aber die Sache war wohl doch ernst, sodass sie sich entschloss, nach dem Rechten zu sehen. Hans hatte versprochen, sie abzuholen, aber außer einer Elster, die an der Bahnkante entlangstolzierte, war kein Lebewesen in Sicht. Moni nahm den Griff ihres Trolleys in die Hand und zog damit los. Bis zum Krug war es ein ordentlicher Fußmarsch, aber so würde ihr wenigstens warm.

Als Moni um die Ecke bog, rannte sie fast in Hans hinein, der in diesem Moment aus dem Wagen stieg.

»Hoppla!«, rief er und schlug die Tür zu.

»Hans? Ich hab schon gedacht, du hast mich vergessen.«

Er breitete die Arme aus. »Wie lange ist das her, Moni?«

Sie lächelte. »Lange. Du bist ein bisschen fülliger geworden.«

»Dank Elkes guter Pflege.«

Die beiden umarmten sich freundschaftlich. Dann fiel Monis Blick auf den Wagen, der nur eine Armlänge entfernt parkte. Sie strich mit der Hand über die Kühlerhaube des Strich-Achter-Mercedes. »Meine Güte, du hast ihn immer noch?«

Hans warf seinem Oldtimer einen liebevollen Blick zu. »Klar. Bei dem kann ich wenigstens noch eine Glühbirne ohne Computerdiagnose wechseln.«

Moni nickte. Von Autos verstand sie nicht viel. Sie hatte zwar den Führerschein gemacht, aber nie einen Wagen besessen, was sie in Berlin nicht störte. Es entstand eine verlegene Pause.

»Was ist denn nun mit meinem Vater?«, fragte sie schließlich und bemühte sich, beiläufig zu klingen, denn trotz allem machte sie sich Sorgen. »Gibt es Neuigkeiten?«

Hans hob bedauernd die Schultern. »Leider keine. Wir haben gestern jeden Stein umgedreht. Er ist wie vom Erdboden verschluckt.«

»Glaubst du, dass ihm etwas zugestoßen ist?«

Hans überlegte kurz. Dann sagte er: »Mach dir keine Gedanken. Der taucht wieder auf. Schließlich ist bald Kohlfahrt.«

»Ja, vielleicht hast du recht«, stimmte Moni ihm zu. »Was meint denn Elke?«

Hans' Frau war bekannt für ihr Sherlock'sches Gespür in Sachen Kriminalfälle und griff ihrem Mann hin und wieder unter die Arme, denn der war nur Kommissar geworden, weil schon sein Vater und dessen Vater und so weiter. Hans Olbers war eigentlich ein Dichter, aber damit hätte er seinem Vater nicht kommen dürfen. Mit der Stelle in Larum war er jedoch immer zufrieden gewesen, denn hier wurden höchstens Straßenschilder geklaut, die dann in einem Partykeller als Deko wiederauftauchten. Er hatte also viel Zeit für die Muse übrig, die ihn des Öfteren küsste. Ihr verschwundener Vater taugte jedoch zur Partydekoration ebenso wenig wie das Plakat einer Suchtberatungsstelle, was ihm sicher ziemliches Kopfzerbrechen bereitete.

»Ich habe mir in letzter Zeit viele Gedanken über deinen Vater gemacht«, sagte er, und sein Blick wanderte in die Ferne.

»Gab es dafür einen bestimmten Grund?«, wollte Moni wissen. »Also außer der Tatsache, dass er verschwunden ist?«

Hans schloss die Augen und begann zu deklamieren:

»Verzeihen, vergeben, vergessen.«

»Wie bitte?«

»Dem Vater, der Mutter, dem Kind.«

Moni schwante langsam, dass dies der Anfang eines neuen Olbers'schen Werks war.

»Löse Knoten, damit im Himmel
Das welke Blatt, das vom Baume wehte
Neu ergrünen kann.«

Moni beobachtete ihn, wie er seinen Worten nachlauschte. Er neigte hin und wieder zu experimenteller Lyrik, das musste man nicht verstehen. »Hübsch«, kommentierte sie den Vortrag. »Können wir dann endlich losfahren? Ich spüre meine Füße kaum noch.«

Elke Olbers hatte sich kaum verändert. Rundlich war sie schon immer gewesen, jetzt hatte sie noch ein paar Pfunde mehr zugelegt, aber sonst war sie immer noch genau so, wie Moni sie in Erinnerung hatte. Frisch, herzlich, ein wenig hektisch und mit energischem Blick. Sie hatte den rustikalen Holztisch in der Küche gedeckt. Keramikbecher und handgetöpferte Steingutteller gehörten bei Elke Olbers immer dazu. In der Mitte stand eine Vase mit einem Forsythienzweig aus dem Garten, dessen Blüten in der Wärme schon zartgelb hervorbrachen. Daneben stand eine Platte mit ihrem legendären Apfelkuchen.

Nach einer herzlichen Begrüßung schob sie Moni sofort an den Tisch, legte ihr ein pfannkuchengroßes Stück Kuchen auf den Teller und klatschte noch einen ordentlichen Schlag Sahne obendrauf. Moni hatte lange nichts gegessen und langte dankbar zu. Sie plauderten so vertraut über dieses und jenes, als wären keine acht Jahre, sondern nur acht Tage vergangen, seit sie sich das letzte Mal gesehen hatten. Nun gut, das eine oder andere Telefonat und Post zu Weihnachten hatte es schon gegeben.

»Es tut mir so leid«, sagte Elke schließlich, als sich die Ereignisse, die zu Monis überstürzter Rückkehr geführt hatten, nicht mehr umschiffen ließen. »Auch wenn du dich nie gut mit deinem Vater verstanden hast, muss es schwer für dich sein.«

»Ich weiß nicht.« Moni legte die Kuchengabel beiseite. »Ich wundere mich selbst, dass ich mir Sorgen mache. Ist doch komisch, oder?«

»Hans wird ihn finden.« Elke stieß ihren Mann an, der sich

gerade das dritte Stück Apfelkuchen auf den Teller lud. »Wolltest du Moni nicht vor dem Abendbrot noch etwas zeigen?«

»Jetzt noch?« Er sah auf die Uhr. »Ich habe schon seit einer Stunde Feierabend, du weißt, ich hatte heute die Frühschicht.« Hans beugte sich tief über seinen Teller und murmelte: »Das hat Zeit bis morgen.«

Elke packte ihn fest am Arm. Er ließ die Kuchengabel fallen.

»Aua!«

»Bist du Kommissar oder ein Hamster? Da draußen irrt Monis Vater wahrscheinlich orientierungslos herum!«

Hans schüttelte ihre Hand ab. »Jetzt mach mal halblang. Ich hab gestern alles auf die Suche geschickt, was Beine hatte, und heute sind Enno und ich noch mal alles abgefahren. Die Streifenbeamten sind alarmiert, und die Fahndung läuft. Was soll ich denn noch tun? Ich hab jetzt Feierabend.«

Elke funkelte ihn zornig an. »Du hast einen Fall!«

»Ich hab vor allen Dingen einen Sack voll Überstunden.«

»Wenn du dich entschlossen hast, die Füße hochzulegen, dann übernehm ich eben die Sache«, sagte Elke entschlossen und stand auf. »Komm, Moni. Wir müssen noch mal auf die Wache.«

»Jetzt hör aber auf!«, rief Hans seiner Frau nach, denn die war schon auf dem Weg zur Garderobe. »Wer ist denn hier bei der Kripo? Du oder ich?«

»Das frag dich mal!«, kam es aus dem Flur zurück.

»Jetzt lass Moni doch erst mal ankommen«, machte Hans einen letzten Versuch, seinen Feierabend zu retten. Aber Elke überhörte ihn glatt.

»Kommst du, Moni? Es dauert auch nicht lange. Aber es ist sehr wichtig.«

Moni war hin- und hergerissen. Sie warf Hans einen hilfesuchenden Blick zu. Der verdrehte die Augen und stemmte sich aus dem Friesensofa hoch, in dem er gerade so gemütlich versunken war.

»Ich bin ja schon auf dem Weg!« Er folgte seiner Frau in den Flur.

Moni trank schnell ihren Kaffee aus und beeilte sich, nachzukommen. Das war mal wieder typisch. Elke neigte manchmal zur Übereifrigkeit.

»Hast du dich anders entschieden?«, fragte Elke, als ihr Mann sich die Jacke anzog. Hans nickte wenig begeistert, und Elke hängte ihre eigene Jacke zurück. Sie drückte Hans einen Kuss auf die Wange. »Was soll ich dir zum Abendbrot machen, Schatz? Eine schöne Pfanne Hackgrütze?« Sie wandte sich Moni zu. »Du isst doch auch bei uns?«

»Was? Nein!« Moni war beim Wort Hackgrütze ein wenig flau geworden. Elke sah enttäuscht aus, also fügte Moni schnell hinzu: »Tut mir leid. Ich muss im Krug nach dem Rechten sehen. Das verstehst du doch, oder?«

»Kommst du da überhaupt rein?«, fragte Elke.

Moni zog einen Schlüssel aus ihrer Hosentasche. »Wenn mein Vater die Schlösser nicht ausgetauscht hat.«

Elke lächelte mütterlich. »Das hat er sicher nicht«, sagte sie und eilte in die Küche zurück. »Ich packe euch noch schnell was von dem Kuchen ein. Gebt Enno auch was ab.«

***

Polizeiobermeister Enno Theiß beugte sich über Elkes Tupperdose, klaubte ein Stück Kuchen heraus und schnupperte genüsslich daran, bevor er hineinbiss.

»Schmeckt das wieder lecker«, nuschelte er mit vollem Mund und musterte dabei Moni. »Wen bringst du da mit, Hans?«, fragte er kauend.

»Das ist doch Monika Hansen. Ihr kennt euch.«

»Baschir«, korrigierte sie, und Hans fiel ein, dass Moni längst verheiratet war.

Enno ließ den Kuchen sinken und sah sie stirnrunzelnd an. »Na klar! Du warst zwei Klassen unter mir«, erinnerte er sich.

»Ist das Sitzungszimmer frei?«, fragte Hans ungeduldig, bevor die Wiedersehensfreude ausuferte und er gleich hier übernachten konnte.

»Klar«, nuschelte Enno, der sich gerade den Rest Kuchen in den Mund stopfte. Er wischte sich die Hand an der Hose ab.

Hans griff nach dem Schuhkarton, der auf seinem Schreibtisch stand. Darin lagen die Sachen, die Kuno in Cordulas Wagen zurückgelassen hatte, und irgendwie wurde es Hans beim Anblick der spärlichen Hinterlassenschaften ganz wehmütig ums Herz. Ihm fiel spontan ein Reim dazu ein.

»Einfach verschwinden und so
Auf dem Raststättenklo
Nur noch Taschentuch und Pfefferminzbonbon
Im Schuhkarton.«

Moni blickte irritiert, Enno mitleidig. Hans räusperte sich verlegen. Er hatte wieder laut vor sich hin deklamiert, ohne es zu merken.

»Komm!«, befahl er Moni und machte sich auf den Weg zum Besprechungszimmer.

Der Raum erinnerte Hans immer wieder an eine Mischung aus Bahnhofshalle und Ausnüchterungszelle. Die Wände waren in einem überstreichresistenten Mintgrün gehalten. Der Linoleumboden hatte ursprünglich einen ähnlichen Ton gehabt, jetzt irisierte er ins Gräuliche. Die Mitte nahm ein verkratzter Resopaltisch ein, um den sich eine Sammlung von Stühlen gruppierte, die aussah, als habe man sie vom Sperrmüll geholt. Die letzte Renovierung lag Jahrzehnte zurück. Wahrscheinlich hatte die zuständige Stelle den Raum von der Liste gestrichen, weil er kaum genutzt wurde. Deshalb war Hans seinem Kollegen für sein stetes Bemühen um mehr Behaglichkeit dankbar, denn er selbst hatte für so etwas kein Händchen. Auf der Fensterbank blühte auch heute, der Jahreszeit entsprechend, ein Alpenveilchen. Darunter thronte Ennos ausrangiertes Wohnzimmersofa. Astreines Gelsenkirchener Barock. Hans nutzte es hin und wieder für sein mittägliches Fünfzehn-Minuten-Koma. Das Sofa eignete sich überdies für Delinquenten. Hier sangen sie garantiert – bis auf Oma Stammer, die bis heute behauptete, die

Gut&Günstig-Mortadella in ihrer Handtasche habe ihr jemand vor der Kasse untergejubelt.

Hans führte Moni jedoch nicht zum Sofa, sondern an den Tisch. In der Mitte stand eine Keksdose mit übrig gebliebenen Vanillekipferln von Elkes Weihnachtsbäckerei. Hans riss den Deckel ab und hielt Moni die Dose hin. Die lehnte ab, aber Hans nahm sich eines. Es schmeckte pappig.

»Cordula Carus«, begann er schließlich, »ist dir der Name ein Begriff?«

Moni sah auf. »Natürlich. Wer im Dorf kennt die nicht? Groß, attraktiv. Sie hat mich immer an einen Pfau erinnert.«

Es versetzte Hans einen Stich, dass Moni so über Cordula sprach.

»Die war in meiner Parallelklasse«, erzählte Moni weiter. »Wohnte die nicht mit ihrem Zwillingsbruder auf diesem Aussiedlerhof im Larumer Brook? Irgendwas war mit dem.«

»Hermann ist stumm.«

»Hermann! Ja, so hieß er«, erinnerte sich Moni. »Cordula hat ihn immer ganz schön getriezt.«

»Sie hatte viel zu früh die Verantwortung für ihren Bruder«, verteidigte Hans sie. »Die waren achtzehn, als die Eltern sich bei Glatteis um einen Baum gewickelt haben. Waren sofort tot. Außerdem engagiert Cordula sich im Kohlfahrtverein, seit sie wieder da ist. Das muss man ihr hoch anrechnen.«

»Echt?« Moni lachte ungläubig. »Dann stimmt es, dass der Verein sich aufgerappelt hat, um groß Jubiläum zu feiern?«

»Woher weißt du das?«

»Jürgen Koopmann hat mich am Sonntag angerufen. Er wollte wissen, ob der Verein sich weiter im Krug treffen kann und so. Aber warum erzählst du mir das alles?«

»Weil Cordula die Letzte war, die Kuno gesehen hat. Er war mit ihr unterwegs. Es ging um den Orden.«

Monis Miene verfinsterte sich. »Es geht immer nur um den Orden. Erstaunlich, dass Cordula Carus diesen Quatsch überhaupt mitmacht.«

»Sie ist die neue Pressesprecherin des Vereins.«

Moni starrte Hans einen Moment fassungslos an. »Wow!«, sagte sie dann. »Da hat sie ja eine steile Karriere hinter sich. Vom bundesweiten Fernsehen zum Kohlfahrtverein Larum.«

»Hattet ihr Kontakt in Berlin?«

»Nicht wirklich. Irgendwann lief sie mir am Alex über den Weg. Das war vor einem Jahr oder so.«

»Und?«

»Nichts und. Wir haben kurz geredet, oder besser: Sie hat geredet. Das war's.«

»Kein Wort über deinen Vater oder den Verein?«

»Nein. Sie hat mir nur erzählt, wie toll alles bei ihr läuft.«

»Wie toll alles bei ihr läuft«, wiederholte Hans, der sich erinnerte, dass Elke ihm gesteckt hatte, Traude Tamme habe ihr an der Fleischtheke berichtet, dass Frieda Krümpelmann ihr im Vertrauen erzählt habe, Cordula Carus habe in Berlin alles hingeschmissen. Aber im Dorf wurde viel geredet, wenn der Tag lang war.

»Und du hast überhaupt keine Idee, wo dein Vater stecken könnte?«, hakte er noch mal nach. »Bitte, Moni! Denk nach.«

Sie winkte ab. »Worüber? Ich habe ihn acht Jahre lang weder gesprochen noch gesehen. Wir haben nicht telefoniert und uns nicht geschrieben. Zwischen uns herrschte absolute Funkstille.«

Hans sah sie nachdenklich an. »Ich muss das jetzt fragen«, begann er. »Hältst du es für möglich, dass Kuno sich etwas angetan hat? Der Krug lief in letzter Zeit nicht mehr so gut.«

»Kann ich mir nicht vorstellen, wo es doch dank Cordula mit dem Verein bergauf geht«, überlegte Moni. »Da bringt er sich doch nicht kurz vor dem Jubiläum um.« Sie unterdrückte ein Gähnen. »Wo ist der Orden denn jetzt? Wenn mein Vater sich tatsächlich etwas antun wollte, hätte er ihn bestimmt mit ins Grab genommen.«

»Na, ich nehme an, Cordula hat ihn«, sagte Hans. »Die beiden waren gerade auf dem Rückweg von einem Restaurator, der das gute Teil auf Hochglanz poliert hat. Stand groß im Nordboten. Aber sag mal: Gibt es Freunde oder Verwandte, bei denen er sich aufhalten könnte?«

»Freunde?« Moni lachte freudlos. »Das Wort hält er für den Titel einer Fernsehsoap.«

»Könnte er eventuell jemanden kennengelernt haben?«

»Du meinst, eine Frau? Na, die möchte ich sehen!«

Hans drückte seine Hand auf den Magen, damit der nicht laut knurrte. Elkes Kuchen, der im Empfangsraum auf dem Tresen stand, nahm in seinem Kopf gigantische Ausmaße an. Er konnte nichts dagegen tun. Verzwickte Fälle machten ihn einfach immer hungrig. Es wurde Zeit, dieses Gespräch zu beenden, bevor Enno die Tupperdose leer gefuttert hatte, also schob er Moni den Karton hin, wegen dem er überhaupt mit ihr hierhergekommen war.

»Sieh dir das bitte an«, sagte er.

Moni warf einen Blick hinein. »Was ist das?«

»Das sind die Sachen, die dein Vater in Cordulas Wagen zurückgelassen hat. Fällt dir dazu etwas ein?«

»Pfefferminzbonbons hatte er immer bei sich. Aber das?« Moni nahm das Handy heraus. »Bist du dir sicher, dass das meinem Vater gehört?«

»Warum fragst du?«

»Mein Vater ist technisch bei der Wählscheibe stehen geblieben. Er glaubt nämlich, dass der Teufel den Ackerschnacker erfunden hat.« Sie klappte das Gerät auf. »Wie ging das noch mal mit den Tasten?«

Hans antwortete nicht darauf. »Dein Vater hat damit jedenfalls nicht telefoniert«, sagte er.

»Hätte mich auch gewundert.« Sie legte das Handy zurück und griff nach dem Taschentuch. »Das hat Initialen«, stellte sie fest.

Hans nickte. »C.V. Weißt du, wer das sein könnte?«

Moni strich mit dem Finger über die sorgfältig eingestickten Buchstaben. »Nee. Das hat bestimmt ein Gast liegen lassen.«

Das hatte Hans auch schon vermutet. Er stand vom Tisch auf und schnappte sich den Karton.

»Gut, das war's erst mal.«

Enno lächelte zufrieden, als Hans und Moni zurückkehrten. »Sag Elke, der Kuchen war wieder mal eine Wucht!« Er stand von seinem Schreibtischstuhl auf und brachte die leere Tupperdose zum Tresen. Hans starrte fassungslos hinein.

»Hast du das alles allein leer gefressen?«

Ennos Lächeln verblasste. »Tut mir leid, Chef, ich dachte …«

»Du dachtest?«, schnappte Hans. Enno wich an seinen Schreibtisch zurück, denn er wusste, dass mit seinem Chef nicht zu spaßen war, wenn er einen Hungerast hatte.

»Waren keine Kekse mehr im Besprechungszimmer?«, fragte Enno schuldbewusst.

»Diese pappigen Dinger!«

Enno hob seine Arbeitstasche auf und zog eine Brotdose heraus. Er brachte sie zum Tresen und schob sie Hans hin. »Ich hätte noch ein halbes Leberwurstbrot. Mit Gurke.«

Freitag

Als Moni am nächsten Morgen erwachte, war es so still, dass sie fürchtete, über Nacht das Gehör verloren zu haben. Schlagartig fiel ihr ein, wo sie war. Sie schlug die Bettdecke zurück und stand auf, um sich in der Gaststube ein mageres Frühstück zu bereiten. Es bestand aus Kaffee und einem schrumpeligen Apfel, den sie neben dem Spülbecken hinter der Theke fand. Ein Stockwerk höher gab es sicher Toast und Marmelade, aber ihr graute vor der Wohnung, zwischen deren düsteren altdeutschen Möbeln sie groß geworden war. Hier unten in der Gaststube sah es allerdings nur wenig heimeliger aus. Die Bänke unter den Fenstern waren verkratzt, an den Ecken quoll Schaumstoff aus der Polsterung, auf den Tischplatten warf sich das Furnier. Da war es schon fast ein Segen, dass die vergilbten Gardinen nur wenig Tageslicht durchließen.

Moni wandte den Blick ab. Den Apfel noch in der Hand, öffnete sie aus purer Neugierde die Tür, die zum Büro ihres Vaters führte, und prallte zurück. Stalagmiten aus Papier wucherten von seinem Schreibtisch in die Höhe. Es roch nach kaltem Rauch. Moni überlegte kurz, das Fenster zu öffnen, ließ es dann aber bleiben, um keine Papierlawine auszulösen.

Irgendetwas musste mit ihrem Vater passiert sein. Sie kannte ihn als überpeniblen Ordnungsfreak, der jeden Behördenbrief wie eine Urkunde behandelte. Sie hob von einem Stapel sehr vorsichtig die obersten Briefe ab, die alle noch ungeöffnet waren. Es handelte sich um Post vom Finanzamt, von der Bank und von der Versicherung. Der Poststempel bewies, dass sie schon einige Wochen hier lagen. Verwundert legte sie die Briefe zurück und entdeckte zwischen all den Türmen ein vergilbtes Foto ihrer Eltern, das auf den Boden gesegelt war. Ihre Mutter war jung und trug ein geblümtes Sommerkleid. Sie lächelte. Moni konnte sich nicht erinnern, sie jemals so fröhlich erlebt zu haben. Sie hatte sich immer vorgestellt, dass die Ehe ihrer

Eltern eine Zweckverbindung gewesen sein musste. So was wie der Zweckverband für Abfallwirtschaft oder so. Wenn sie an ihre Eltern dachte, kamen ihr keine blumigen Bilder in den Sinn. Stattdessen hallte ihr das ständige Gezanke der beiden in den Ohren wider. Es hing in den Wänden wie der abgestandene Zigarettenrauch vergangener Jahre. Deshalb schlief sie lieber in einem der Gästezimmer als oben in der Wohnung, obwohl man die Tapeten dort nur mit sehr dunkler Sonnenbrille ertrug. Moni legte das Foto zurück und stellte sich vor, wie ihr Vater die letzten Wochen gehaust haben mochte. Sie gab sich einen Ruck.

Zuallererst öffnete sie die Tür zum Schlafzimmer ihrer Eltern. Als sie die gekerbten Kissen auf dem Ehebett entdeckte, hatte sie sofort ihre Mutter vor Augen, die beim Bettenmachen die Kissen mit einem wütenden Handkantenschlag traktierte. Wahrscheinlich hatte sie sich dabei immer ihren Mann vorgestellt. Jedenfalls musste es in den späteren Jahren ihrer Ehe so gewesen sein. Manche fingen an, Holz zu hacken, ihre Mutter hatte Kissen geknifft, und zwar nachhaltig, wie man jetzt sah.

Moni schloss die Tür und ging weiter zum Wohnzimmer. Auf dem Sofa lag eine zerknüllte Bettdecke. Das erklärte das unbewohnte Schlafzimmer. Ansonsten war der Raum nur noch karg eingerichtet. Der ganze Nippes ihrer Mutter, die Wandteller mit Larumer Motiven, ein gesticktes Stillleben mit Äpfeln und Birnen, der Spruch »Wenn du denkst, es geht nicht mehr, kommt von irgendwo ein Lichtlein her« in goldenen Lettern auf dunklem Holz, das alles war verschwunden. Sie öffnete den Wohnzimmerschrank, er war leer. Hatte ihr Vater vorgehabt, auszuziehen? Die Küche sah genauso ausgekramt aus. In den Schränken fand sie nur noch das Nötigste. Als einziger Wandschmuck hing ein Abreißkalender vom Bäcker mit hübschen Brotmotiven über dem Küchentisch. Auf dem Abtropfbrett der Spüle stand verkehrt herum eine einsame Tasse. Hatte er Geldsorgen gehabt und den ganzen Krempel auf dem Flohmarkt verkauft?

Moni flüchtete in ihr altes Kinderzimmer, aber auch hier bot sich ihr ein trauriger Anblick. Der Raum war ebenfalls leer bis auf einen Wäscheständer, an dem Socken, Unterwäsche und eine Hose längst getrocknet waren. An der Tapete klebte mit Tesa ein Ponybild. Sie machte, dass sie wieder nach unten kam. Zurück im Schankraum griff sie zum Telefon, denn sie spürte plötzlich eine heftige Sehnsucht nach ihrem Mann. Sie ließ es klingeln, bis der AB ansprang. Dann fiel ihr ein, dass Abraham einen Termin bei der Bank hatte, und ihr sank das Herz. Es sah nicht gut aus für das Bronx. Um ehrlich zu sein, standen sie kurz vor der Pleite, denn die Berliner Szene, die bei ihnen ein und aus gegangen war, hatte sich eine hippere Location gesucht. So war sie nun mal, die Szene. Launisch wie eine vegane Katze mit Laktoseintoleranz.

Den Rest des Vormittags lenkte sich Moni damit ab, die Gaststube aufzuräumen. Die Flaschen im Regal hinter der Theke waren teilweise so alt, dass sie schon ins Museum gehörten. Sogar eine noch verschlossene Flasche »Frauengold« fand sie hinter »Eckes Edelkirsch« und Eierlikör. Sie war so in die Arbeit vertieft, dass sie erschrocken zusammenfuhr, als plötzlich das Telefon klingelte. Sie nahm den Hörer auf und wunderte sich, wie schwer das alte Ding in der Hand lag. So was war man ja gar nicht mehr gewohnt.

»Hansens Krug, Moni Baschir am Apparat. Was kann ich für Sie tun?«, meldete sie sich geschäftsmäßig.

Eine Weile hörte sie nichts, und sie wollte schon auflegen, da brüllte eine Frau: »Wer ist da?«

»Baschir. Und mit wem spreche ich?«

»Jesco! Gerda Jesco! Wer ist da?«

Moni brachte eine Handbreit Abstand zwischen ihr Ohr und die Hörmuschel. Entweder war Frau Jesco inzwischen taub wie ein Stuhl, oder sie gehörte zu der Sorte Mensch, die der Technik der Stimmübertragung immer noch misstraute. Vermutlich traf beides zu.

»Sie sprechen mit der Tochter. Kennen Sie mich denn nicht

mehr, Frau Jesco?«, erklärte sie geduldig und hob ebenfalls die Stimme.

»Warum sagst du das nicht gleich? Deinen komischen Nachnahmen kann ja keiner aussprechen.«

»Ihre Herzlichkeit hat mir in Berlin richtig gefehlt«, sagte Moni, aber Frau Jesco ging nicht auf sie ein. Auch das hatte sich nicht geändert.

»Hab gehört, aus dir ist doch noch was geworden. Hätte ich nicht gedacht. In Deutsch immer eine Fünf!«

Moni spürte zu ihrer eigenen Überraschung den hilflosen Drang, sich vor ihrer alten Lehrerin zu rechtfertigen. Sie widerstand jedoch und fragte kühl: »Wie kann ich Ihnen helfen, Frau Jesco?«

»Ich ruf an, weil der Kohlfahrtverein heute Krisensitzung hat!«

»Aha?«

»Sag den anderen, dass ich eine halbe Stunde später komme. Muss erst noch zum Arzt, wegen meiner Hüfte.«

»Welchen anderen denn?«, fragte Moni.

»Na, dem Rest vom Verein.«

Moni schnaubte ärgerlich. »Es tut mir leid, Frau Jesco, aber der Gasthof hat geschlossen.«

»Macht ja nichts.«

»Der Verein kann sich hier nicht treffen, wenn geschlossen ist! Ich werde nicht da sein!«

»Cordula hat den Schlüssel, und wir bedienen uns selbst. Schreib ihnen einfach einen Zettel.«

Es knackte in der Leitung, das Gespräch war beendet.

»Die bedienen sich selbst?«, murmelte Moni fassungslos und legte den Hörer auf die Gabel zurück. Der alte Apparat in freundlichem Grau stand auf dem Örtlichen Telefonbuch von 1998. Sie zog es hervor und suchte die Nummer vom Carus'schen Hof heraus. Nur drei Ziffern, so was gab es immer noch.

Nach dem zehnten Klingeln nahm jemand ab, und Moni machte ihrem Zorn Luft: »Gerda Jesco hat mir gerade gesagt, dass du einen Schlüssel vom Krug hast, Cordula. Den bringst du mir sofort zurück, verstanden? Ich will nicht, dass hier Hans und Franz ein und aus gehen, ohne dass ich das weiß. Und wenn ihr euch hier treffen wollt, meldet euch gefälligst vorher an!«

Moni war immer lauter geworden, aber am anderen Ende der Leitung blieb es still.

»Cordula?«, fragte sie schließlich, aber bis auf ein leises Atmen war nichts zu hören, und langsam dämmerte es Moni, wen sie da gerade angebrüllt hatte.

»Hermann, bist du das?«

Keine Antwort. Wie auch, er sprach ja nicht.

»Entschuldige. Ich wollte nicht … also eigentlich wollte ich deine Schwester sprechen«, stammelte sie.

Hermann machte keinen Mucks, und Moni überlegte, einfach aufzulegen. Sie wollte jedoch nicht unhöflich sein, nachdem sie ihn so beschimpft hatte.

»Wenn Cordula da ist, hol sie doch bitte ans Telefon«, bat sie und hörte, wie er den Hörer tatsächlich beiseitelegte.

Während sie darauf wartete, dass Cordula sich meldete, schoss ihr das zufällige Treffen am Alex durch den Kopf. Cordula hatte Moni ins Adlon zu einem überteuerten Kaffee eingeladen, um von ihrer tollen Fernsehkarriere zu erzählen. Und nun war sie Pressefrau im Kohlfahrtverein. Ausgerechnet! Die Sache mit dem germanischen Grünkohlorden nahm schon lange keiner mehr ernst. Ganz zu schweigen davon, dass es »die Germanen« sowieso nie gegeben hatte, wie inzwischen jeder halbwegs gebildete Larumer wissen sollte. Es musste etwas im Leben von Cordula Carus passiert sein, dass sie sich dazu herabließ. Ebenso, wie im Leben ihres Vaters etwas geschehen war, von dem sie nichts wusste.

Moni schreckte aus ihren Gedanken auf, als es im Hörer knackte. Jemand hatte am anderen Ende einfach aufgelegt.

»Ich ruf dann später noch mal an!«, rief sie in die Muschel und knallte den Hörer auf.

Aus dem Konzept gebracht, betrachtete sie die Sammlung angebrochener Schnapsflaschen, die sie vor sich aufgereiht hatte. Es waren sogar noch drei Flaschen Persico dabei, die Hausmarke ihrer Mutter. Sie schraubte die Deckel ab. Sofort breitete sich ein penetranter Geruch nach Klebstoff aus. Ihr Magen stülpte sich um, und eilig goss sie den verdorbenen Likör in den Ausguss. Dann stopfte sie die Flaschen zu den anderen in den Müllsack. Ihr wollte dabei nicht aus dem Kopf gehen, dass sich der Kohlfahrtverein in Kürze eigenmächtig hier versammeln würde. Sie könnte einfach die Eingangstür verbarrikadieren. Allerdings brachte sie sich so um die Möglichkeit, Cordula den Schlüssel abzunehmen. Außerdem wäre das eine gute Gelegenheit, sie zu fragen, was genau am Sonntag auf der Rückfahrt vom Restaurator passiert war. Also schön, sollten sie kommen.

Moni band den Sack mit dem Leergut zu und schleifte ihn zur Küche. Ihr fiel ein, dass im Büro ihres Vaters noch zwei leere Flaschen Kräutergeist standen. Sie machte kehrt, um sie zu holen, riss die Tür aber etwas zu energisch auf. Der Luftzug brachte einen der Papierberge ins Wanken. Bevor Moni ihn festhalten konnte, kippte er gegen einen anderen Stapel. Wie Dominosteine fielen die Türme um, einer nach dem anderen. Moni starrte auf ein Meer aus ungeöffneten Rechnungen, Werbung für Heizungsummantelungen, Angebote für Dachreinigungen und längst abgelaufene Prospekte diverser Discounter.

Eine Postkarte mit einem tanzenden Schwein im Baströckchen, das mit einer Grünkohlpalme winkte, segelte vor ihre Füße. Moni hob die Karte auf und betrachtete sie von allen Seiten. Sie war an ihren Vater gerichtet und duftete dezent nach 4711 Tosca. Das hatte ihre Mutter immer benutzt, aber die Schrift auf der Rückseite war nicht ihre. Moni las.

Mein lieber, süßer, wilder Eber! (es folgten drei Herzchen)
Du willst mit mir verreisen? Aber wir kennen uns doch erst ein paar Wochen! Ich freue mich so.
Grüße und Küsse
Deine Christa

Irritiert blickte Moni auf den Poststempel. Er zeigte das Datum von vorletzter Woche.

»Wilder Eber?«, flüsterte sie, aber es bestand kein Zweifel, dass die Karte an ihren Vater gerichtet war. Seine Adresse stand darauf. Moni spürte, wie ihr die Röte ins Gesicht schoss. Von einer Reise war die Rede. Das passte ebenso wenig zu ihm wie die Papierberge in seinem Büro. Aber jetzt kannte Moni den Grund: Er hatte sich verliebt.

Dann ist er wahrscheinlich bei seiner neuen Flamme, schoss es Moni durch den Kopf. Sie spürte, wie der Zorn in ihr hochkochte. Warum meldete er sich nicht einfach? Sie war doch ein moderner und aufgeklärter Mensch. Es machte ihr rein gar nichts aus. Nicht mal, dass diese Christa ihn einen wilden Eber nannte!

»Mir doch nicht!«

Sie kniete sich hin und rührte in den Papieren. Diese Christa musste doch eine Adresse haben. Als sie nichts fand, machte sie sich an die restlichen Stapel, bis sie fast darin versank. Der einzige Hinweis über den Aufenthaltsort ihres Vaters war am Ende nur eine Prospekthülle, in der das ausgeschnittene Reiseangebot einer Supermarktkette steckte. Ein Wochenende Traben-Trarbach mit Weinprobe und Flussfahrt ab neunundneunzig Euro pro Person. Moni zog das bunte Papier heraus und fand gleich dahinter die Buchungsbestätigung für zwei Personen. Daran hatte ihr Vater ein weiteres Dokument geheftet. Moni las es, aber es dauerte, bis die Information in ihrer ganzen Wucht wirklich bei ihr ankam. Es handelte sich um die Rechnung der Partneragentur »Erozotti Senior« in Oldenburg. Sofort spielte Monis Phantasie verrückt. Sie sah ihren Vater und diese Christa vor sich, er in weißem Doppelripp, sie im fliederfarbenen Perlonunterrock. Sie trieben es auf dem gefliesten Eichentisch.

»Bestimmt umhäkelt sie Taschentücher«, flüsterte Moni erschüttert, denn ihr war eingefallen, dass die Initialen auf dem Schnupftuch, das ihr Vater in Cordulas Wagen zurückgelassen hatte, zu der Kartenschreiberin passen könnten. Wütend zerknüllte sie die Buchungsbestätigung und pfefferte sie gegen die Wand.

***

Hans blickte auf, denn Enno hatte sich bewegt. Er reckte sich und gähnte herzhaft. Hans ließ sich von seinem Kollegen anstecken. Seine Kiefer knackten, als er sie auseinanderriss. Kein Wunder, denn er fühlte sich wie gerädert. Es war zum Mäusemelken. Seit Stunden saßen sie schon auf der Wache vor ihren Bildschirmen und sichteten die Überwachungsbänder der Raststätte, leider bisher ohne Erfolg.

Ohne Erfolg war auch sein Besuch bei Cordula Carus gewesen. Als er sie am Telefon nicht erwischt hatte, war er einfach ins Larumer Brook gefahren, hatte aber niemanden angetroffen, weder Cordula noch ihren Bruder. Dann musste er sie eben später fragen, wo der Kohlorden abgeblieben war. In der Zwischenzeit leistete er Enno Gesellschaft und schaute sich an- und abfahrende Autos, quengelnde Kinder und pinkelnde Hunde an.

»Und?«, fragte Hans, als sein Kiefer wieder eingerastet war.

»Nichts«, sagte Enno, ohne vom Bildschirm aufzusehen. Frustriert tauchte Hans unter den Schreibtisch und kam mit einer gewaltigen Brotdose wieder zum Vorschein. Gegen Ermittlungsfrust halfen nur Kalorien. Die brachten seine grauen Zellen wieder auf Trab. Elke wusste das, deshalb hatte sie ihm Fleischsandwiches gemacht, mit kaltem Kotelett, Gurke, Mayonnaise und Salat. Als Enno sah, was sein Chef aus der Tupperdose holte, warf er ihm einen begehrlichen Blick zu. Hans merkte das und schob ihm großzügig die Dose rüber. Er war ja nicht nachtragend. Enno griff dankbar zu.

»Außer dass meine Frau ein paarmal mit Putzeimer durchs Bild läuft, fällt mir da nichts auf«, nuschelte er mit vollem Mund.

Hans schluckte seinen Bissen hinunter. »Wieso läuft deine Frau durchs Bild?«, fragte er überrascht.

»Weil die da seit zwei Wochen putzt.«

»Auf der Raststätte? Wo putzt deine Frau eigentlich nicht?«

Ennos Miene verdüsterte sich. Er hob die Schultern und ließ sie wieder fallen. »Ich hab ihr das auch schon gesagt, aber Thekla will im Winter Wellnessurlaub machen. Auf Fuerteventura. Sie meint, alle ihre Freundinnen fahren im Winter dahin, und sie bräuchte auch mal Sonne.«

»Und deshalb putzt sie den halben Landkreis?«

»Na ja, mein Gehalt reicht gerade mal für eine Woche Lüneburger Heide.«

»Da isses doch auch schön.«

»Das erzähl mal meiner Frau.«

Hans nickte nachdenklich. Er würde es sein Lebtag nicht verstehen, warum sich so viele übers Jahr totschufteten, nur um sich in irgendeinem verseuchten Whirlpool am anderen Ende der Welt Streptokokken zu holen. Da lobte er sich seine Elke. Die war ebenso bodenständig wie er selbst. Ab und an ein Wochenende an der Nordsee und ansonsten Bad Meingarten. So sah Erholung aus.

»Hängt euer Haussegen wegen dieser Reise wieder schief?«, fragte er mitfühlend.

Enno senkte verlegen den Kopf, aber Hans konnte sehen, dass er puterrot anlief.

»Hey, du musst dich dafür nicht schämen«, beschwichtigte er.

Enno nickte nur. Irgendwie hatte Hans den Eindruck, dass ihm noch etwas anderes auf der Seele lastete, aber die Eheprobleme seines Kollegen gingen ihn schließlich nichts an, solange der nicht darüber reden wollte. Er lenkte seine Aufmerksamkeit erneut auf seinen Bildschirm, wo das Überwachungsband weitergelaufen war, keine Sekunde zu früh, wie sich herausstellte, denn gerade parkte Cordula ihren Porsche vor den Toiletten.

»Da sind sie! Vierzehn Uhr dreiundzwanzig«, rief er und notierte sich die Zeit. Enno kam an seinen Schreibtisch. Gemeinsam sahen sie zu, wie Cordula aus dem Wagen stieg, um die Beifahrertür zu öffnen. Kuno wehrte ihre Hand ab und quälte sich allein aus dem Wagen.

»Guck mal, die streiten sich«, bemerkte Enno. Hans sah es

auch. Cordula und Kuno gestikulierten, wobei Kuno einen Beutel festhielt, den Cordula ihm anscheinend abnehmen wollte, aber der Wirt trat sie gegen das Bein.

»Was, meinst du, ist in diesem Beutel drin?«, überlegte Hans.

»Schnaps?«, mutmaßte Enno.

Sie sahen zu, wie Kuno samt Tüte und mit steifen Schritten zum Eingang schlurfte. Ein Mann in Sanifair-Uniform öffnete von innen die Tür und trat ins Freie. Er ließ Kuno vorbei und steckte sich draußen eine Zigarette an.

»Moin, ihr Helden. Na? Wie läuft's?«

Hans und Enno fuhren herum. Sie hatten niemanden reinkommen hören. Wie aus dem Boden gewachsen stand Elke am Tresen. Sie lächelte breit.

»Was machst du denn hier?«, fragte Hans unfreundlicher, als er es meinte, und stoppte das Band. Elke hob die Absperrklappe hoch, durch die man in den hinteren Bereich gelangte, und stellte sich hinter ihn. Warum zum Henker waren heute alle so scharf darauf, ihm über die Schulter zu gucken? Erst Enno, jetzt Elke. Er konnte das gar nicht haben.

»Was macht ihr gerade?«, fragte Elke munter, während sie das Standbild auf seinem Computerbildschirm studierte.

»Wir ermitteln.« Dieses Mal war es genauso unfreundlich gemeint, wie es klang, aber seine Frau schien das nicht zu stören. Sie tippte auf den Bildschirm.

»Das ist ja Cordula. Und ist das Kuno, der da gerade auf die Toilette verschwindet? Lass das doch mal weiterlaufen.«

»Du machst mir lauter Fettfinger auf die Scheibe!«, schimpfte Hans. Elke sah ihren Mann mitleidig an und drückte die Starttaste. Die Aufnahme lief weiter.

»Jetzt geht sie ihm nach«, kommentierte sie. »Guck doch mal. Die geht rein!«

»Vielleicht muss sie auch mal?«, mutmaßte Enno.

»Frauen, die müssen, gehen anders«, meinte Elke. »Gibt es denn keine Bilder von drinnen?«

»Ermittelst du oder ich?« Hans schob seine Frau entschlossen zur Seite, denn sie saß ihm jetzt fast auf dem Schoß. Doch so leicht ließ sich Elke nicht vertreiben. Kurzerhand rollte sie ihn samt Schreibtischstuhl zurück, sodass sie jetzt direkt vor dem Bildschirm stand.

»Da ist sie wieder!«, rief sie und zoomte Cordula heran. Die blieb bei dem Sanifair-Mitarbeiter stehen, der seine Zigarette gerade aufgeraucht hatte. Sie wechselten ein paar Worte.

»Die kennen sich«, stellte Elke fest.

»Quatsch! Die fragt ihn was«, sagte Hans. »Und jetzt lass mich an meinen Platz, Himmel noch mal!«

Elke tat so, als hätte sie ihren Mann gar nicht gehört, und vielleicht hatte sie das auch nicht, denn das Geschehen auf dem Bildschirm nahm sie voll und ganz gefangen. »Jetzt! Guck doch mal!« Cordula legte dem Servicemitarbeiter gerade die Hand auf den Arm. »Bonnie und Clyde. Die stecken unter einer Decke.«

»Du guckst zu viele Krimis. Das ist doch alles völlig harmlos.« Hans spulte den Film trotzdem ein wenig zurück, um sich die Szene noch einmal anzusehen, aber er konnte beim besten Willen nichts Verdächtiges entdecken. »Heutzutage fassen sich die Leute ständig an und umarmen sich, Küsschen hier und Küsschen da und so weiter. Das hat alles nichts zu sagen.«

Aber Elke war nicht zu überzeugen. »Die beiden waren es!«, behauptete sie. »Hundert Prozent.«

»Waren was?«, wollte Enno wissen, der interessiert zugehört hatte.

»Gute Frage«, sagte Hans.

»Seid ihr denn blind? Das ist doch so klar wie Kloßbrühe«, platzte es aus Elke heraus. »Die beiden haben Kuno verschwinden lassen.«

»Aha. Und wie? Hat sie ihn im Spülkasten versteckt, während der Servicemann draußen Schmiere stand?«, fragte Hans.

»Außerdem, was hätte sie für ein Motiv?«, gab Enno zu bedenken. »Cordula ist doch ganz wild auf das Kohlfahrtjubiläum. Und Kuno ist der erste Vorsitzende vom Verein und amtierender Kohlkönig. Wieso sollte sie den verschwinden lassen?«

»Ich war heute beim Bäcker«, sagte Elke mit wichtiger Miene.

»Und da ist mir etwas Interessantes zu Ohren gekommen. Es gibt da nämlich ein Gerücht.«

»Aha. Das hilft uns bestimmt weiter«, seufzte Hans.

»Der Kohlfahrtorden soll auch verschwunden sein«, fuhr Elke fort und blickte ihren Mann triumphierend an.

Enno stöhnte gequält.

»Nee, nich? Wenn das stimmt, fällt das Jubiläum ins Wasser. Dabei hatte ich mich schon so auf den Kohl gefreut!«

Freitag, später

Sichtlich aufgewühlt und ohne anzuklopfen, stürzte Moni am Nachmittag in Elkes Küche. Die wandte sich überrascht von ihrem Flipchart ab, das sie vor den Kühlschrank geschoben hatte. »Ap-fel-ku« hatte sie gerade mit dickem Marker daraufgeschrieben. Vier Leute blickten vom Tisch auf, in dessen Mitte zwischen allerlei Schreibutensilien ein halb leer gegessenes Kuchenblech stand.

»Hallo, Moni«, grüßte Elke und schrieb dann in aller Seelenruhe ein »chen« hinter das »ku« und sprach das volle Wort den Leuten am Tisch betont langsam und deutlich vor. Elkes Schüler wiederholten laut und deutlich im Chor: »Ap-pel-kusen.«

»›Pf‹ und ›ch‹«, machte Elke vor und blickte aufmunternd in die Runde. »Versucht es noch mal. Wie heißt das?«

»Papa geht fremd«, keuchte Moni und ließ sich auf den einzigen freien Stuhl fallen. Elke legte den Marker weg.

»Was sagst du da?«

»Sie heißt Christa, und er ist ihr wilder Eber.«

Die Leute am Tisch blickten irritiert, leises Gemurmel setzte ein.

»*This is Moni*«, erklärte Elke lächelnd und übersetzte: »Dies ist Moni. Eine Freundin. *A girlfriend*.«

Alle entspannten sich und grüßten mit einem kraftvollen »Moin«.

»Ähm. Moin«, antwortete Moni. »Ich störe gerade, oder?«

»Ein bisschen. Aber wir sind gleich fertig. Gib mir noch zwei Minuten, dann bin ich ganz Ohr.«

»Willst du mich deinen Gästen nicht wenigstens vorstellen?«, fragte Moni. Elke lächelte mütterlich und betrachtete jeden ihrer Schützlinge mit Wohlwollen.

»Das sind Aziz, Leila, Maria und Hassan. Nachmittags gebe ich ihnen Deutschunterricht.« Sie seufzte. »Hier fährt ja kein

Bus mehr. Deshalb kommen die nicht zu ihren Sprachkursen in die Stadt.«

»Larum hat Geflüchtete?«, fragte Moni vollkommen perplex.

Elke nickte. »Das sind sogar eure Nachbarn. Die Gemeinde hat sie im ehemaligen Feuerwehrhaus untergebracht. Da sind jetzt Wohnungen drin.« Elke seufzte tief. »Kuno war nicht begeistert, wie du dir vorstellen kannst.«

Das Feuerwehrhaus stand gleich neben dem Krug, getrennt nur durch eine wuchernde Thujahecke, die den Hinterhof des Wirtshauses abschirmte.

»Frau Elke?«, fragte Hassan vorsichtig. »Machen weiter *or go home*?«

»*We stop here.* Morgen um die gleiche Zeit, okay? Und nehmt von dem Kuchen mit!«

Die vier erhoben sich, packten ihre Schreibutensilien ein und holten Behälter aus ihren Taschen, in denen sie die Kuchenstücke verstauten. Das schien zum Ritual dazuzugehören, und es sah Elke ähnlich. Sie hatte schon immer alle, von denen sie meinte, dass sie es nötig hatten, mit Kuchen oder Eingemachtem versorgt.

Als alle gegangen waren, sagte Moni zerknirscht: »Es tut mir leid. Ich hoffe, du kriegst jetzt keine Schwierigkeiten.«

Elke hob gleichgültig die Schultern. »Von wem denn? Hier kontrolliert mich keiner. Aber sag mal: Was war das jetzt für eine Räuberpistole mit deinem Vater?«

Moni schluckte. »Papa hat eine Freundin. Ich nehme sogar an, dass er gerade mit ihr zusammen ist. Sie machen eine Reise.«

Das musste Elke auch erst mal verdauen. Sie wandte sich ab und begann, das Flipchart sauber zu wischen. Wenn es stimmte, was Moni erzählte, hatte Cordula tatsächlich nichts mit Kunos Verschwinden zu tun. Irgendwie war sie enttäuscht, dass die Lösung des Falls so einfach sein sollte.

»Hast du deinen Vater schon erreicht?«, fragte sie.

»Nein. Ich habe ja keine Adresse.«

»Und warum bist du dir dann so sicher, dass er mit einer Frau durchgebrannt ist? Ausgerechnet dein Vater?«

»Ich habe das hier entdeckt.« Moni kramte in ihrer Umhängetasche und zog die Papiere, die sie gefunden hatte, heraus. Sie gab sie Elke, die alles überflog. Die Schweinchenkarte las sie zuletzt.

»Elkeen na sien Möög«, rang sie sich ab und legte alles auf den Tisch. »Und es gibt keine Adresse von dieser Christa?«

»Nein. Aber die beiden haben sich über diese Partneragentur kennengelernt.« Moni war sichtlich aufgewühlt. »Ich hab da angerufen, aber die blöde Kuh will mir keine Auskunft geben! Deshalb bin ich gekommen.«

»Na, na!« Elke legte Moni beschwichtigend die Hand auf die Schulter. »Ich hätte ehrlich gesagt auch was dagegen, wenn meine Partneragentur Daten einfach so rausrückt.«

»Was denn für eine Partneragentur?«, fragte eine männliche Stimme, die Elke zusammenfahren ließ. Es war Hans. Sie hatte ihn nicht kommen hören.

»Nicht ich. Kuno!«, stellte sie klar. »Stell dir mal vor: Monis Papa ist mit einer Frau durchgebrannt. Setz dich zu ihr. Ich koche uns schnell frischen Kaffee, und Moni erzählt davon.«

Fünf Minuten später saßen sie zu dritt am Tisch. Elke bot Moni und Hans die Reste des Kuchens an, aber nur ihr Mann langte zu, während er die Schweinchenkarte mit maliziösem Lächeln studierte.

»Alter Schwede! Das hätte ich deinem Vater gar nicht zugetraut.«

»Ich auch nicht«, stimmte Moni ihm zu und schnaubte verächtlich. »Erozotti Senior. Da weiß man doch gleich, worum's da geht!«

Hans legte die Karte weg und blickte Elke an, die Moni tröstend die Hand auf den Arm gelegt hatte. »Ich hab dir doch gleich gesagt, dass Cordula nichts mit der Sache zu tun hat«, sagte er.

»Aber du musst zugeben, es sah so aus«, verteidigte sich Elke. »Kuno wird sich kaum auf der Herrentoilette mit dieser Christa verabredet haben, oder?«

»Wer weiß? Da fällt mir doch gleich ein hübscher Reim dazu ein.« Hans warf sich in Pose. *»Schweinchen schlau, Wirt schon grau …«*

»Du sollst nicht dichten, sondern bei dieser Agentur anrufen«, unterbrach Elke. »Moni will schließlich wissen, wo ihr Vater ist!«

»Weg!«, rief Hans und schlug ärgerlich mit der flachen Hand gegen seine Stirn.

»Das wissen wir!«

»Das Gedicht! Ich hatte es komplett im Kopf.«

Er stand so schnell auf, dass der Stuhl, auf dem er gesessen hatte, nach hinten kippte. Elke fing ihn auf. »Wo willst du hin?«, rief sie ihm nach, denn er war schon an der Tür.

»Nach oben. Vielleicht fällt es mir da wieder ein. Es war nämlich gut.«

»Moment mal.« Elke funkelte ihn zornig an. »Du stehst kurz vor der Lösung deines Falls und schreibst stattdessen ein Gedicht?«

Hans hielt sich am Türrahmen fest und biss sich verlegen auf die Unterlippe. »Na ja, also Mädels, ich hab die letzten Tage geschuftet wie ein Tier. Gönnt mir eine Pause und dem armen Kuno noch ein bisschen Spaß. Morgen hol ich euch den wilden Eber zurück. Versprochen. Aber jetzt muss ich nach oben. Gerade ist es mir wieder eingefallen.«

»Das ist nicht dein Ernst, oder?«, fragte Elke. »Es ist doch nur ein Anruf!«

Hans gab nach. »Dann eben wie du willst. Wie immer.« Er drehte sich um, und Elke hörte ihn wütend die Treppe hinaufstampfen.

»Jetzt geht er ja doch nach oben«, sagte Moni.

»Er hat sich in Jans altem Kinderzimmer ein Büro eingerichtet. Er wird von da aus telefonieren.« Elke rollte mit den Augen. »Da oben schreibt der Larumer Goethe seine Gedichte. Willst du noch Kaffee?«

Moni nickte, und Elke schenkte nach.

Es dauerte drei Tassen, bis Hans zurückkehrte. Er lehnte sich gegen die Spüle und goss sich direkt aus dem Wasserhahn ein Glas voll, das er in einem Zug leer trank.

»Und? Hast du was erreicht?«, bestürmte ihn Moni ungeduldig. Zu Elkes Überraschung färbten sich die Ohren ihres Gatten zartrosa, und er ließ das Glas noch einmal vollllaufen.

»Na ja, sagen wir mal so«, begann er und trank einen weiteren tiefen Schluck, »ich musste ein bisschen tiefer in die Materie einsteigen.«

»Was meinst du damit?« Sie sah Hans forschend an, und dann kam ihr ein beunruhigender Gedanke. »Du hast dich doch nicht etwa als Kunde ausgegeben?«

Hans leerte das zweite Glas und stierte auf den Grund. »Ich habe in einer Stunde einen Termin«, murmelte er vor sich hin.

»Du hast *was*?« Elke musste sich setzen. Ihr Mann war ein gemütlicher Mensch, aber wenn es um Frauen ging, musste sie hin und wieder ein Machtwort sprechen. Sie hätte es wissen müssen.

»Rein beruflich!«, verteidigte sich Hans, während er das Glas zum dritten Mal füllte und den Inhalt hinunterstürzte. Aus den Mundwinkeln lief ihm das Wasser wieder heraus.

»Willst du dich ertränken?«, schnappte Elke.

»Nein! Das ist …« Der Rest ging in einer heftigen Hustenattacke unter. Elke sprang auf und drosch ihm mehrmals hart auf den Rücken. »Au! Das tut weh.«

»Das soll es auch. Weißt du was? Ich komme mit zu diesem Eroscenter für Senioren. Nicht, dass mir hinterher Schweinchen-Dick-Karten ins Haus flattern.«

»Bitte, nun streitet euch nicht«, mischte sich Moni ein, der das Ganze offenbar peinlich war, aber Elke schnitt ihr das Wort ab.

»Du hältst dich da raus.«

»Jetzt hör aber mal auf!« Hans wurde laut. »Erstens ist das kein Eroscenter. Die Inhaberin heißt Eroszotti. Und zweitens: Was soll Frau Eroszotti denken, wenn ich mit Ehefrau bei ihr aufkreuze? Das ist kein Swingerclub!«

»Du solltest doch einfach nur in deiner Eigenschaft als Kommissar nach Kuno fragen«, stritt Elke weiter. Das Argument brachte Hans in sichtbare Verlegenheit.

»Am Telefon kann jeder behaupten, er sei von der Polizei. Du hast doch selbst gesagt, dass Verschwiegenheit zu deren Metier gehört«, antwortete er kleinlaut.

»Aber du *bist* die Polizei!« Elkes Stimme überschlug sich, und Hans' Hand zuckte erneut zum Wasserhahn. Elke entriss ihm das Glas. »Von zu viel Wasser kriegt man dicke Füße! Und wenn du jetzt schon ein Date abgemacht hast, dann schick Enno dahin. Der ist harmlos.«

»Eben«, explodierte Hans, riss sich dann aber zusammen. »Schatz, das ist ein Undercover-Einsatz. Ich kann auch auf den Durchsuchungsbeschluss warten, aber das dauert. Wer wollte denn eben ganz schnell Ergebnisse?«

Elke musste zugeben, dass da was dran war. »Na schön«, gab sie nach. »Dann geh in Gottes Namen allein zu dieser Erostante. Aber wehe …«

Hans ergriff ihre Hand und zog sie zu sich heran. Obwohl sie zornig war, stieß sie ihn nicht weg. Er umarmte sie und flüsterte ihr ins Ohr: »Du büst doch mien eenzigen lütten, seuten Appelkusen.«

Elke gab sich geschlagen.

***

Schon von Weitem sah Moni, dass in der Gaststube Licht brannte. Als sie die Wagentür ins Schloss warf, hörte sie Cordulas durchdringende Stimme.

Sie verabschiedete sich von Hans, der sie hier abgesetzt hatte und jetzt zu seinem »Untercover-Einsatz« fuhr, dessen Erfolg sie stark bezweifelte.

Sie wandte sich seufzend dem Krug zu, entschlossen, den Mitgliedern des Kohlvereins die Leviten zu lesen. Die Gespräche verstummten sofort, als sie in die Gaststube polterte.

»Ihr wisst schon, dass das hier Hausfriedensbruch ist?«, sagte sie gereizt und blickte Cordula Carus dabei direkt in die Augen. Sie hatte sie lange nicht gesehen, aber sofort wiedererkannt.

»Ah, gut, dass du kommst«, sagte Cordula. »Wir haben schon auf dich gewartet.«

»Ach ja?« Cordulas Ignoranz brachte Moni nur noch mehr auf die Palme.

»Wir würden nämlich gern eine Kleinigkeit essen«, fügte Bernd hinzu. Das mit dem Hausfriedensbruch war anscheinend bei keinem der Vereinsmitglieder angekommen.

»Der Krug hat geschlossen!«

»Das macht ja nichts«, sagte Bernd. »Wir kennen uns hier aus.«

»Ihr kennt euch aus?« Moni starrte die Vereinsmitglieder fassungslos an. »Mein Vater hat euch vielleicht erlaubt, euch hier häuslich niederzulassen, aber ich will den Schlüssel zurück. Sofort! Und dann macht ihr, dass ihr rauskommt!«

»Se will uus rutschmieten«, kommentierte Volker und ließ betrübt den Kopf hängen. »Denn is dat nu doch vorbi mit uuse Vereen.« Er klang, als ob er gleich in Tränen ausbrechen wollte.

Moni schluckte das, was ihr auf der Zunge lag, hinunter. Es hatte mit Einbruch zu tun und dass man sie vorher hätte fragen müssen und so weiter. Ich keife hier schon rum wie meine Mutter, schoss es ihr durch den Kopf. Und das alles nur, weil sie Cordula nicht mochte, aber dafür konnten die anderen nichts. Sie setzte sich neben Volker an den Vereinsstammtisch.

»Ich hab das nicht so gemeint«, sagte sie. »Wenn ihr mir die Adresse von Schweinchen Dick gebt, dann könnt ihr meinetwegen bleiben.«

Alle sahen sie mit einem schwer zu deutenden Gesichtsausdruck an. Möglicherweise reichte das noch nicht als Friedensangebot. Moni gab sich einen Ruck.

»Na schön. Dann eben Telefonnummer gegen Bauernfrühstück.«

»Hatten die überhaupt ein Telefon?«, fragte Jürgen.

Bernd gnickerte: »Ich hab damals keine Sendung verpasst, aber dass man die anrufen konnte –«

»Ich meine Christa und nicht die Zeichentrickserie!«, platzte Moni heraus, aber die Männer schienen immer noch nicht zu verstehen, worauf sie hinauswollte. Cordula saß da, die Arme vor der Brust verschränkt. Sie schien das alles zu amüsieren. Langsam schwante es Moni, dass der Verein gar nichts von Schweinchenchrista wusste. Woher auch? Kuno hatte ihnen die Karte bestimmt nicht gezeigt, geschweige denn von seinem Techtelmechtel erzählt. Wo hatte sie nur ihren Kopf?

»Das war wieder eine Sitzung beim Arzt!«, tönte Geradas Stimme in die Stille hinein. Alle fuhren herum. Die Ehrenvorsitzende stand in der Tür, auf ihren Stock gestützt.

»Ach ja«, fiel Moni ein. »Ich soll euch ausrichten, dass Frau Jesco beim Arzt ist und später kommt.«

Gerda warf ihr einen vernichtenden Blick zu, dann ging sie zu ihrem Platz. Cordula hatte Mühe, sich das Lachen zu verkneifen. Bernd und Volker ging es ähnlich. Sie sahen sich an und prusteten los.

Frau Jesco setzte sich mit säuerlicher Miene und beobachtete das alberne Gegnicker ihrer Vereinsmitglieder. Moni ahnte, dass sie es auf sich bezog. Schon in der Schule hatte sie jeden Mucks persönlich genommen, und Moni konnte sich noch gut an ihre Reaktion erinnern. Daran hatte sich nichts geändert.

»Wisst ihr, was mein berühmter Vorfahr Heinrich Jesco immer sagte, wenn wir im Winter beisammensaßen, auf dem Tisch eine dampfende Kumme Kohl?«, fing sie prompt einen ihrer gefürchteten Vorträge an, von denen man als Hausaufgabe immer eine Zusammenfassung hatte schreiben müssen.

Alle außer Moni antworteten im Chor: »Grünkohl ist mehr als nur Gemüse.«

Gerda nickte. »Grünkohl, das ist das Gold des Nordens. Die Oldenburger Palme, der Bremer Schatz. Grünkohl ist nicht nur lecker, sondern auch heilkräftig, er lindert Skorbut, Trunkenheit und Triefaugen. Das wussten schon unsere Vorfahren, die alten Germanen, weshalb sie die Urheber der Kohlfahrt sind. Und zwar hier, in unserem schönen Larum, fing alles an. Und ihr lacht darüber?« Sie wandte sich Moni zu. »Ich weiß schon. Das ist dein schlechter Einfluss! Du findest das alles albern. Aber solange Kuno weg ist, sind wir leider darauf angewiesen, dass du uns erlaubst, hier unser Jubiläum zu feiern. Also reiß dich zusammen und mach das hier nicht lächerlich! Du bist bald wieder in Berlin in deinem Nobelrestaurant.«

»Vielleicht finde ich das hier ja gar nicht so lächerlich«, entfuhr es Moni, denn sie fand Frau Jescos Standpauke höchst ungerecht. »Was, wenn ich gekommen bin, um hierzubleiben?« Noch während sie das sagte, wurde ihr klar, dass diese Option gar nicht so abwegig war. Wenn das Bronx unter den Hammer kam, was wäre die Alternative? Ein schlecht bezahlter Job in einer teuren Stadt. Andererseits: Wie sollte das mit ihrem Vater zusammen gehen, wenn der von seinem Schweinchen-Dick-Abenteuer zurückkehrte? Monis Blick irrte zur Promiwand mit den Fotos von all den Sternchen. Die meisten waren vor ihrer Zeit im Krug eingekehrt, um den berühmten Grünkohlorden zu sehen, der normalerweise zwischen ihnen hing.

»Wo ist er überhaupt, der olle Schweinekiefer?«, fragte sie und stellte überrascht fest, dass sich allgemeine Verlegenheit breitmachte.

»Der … ist weg«, sagte Cordula und fügte entschlossen hinzu: »Aber der taucht schon wieder auf. Versprochen!«

Moni verstand kein Wort. Überhaupt hatte sie langsam die Nase voll von diesem Rumgeeiere.

»Na gut«, sagte sie, »dann trefft euch hier und feiert in Gottes Namen das Jubiläum, auch ohne meinen Vater, falls er dann noch –« Sie stockte. Seine erotischen Abenteuer gingen den Verein nichts an. »Es gibt da nur ein Problem«, fuhr sie fort.

»Welches?«

»Gesetzt den Fall, mein Vater bleibt länger weg, wer soll dann den berühmten Larumer Kohl kochen?«

»Na, du«, kam es wie aus einem Mund.

Moni hob die Hände. »Leute, ich bin Hotelfachfrau und keine Köchin.«

»Ist das nicht das Gleiche?«

»Nein.«

»Wer kocht denn in eurer Berliner Kneipe?«, wollte Jürgen wissen.

»Also, erstens ist das Bronx keine Kneipe, sondern ein Gourmetrestaurant mit angeschlossenem Hotel«, erklärte Moni mit Nachdruck. »Zweitens kocht mein Mann. Der hat das nämlich gelernt und schon einen Haufen Preise gewonnen.«

»Super. Dann wird er auch Grünkohl schaffen.«

Monis erster Impuls war, entschieden Nein zu sagen, denn Abraham beschäftigte sich eher mit Langusten als mit Kohl, aber dann schoss ihr der Gedanke durch den Kopf, dass ein bisschen Globalisierung dem Verein ganz gut zu Gesicht stünde und ihr Mann das sicher genauso sah.

»Na gut«, sagte sie, »ich kann ihn ja mal fragen.«

***

Die Agentur logierte unter dem Dach eines eleganten Jugendstilhauses zwischen Facharztpraxen und Anwaltskanzleien in der Nähe des Oldenburger Staatstheaters. Hans Olbers wunderte sich nicht schlecht, als er die gebohnerte Treppe hinaufstieg. Er liebte diese eleganten Flure mit Terazzoböden, geschnitzten Geländern, bunten Kacheln an den Wänden und dem Duft edler Holzpflegeöle, mit denen die Stufen so glatt poliert wurden, dass man darauf Schlittschuh laufen konnte. Sein Beruf führte ihn, wenn überhaupt, in Treppenhäuser, die nach angebranntem Essen, kalter Asche und Urin stanken. Ehrlich gesagt hatte er mit einem schäbigen Büro an einer viel befahrenen Straße gerechnet. Eine verschwiegene Partneragentur in einem exklusiven Bürgerhaus hatte er Kuno Hansen schlichtweg nicht zugetraut.

Etwas atemlos stand der Kommissar schließlich auf dem obersten Treppenabsatz. Die Tür mit dem Schild »Eroszotti Senior« stand einen Spaltbreit offen, Bachs »Wohltemperiertes Klavier« plätscherte heraus, er wurde also erwartet.

Der Kommissar klopfte leise. »Hallo?« Als niemand antwortete, schob er die Tür vorsichtig auf.

»Kommen Sie herein, Herr Olbers. Ich bin in der Küche

und bereite uns Tee«, hörte er eine Frauenstimme aus einem der hinteren Räume. Hans musste beim Klang ihrer Stimme unwillkürlich an dunkelroten Satin und Zigarettenspitzen denken.

»Sie trinken doch Tee, oder?«

»Ja. Schon«, antwortete er, trat ein und sah sich neugierig um.

»Wenn Sie die Tür bitte schließen könnten?«, kam es zurück.

»Selbstverständlich.«

Hans drückte die Tür ins Schloss und hatte sofort das Gefühl, in eine andere Zeit gefallen zu sein. Die Seidentapete in dem großzügigen Flur hatte ein zartes Ornamentmuster, wie es in den zwanziger oder dreißiger Jahren modern gewesen war, allerdings bedeckten unzählige Fotografien in edlen Bilderrahmen einen Großteil der Wände. Die meisten zeigten Paare. Er sah Frauen in langen, schmal geschnittenen Kleidern und Männer mit Zylinder und Frack. Viele stützten sich elegant auf einen Gehstock. Alle standen oder saßen sehr aufrecht und blickten ernst in die Kamera. Er wanderte die Fotowand entlang, und je weiter er kam, desto moderner wurde die Kleidung der abgebildeten Paare.

»Gehen wir in den Salon«, hörte er die Stimme sagen und spürte einen leichten Lufthauch im Nacken.

Er schreckte zusammen, als er sich umdrehte. Dicht hinter ihm stand eine Frau, wie man sie vielleicht aus alten Filmen kannte. Sie entsprach zwar überhaupt nicht dem gängigen Schönheitsideal, aber sie besaß eine geradezu magische Anziehungskraft.

»Odette Erozotti«, stellte sie sich vor. Hans brachte kein Wort heraus. Er starrte sie nur an. Frau Erozotti war nicht mehr jung, ein bisschen füllig, trug ihr weißes Haar sorgfältig gewellt und ein unaufdringliches Make-up, das ihre vollen Lippen und tiefgrünen Augen zur Geltung brachte. Der pfirsichfarbene Seidenmorgenmantel bot einen tiefen Einblick in ihr Dekolleté. In den manikürten Händen trug sie ein silbernes Tablett, auf dem zwei hauchdünne chinesische Teetassen samt passender Kanne standen, aus der es würzig duftete. Hans räusperte sich verlegen.

»Folgen Sie mir«, sagte sie lächelnd.

Hans betrat hinter ihr ein Wohnzimmer, das wie die übrigen Räume gut und gern als Filmkulisse für einen Streifen aus der Vorkriegszeit getaugt hätte. Er konnte kaum den Blick von ihr abwenden, denn die Frau vor ihm schwebte quasi zu dem ebenholzfarbenen Art-déco-Tisch unter dem hohen Fenster und stellte das Tablett dort ab. Dann bot sie ihm einen der Chintz-Sessel an und setze sich ihm gegenüber. Mit einer eleganten Bewegung goss sie Tee in die Tassen. Hans war fasziniert. Trotz ihres Alters besaß sie eine ausgesprochen erotische Ausstrahlung. Frau Erozotti hob ihre Tasse und nippte vorsichtig.

»Sie sehen aus, als hätten Sie die eine oder andere Frage«, begann sie.

»Ähm, ja. Also, die Wohnung hier … die Möbel und so. Und Sie mittendrin … Ist das alles original?«

Odette Erozotti hob leicht irritiert die Augenbrauen. »Meine Eltern haben die Wohnung kurz nach ihrer Heirat bezogen und genau so eingerichtet, wie Sie sie jetzt vorfinden«, begann sie zu erzählen. »Das war 1929. Deshalb hat die Agentur den Beinamen Senior, mein Vater wollte das so.« Sie trank einen Schluck Tee und fuhr fort: »Was mich betrifft, nun ja, außer meinen Zähnen ist fast alles original. Allerdings möchte ich da nicht ins Detail gehen.«

Hans Olbers verschluckte sich. »Also, Entschuldigung«, keuchte er, »das … hatte ich nicht so gemeint.«

Odette Erozotti beugte sich lächelnd vor, der Seidenmantel rutschte ihr dabei von der Schulter, sie zog ihn nonchalant zurück und fragte: »Gefällt Ihnen, was Sie hier sehen?«

»Oh ja! Es ist … überraschend.«

»Das sagen viele.« Sie lehnte sich zurück. »Kommen wir zum Grund Ihres Besuches. Sie suchen ein außereheliches Abenteuer?«

»Wie bitte? Nein! Wie kommen Sie darauf?«

»Sie tragen einen Ehering.«

Hans kam sich plötzlich schäbig vor. Er senkte den Kopf und hörte, wie sein Gegenüber die Tasse abstellte.

»Herr Olbers? Geht es Ihnen nicht gut?«

»Doch, doch. Alles bestens. Ich wollte nur …« Wieder fehlten ihm die Worte. Was war das für eine seltsame Begegnung? Und das auf fast leeren Magen nach Feierabend. »Seit wann betreiben Sie diese Agentur?«, fiel ihm schließlich eine unverfängliche Frage ein.

»Ich habe sie 1962 von meinem Vater übernommen. Die Agentur selbst gibt es seit 1932. Mit Unterbrechungen, Sie wissen schon. Der Krieg …«

Hans nickte anerkennend. »So lange existiert Ihr Laden? Respekt!«

»Das ist kein Laden.« Odette Erozotti klang ein klein wenig pikiert. »Ich schiebe keine einsamen Herzen über die Theke.«

Hans nahm seine Teetasse, trank einen verlegenen Schluck und versuchte, sich zu konzentrieren. Wie schaffte er es, das Gespräch auf Kuno zu lenken und gleichzeitig die vielen Fettnäpfe zu umgehen, die hier herumstanden? Ihm kam eine Idee. »Die vielen Fotos im Flur, das sind alles …«

»… erfolgreiche Vermittlungen der Agentur. Eine Auswahl.«

»Donnerwetter! Dann hatte Kuno also recht.«

Odette Erozotti runzelte die Stirn. »Von wem reden Sie?«

»Kuno Hansen. Ein guter Freund. Er hat Sie mir empfohlen.«

»Ach ja?« Sie schlug die Beine übereinander, wodurch ihr Morgenmantel sich bis über die Knie öffnete. Sie trug Seidenstrümpfe, die von Strapsen gehalten wurden. Hans schluckte. Sein Mund war plötzlich trocken wie Mehl.

»Er ist einer Ihrer Kunden«, fuhr er fort und merkte selbst, dass er heiser klang. »Ich habe ihn lange nicht gesehen. Wissen Sie, wo er sich herumtreibt?«

»Ich kenne keinen Herrn dieses Namens«, sagte sie kühl. »Und selbst wenn, würde ich Ihnen keine Auskünfte geben. Wenn Sie also gekommen sind, um mich auszuhorchen, muss ich Sie enttäuschen.«

Hans nickte und war kurz davor, seinen Dienstausweis zu zeigen, aber es widerstrebte ihm, eine echte Dame zu enttäuschen. Er hatte sie schließlich angelogen. Warum mussten es einem die Frauen immer so schwer machen? »Kuno ist ein wirklich guter Freund«, hakte er nach. »Ich mache mir ehrlich gesagt große Sorgen. Er ist seit ein paar Tagen wie vom Erdboden verschluckt.«

Sie musterte ihn schweigend. Vor lauter Verlegenheit griff er nach der Kanne und goss sich selbst nach, was sein Gegenüber mit hochgezogenen Augenbrauen registrierte. Hans stellte die Kanne vorsichtig wieder auf das Stövchen.

»Mein Freund Kuno hat mir etwas von einer Frau erzählt«, fuhr er fort. »Sie heißt Christa. Er hat sie über Ihre Agentur kennengelernt und wollte mit ihr verreisen.«

Keine Reaktion. Odette Erozotti rührte schweigend in ihrer Tasse. Die Teezuckerstückchen, von denen sie reichlich dazugegeben hatte, klackten leise gegen das Porzellan.

»Könnten Sie eventuell so nett sein, mir die Telefonnummer dieser Christa zu geben? Ich muss Kuno wirklich dringend erreichen.«

Frau Erozotti hob den Löffel aus der Tasse, leckte ihn mit spitzer Zunge ab und legte ihn auf die Untertasse. Sie lächelte maliziös.

»Es wäre wirklich sehr wichtig. Bitte«, bettelte Hans.

»Sie sind gar nicht wegen einer Vermittlung gekommen, stimmt's? Ich vermute, Sie sind Detektiv oder etwas in der Art. Habe ich recht?«

Hans gab sich geschlagen. Fast erleichtert kramte er seinen Dienstausweis hervor. Odette Erozotti nahm ihn an sich und studierte ihn eingehend.

»Aha. Kriminalhauptkommissar Hans Olbers also.« Sie reichte ihm den Ausweis zurück. »Was hat Ihr vermeintlicher Freund denn angestellt?«

»Wie ich schon sagte, er wird vermisst. Seine Tochter macht sich große Sorgen.«

Frau Erozotti bedeckte ihre Beine. »Es tut mir leid. Warum haben Sie das nicht gleich gesagt? Natürlich kenne ich den Herrn.«

Hans kramte die Schweinchenkarte hervor. Er wollte die Sache jetzt so schnell wie möglich hinter sich bringen, denn sein

Undercover-Versuch kam ihm inzwischen selbst albern vor. Mit der Schriftseite nach oben legte er sie vor Odette Erozotti auf den Tisch.

»Was soll das sein?«, fragte die.

»Eine Postkarte, und zwar von der Frau, die Herr Hansen über diese Agentur kennengelernt hat. Wir vermuten, dass er mit ihr zusammen ist. Ich brauche die Adresse der Dame.«

»Das ist ja allerhand! Sie missbrauchen meine Gastfreundschaft, spielen mir etwas vor, und jetzt soll ich auch noch Geschäftsgeheimnisse preisgeben? Ich verweigere die Aussage.«

Hans hob beschwichtigend die Hände. »Es tut mir leid, aber wenn Sie mir nicht weiterhelfen, muss ich mit einem Durchsuchungsbeschluss wiederkommen.«

»Das ist Erpressung!« Odette Erozotti griff nach einer Serviette und wedelte sich damit Luft zu.

»Nein, das ist Polizeiarbeit«, erklärte Hans, dem das Getue langsam auf die Nerven ging. Jetzt, wo die Verhältnisse geklärt waren, hatte die Frau irgendwie an Reiz verloren.

Sie erhob sich aus ihrem Sessel. Mit wehendem Morgenmantel entschwand sie in den Nebenraum. Hans hörte sie dort rumoren. Er trank seinen Tee aus, der lauwarm nur noch halb so gut schmeckte, und wartete. Schließlich kam sie mit einer Karteikarte zurück, die sie ihm mit einem Ausdruck allergrößter Empörung überreichte.

»Wenn publik wird, dass ich Adressen meiner Klienten herausgebe, kann ich die Agentur schließen«, sagte sie missbilligend. »Und jetzt gehen Sie bitte. Den Weg kennen Sie ja.«

Hans nickte und hievte sich nun seinerseits aus den viel zu weichen Polstern, blieb dann aber nachdenklich stehen.

»Was denn noch?«

»Sie kennen sich durch Ihren Beruf sicher gut mit Menschen aus«, begann er.

»Selbstverständlich. Ich wusste gleich, dass bei Ihnen etwas faul ist!«

»Ist Ihnen an Kuno Hansen auch etwas aufgefallen?«

Sie dachte nach. »Nun ja, er war … wie soll ich sagen … ein

wenig schlicht. Eigentlich nicht die Art von Klienten, die sonst zu mir kommen. Aber er hat mir leidgetan.«

»Wie kam er auf Sie? Hat er das gesagt?«

»Es handelte sich da um einen Irrtum seinerseits. Er hatte einen Termin im Immobilienbüro Erozotti, gleich nebenan. Ein entfernter Verwandter, aber leider kein sehr vertrauenerweckender Geschäftsmann, wenn Sie mich fragen. Wir werden ständig verwechselt.«

»Immobilien?« Hans wurde hellhörig.

»Ja. Er hat mir erzählt, dass er überlegte, seinen Gasthof zu verkaufen.«

»Tatsächlich? Und wissen Sie, ob er nach dem Besuch bei Ihnen noch nach nebenan gegangen ist?«

»Nein, ist er nicht. Ich habe es ihm ausgeredet, denn jeder Mensch braucht doch einen Platz, wo er hingehört, oder? Stattdessen habe ich ihm Frau Velmer vermittelt.«

»Christa Velmer?«

»Ja. Gab es da Probleme, von denen ich nichts weiß?«

Hans lächelte. »Ich denke nicht.«

Samstag

Moni hatte sich Hans' alten Benz ausgeliehen, um Abraham vom Bahnhof abzuholen. Es war Samstagmittag, das Dorf lag wie ausgestorben da. Anthrazitfarbene Wolken zogen wie Lastkähne über den Himmel. Immer wieder gingen sturzbachartige Regengüsse nieder, echtes norddeutsches Schmuddelwetter also. Nichtsdestotrotz bewegte sich ein Trupp Kohlfahrer gut gelaunt in Richtung Bocksdorf durch die Landschaft. Schließlich war schlechtes Wetter kein Argument gegen einen Ausflug in die Natur, schon gar nicht, wenn am Ende eine dampfende Kumme Kohl samt großzügigen Fleischbeilagen wartete.

Moni vermutete, dass die Gruppe den Eichenhof im Nachbardorf ansteuerte, denn der veranstaltete heute eine Sammelkohlfahrt mit DJ und Tanz. Es hatte groß in der Zeitung gestanden.

Unwillkürlich fuhr sie langsamer, denn bei kohlfahrenden Gruppen war immer mit spontanen Richtungswechseln zu rechnen, je nachdem, wo Teebeutel, Besen, Gummistiefel oder Boßelkugeln beim Wettwerfen landeten. Dieser Trupp hatte, wie üblich, einen prall gefüllten Bollerwagen dabei, der mit Grünkohlpflanzen und einer Warnleuchte geschmückt war. Als Moni im Schritttempo vorbeiglitt, winkte ihr einer der Männer mit einer Schluckbuddel zu und machte Zeichen, dass sie anhalten solle. Sie fuhr grüßend weiter. Im Rückspiegel konnte sie gerade noch sehen, wie jemand eine Schnapslatte aus dem Bollerwagen hob. Na dann prost, dachte Moni und wandte ihre Aufmerksamkeit wieder der Straße zu. In froher Erwartung parkte sie den alten Benz vor dem Bahnhof und lief zum Gleis, an dem mehr Leute als sonst bibbernd in der Kälte auf den Zug warteten. Über die Anzeigetafel lief ein rotes Textband: »Störung im Betriebsablauf, der Zug hat circa 240 Minuten Verspätung«.

»Was ist das denn für ein Mist«, schimpfte Moni laut.

»Hinter Bocksdorf hat sich jemand vor den Zug geworfen«, klärte ein Mann sie auf und hielt ihr sein Smartphone hin. »Aber die nächste Bahn soll in zwanzig Minuten kommen. Sagt jedenfalls die Bahn-App.«

»Dann will ich mal hoffen, dass die App recht hat«, seufzte Moni und kehrte zum Wagen zurück, um windgeschützt auf Abraham zu warten.

Keine zwanzig Minuten später fuhr der Regionalzug ein. Moni lief zum Bahnsteig und hielt nach ihrem Mann Ausschau. Schnell entdeckte sie ihn, denn Abraham war kaum zu übersehen. Er maß fast zwei Meter und war überhaupt eine beeindruckende Erscheinung. Viele hielten ihn für einen Basketballspieler.

»Ich hab dich so vermisst«, flüsterte sie, als sie sich endlich in den Armen lagen.

»Und ich dich erst«, antwortete er und strich ihr eine Strähne aus dem Gesicht.

Arm in Arm gingen sie zum Auto und stiegen ein. Moni parkte schwungvoll aus und hätte fast einen anderen Wagen touchiert, der wütend hupte.

»He«, lachte Abraham, »kaum darfst du Mercedes fahren, wirst du zum Verkehrsrowdy.«

Moni fühlte sich aufgekratzt. »Das liegt an zu viel frischer Luft«, erklärte sie und bemühte sich um einen weniger forschen Fahrstil.

»Gibt es schon eine neue Spur von deinem Vater?«, wollte Abraham wissen, als sie den Bahnhof hinter sich gelassen hatten.

Die Frage versetzte Monis guter Laune einen Dämpfer. »Ja, die gibt es. Stell dir vor, er hat sich eine Freundin angelacht. Über eine Partneragentur. Wahrscheinlich ist er mit ihr in Urlaub gefahren. Die Polizei prüft das gerade.«

»Warum klingst du so bitter?«, fragte Abraham und sah sie von der Seite an. »Das ist doch eine gute Nachricht.«

»Sie umhäkelt Taschentücher!« Moni machte einen Schlenker mit dem Wagen. »Wahrscheinlich hängt bei ihr über dem Sofa ein Ölgemälde vom Watzmann, und am Wochenende lädt sie uns zum Schweinebratenessen ein.«

»Wenn er schmeckt, der Braten …«

Moni schnappte nach Luft, aber bevor sie antworten konnte, öffnete der Himmel alle Schleusen. Sie schaltete die Scheibenwischer auf Höchstgeschwindigkeit, was aber auch nicht viel nützte. Mit Mühe schaffte sie es bis zur Parkbucht der nächsten Bushaltestelle. Sie ließ den Motor laufen in der Hoffnung, der Platzregen wäre schnell vorbei.

»Vielleicht ist sie ja Vegetarierin«, sagte Abraham und lächelte verschmitzt.

»Ha, ha«, machte Moni.

Abraham gab einen überraschten Laut von sich. »Was ist das denn?«, rief er und zeigte auf die Straße.

Moni kniff die Augen zusammen. Durch den Regenschleier erkannte sie etwas Großes, Dunkles, das sich auf sie zubewegte.

»Ach das«, antwortete Moni. »Das ist nur der Elefant. Der bricht ständig aus, deshalb die Warnleuchte.«

»Habt ihr in Larum einen Zoo?«, fragte Abraham und klang besorgt.

Moni nickte, denn Strafe musste sein. »Die Leute hier kennen das schon. Wem er über den Weg läuft, der bringt ihn zurück. Die Leute im Zoo verlassen sich darauf.« Sie seufzte. »Dieses Mal sind wohl wir dran.«

Abraham musterte sie von der Seite. »Jetzt machst du dich über mich lustig, oder?«

Sie lächelte. »Würde mal sagen, es steht eins zu eins.«

Gemeinsam beobachteten sie, wie das Monstrum näher kam.

»Das sind Leute!«, rief Abraham schließlich.

Die Gruppe, der sie auf dem Hinweg begegnet war, hatte zum Schutz gegen den Regen eine Plane über sich ausgebreitet. Die Schädel der Kohlfahrer zeichneten sich unter dem provisorischen Dach ab. Sie bewegten sich langsam vorwärts. Den Schluss bildete der Bollerwagen mit der Blinkleuchte.

»Die holen sich ja den Tod bei dem Wetter!«, rief Abraham. »Wir sollten zumindest die Frauen und Kinder im Auto mitnehmen.«

»Keine Sorge. Die machen das freiwillig. Das ist nämlich eine Kohlfahrt.«

»*Das* ist eine Kohlfahrt?«, fragte Abraham fassungslos.

»Yep.« Moni startete den Benz und steuerte ihn auf die Straße zurück, denn der Regen hatte nachgelassen.

»Aber warum tun die das? Warum fahren die bei dem Wetter nicht mit dem Auto?«

»Weil man sich den Kohl erst verdienen muss.«

»Aha.« Abraham verrenkte den Hals, als sie langsam an der Kohorte unter der Plane vorbeifuhren. »Und das alles nur für Grünkohl? Ich meine, wenn es Albatrüffel wären. Oder bretonische Felsenaustern …«

»Das erzähl denen mal«, lachte Moni. »Wenn sie die Wahl hätten, würden sie deine Austern und Trüffel glatt stehen lassen. Und dann wird ja auch noch das Kohlkönigspaar gewählt.«

»So wie die Weinkönigin oder der Gurkenprinz?«

»So ähnlich. In Larum hat das lange Tradition. Hier wurde die Kohlfahrt überhaupt erst erfunden, und zwar vor mehr als tausend Jahren. Wir haben sogar noch den Orden von damals!«

Sie konnte es selbst kaum fassen, dass sie Heinrich Jescos Märchen von der Wiege der Kohlfahrt auch schon erzählte, als wäre sie stolz darauf. Andererseits war es nicht verkehrt, ihrem Mann die Sache schmackhaft zu machen, denn sie hatte ihm noch nicht gebeichtet, was hier auf ihn zukam. Am besten holte sie das sofort nach.

»Du wirst das übrigens alles in Kürze live miterleben«, sagte sie und spürte Abrahams irritierten Blick.

»Sag nicht, wir sind zu einer solchen Kohlfahrt eingeladen!«

»Nicht direkt«, wand sich Moni. »Es ist nur so: Der Kohlfahrtverein möchte, dass du für ihn kochst.«

»Kein Problem. Was soll es sein? Oder soll ich sie überraschen?«

Moni spürte, wie ihre Hände zu schwitzen begannen, und umklammerte das Lenkrad fester. »Ich denke, sie bevorzugen eher die ländliche Küche.«

»Also rustikal. Gut. Ich lass mir etwas einfallen.«

»Das brauchst du nicht. Das Menü steht im Grunde schon fest.«

»Aha. Und was darf's sein?«

»Grünkohl. Also mit allem Drum und Dran. Pinkel, Kochwurst, Kasseler … Es ist für die Jubiläumskohlfahrt.«

Abraham sah sie von der Seite an. »Das ist jetzt ein Scherz, oder? Du holst mich für Grünkohl aus Berlin?«

»Das halbe Dorf hat sich schon angemeldet!«

Gut, das war ziemlich übertrieben, aber wenn Cordula ernst machte mit ihrem versprochenen Presserummel, würde es schon noch werden. Sie warf Abraham einen flehenden Blick zu.

»Die feiern das jetzt schon seit hundertfünfundzwanzig Jahren, und immer im Krug. Ich konnte nicht Nein sagen. Das musst du doch verstehen.«

Abraham schwieg, und Moni fühlte sich unbehaglich. Sie hätte ihm von Anfang an reinen Wein einschenken müssen, aber wäre er dann sofort gekommen, gerade jetzt, wo in Berlin alles den Bach runterging?

»Du verlangst also von mir, dass ich für diese … Tradition«, er spuckte das Wort geradezu aus, »Kohl zu Brei mache?«

»Verstehst du das denn nicht?«, entgegnete sie und wunderte sich selbst über ihre Leidenschaft. »Die reißen mir den Kopf ab, wenn ich den Krug ausgerechnet zum Jubiläum dichtmache. Und Grünkohl mit Pinkel ist kein Brei!«

Hinter ihnen hupte ein Auto und fuhr mit quietschenden Reifen an ihnen vorbei. Moni merkte erst jetzt, dass sie mit zwanzig Stundenkilometern über die Straße schlich. Sie lenkte den Wagen an den Straßenrand und machte den Warnblinker an. Eigentlich hatte sie das alles in Ruhe nach der ersten Tasse Kaffee klären wollen. Nun gut, jetzt war es die Berme.

»Es tut mir leid«, begann sie, »ich hätte dir das mit der Kohlfahrt sagen sollen, aber irgendwie …« Sie seufzte tief. »Das ist hier nicht Berlin, und der Krug ist nicht das Bronx. Und ich kann dir auch nicht erklären, warum es mir plötzlich wichtig ist, dass diese bekloppte Kohlfahrt stattfindet, aber ich flehe dich an! Tu's für mich. Nur dieses eine Mal. Bitte.«

Abraham schwieg so lange, dass sie damit rechnete, er würde sie bitten, ihn zum Bahnhof zurückzufahren. Stattdessen sagte er unvermittelt: »Man könnte ja auch kreativ werden.«

»Bitte?«

Er strich sich nachdenklich über das Kinn. »Mit kandierten Kartoffeln vielleicht oder …« Ein Lächeln glitt über sein Gesicht. »Eine Herausforderung wäre es schon. Als gut. Ich mach's.«

Moni wäre ihm vor Erleichterung am liebsten um den Hals gefallen, aber in dem Moment klingelte ihr Handy. Sie zog es aus der Jackentasche. »Ja?«, meldete sie sich knapp, denn diese Unterbrechung passte ihr ganz und gar nicht.

»Hans hier. Es geht um deinen Vater.«

Moni saß sofort kerzengerade auf dem Fahrersitz. Hans klang so seltsam. »Ist etwas passiert?«

»Er hat sich tatsächlich mit dieser Christa Velmer zu einem Kurzurlaub getroffen.«

Moni atmete auf. »Und? Hast du mit ihm gesprochen?«

»Nein. Aber mit dieser Christa. Er ist zur verabredeten Zeit nicht aufgetaucht. Frau Velmer kann sich keinen Reim darauf machen. Sie dachte, er hätte sie sitzen lassen.«

»Und was heißt das?«

»Nichts.«

»Wie, nichts? Er ist seit vier Tagen weg, und du findest heraus, dass er eine Verabredung mit seiner Geliebten nicht eingehalten hat. Das klingt in meinen Ohren nicht nach nichts!«

»Du hast recht. Da ist schon noch etwas«, druckste Hans. »Ich muss wissen, welche Medikamente dein Vater nimmt.«

»Medikamente?« Moni spürte, wie ihr Mund austrocknete. »Keine Ahnung. Er hasste das.«

»Frau Velmer meinte aber, er hätte bei ihrem ersten Treffen Tabletten dabeigehabt.«

»Viagra?«

»Sie glaubt sich zu erinnern, dass auf der Packung ›Cilex‹ stand.«

»Ja und?«

»Das wird gegen Depressionen verschrieben.«

Der Wagen machte einen Satz, als Moni den Fuß von der Kupplung nahm, und blieb mitten auf der Straße stehen.

»Sag mir, was los ist«, forderte Moni den Kommissar auf.

»Also gut. Das muss nichts heißen, aber hinter Bocksdorf hat sich ein Mann vor den Zug geworfen.«

Moni schluckte. »Und das ist mein Vater?«

»Wir wissen es noch nicht. Aber er hatte ein Päckchen Cilex in der Tasche.«

***

Enno setzte seinen Chef am späten Nachmittag vor dem Krug ab. Hans rief ihm noch »Schönes Wochenende!« nach und sah zu, wie der Wagen hinter der Straßenecke verschwand. Eigentlich hatte Moni versprochen, ihm seinen Benz auf die Wache zu bringen, nachdem sie ihren Mann vom Bahnhof geholt hatte, aber nach dem Schock war er ihr nicht böse, dass sie es versäumt hatte. Vor dem Gasthof parkte sein Wagen allerdings auch nicht, aber drinnen brannte Licht. Vielleicht war ihr Mann noch mal losgefahren, um etwas zu besorgen.

Er fand Moni hinter der Theke, sie polierte Gläser und sah verheult aus. Als sie ihn bemerkte, hielt sie inne.

»Ich hab keine Medikamente unter seinen Sachen gefunden«, sagte sie verschnupft. Hans zog einen Barhocker heran und wuppte seine hundert Kilo auf die Polsterung.

»Ich habe gute Nachrichten«, sagte er. »Der Mann auf den Schienen ist nicht dein Vater.« Er konnte sehen, wie die Anspannung von Moni abfiel.

»Gott sei Dank! Ich dachte schon, ich muss jetzt zur Identifizierung mitkommen.« Moni riss ein Stück Küchentuch von der Rolle und schnäuzte sich ausgiebig.

»Nein, das musst du nicht«, sagte Hans. »Der Mann hat seine Brieftasche samt Abschiedsbrief in der Nähe deponiert, aber wir haben sie trotzdem erst später gefunden.«

Moni nahm den Kräuterschnaps aus dem Regal, der von ihrer Aufräumaktion übrig geblieben war. Sie goss sich ein Glas voll und trank es in einem Zug leer. »Auch einen?«, keuchte sie und holte ein zweites Glas.

Hans nickte. »Ich bin ja nicht mehr im Dienst.« Moni goss

ihm und sich selbst ein. Er prostete ihr zu und beobachtete mit Erleichterung, dass langsam wieder Farbe in ihr Gesicht kam.

»Was willst du jetzt unternehmen?«, keuchte sie und leckte sich den Rest Likör von den Lippen.

Gute Frage, dachte der Kommissar. Möglicherweise hatte Kuno kalte Füße bekommen, was seine Christa anging. Aber warum war er dann nicht in den Krug zurückgekehrt? Hans seufzte tief. »Um ehrlich zu sein, weiß ich es nicht. Wir stehen wieder am Anfang.«

»Vielleicht ist ihm ja doch etwas zugestoßen.«

Hans sah Moni fest in die Augen. »Ich finde ihn. Versprochen. Aber jetzt sag mir mal: Wo ist eigentlich mein Wagen? Ich würde nämlich gern nach Hause fahren.«

Moni schlug die Hände vor das Gesicht. »Ach du meine Güte, ich hab dich ganz vergessen bei dem ganzen Tohuwabohu. Wie bist du überhaupt hergekommen?«

»Enno hat mich vorbeigefahren.«

»Aber das war ein gewaltiger Umweg für ihn, oder?«

Hans nickte und dachte sich seinen Teil. Enno hatte den Umweg nur allzu gern gemacht, denn zu Hause hing wieder mal der Haussegen schief.

»Tut mir übrigens leid, dass ich dich vorhin am Telefon so angeblafft habe«, sagte Moni kleinlaut.

Hans winkte ab. »Kein Thema.«

»Und was deinen Wagen betrifft: Abraham hat ihn sich ausgeliehen.«

»Dachte ich mir schon.«

»Er ist einkaufen gefahren. Wir haben nichts mehr im Haus.«

»Hauptsache, ich kriege den Wagen heil zurück.«

»Abraham ist ein guter Fahrer«, beruhigte Moni ihn. »Er will dem Kohlfahrtverein etwas auftischen, wenn sie ihre Sitzung hier abhalten. Praktisch als Generalprobe für das große Grünkohlessen. Ich hoffe, du bist mir nicht böse deswegen.«

Hans verneinte, aber ein bisschen wurmte es ihn schon, denn er hatte sich auf zwei musenkussreiche Stündchen in seiner Dichterklause gefreut. Ihm war nämlich auf dem Rückweg von Christa

Velmer etwas eingefallen, ein Willkommensgruß für Moni und Abraham, an dem er noch feilen wollte. Nun gut, wenn er schon einmal hier war, konnte er Moni einen Vorgeschmack gewähren. Er schloss kurz die Augen, um sich zu sammeln.

»Groß Freud ist ganz auf meiner Seit
Dass ihr so selbstlos seid bereit
Den Krug hier weiter zu betreiben
Statt nach Berlin hinwegzuscheiden
Stattdessen zu bewahren unsere Tradition
Selbst die alten Germanen wussten davon
Dass Kohl sei gut gegen allerlei Leid
Drum seid allenthalben frisch und bereit
Das Lob auf den Grünkohl laut zu bekunden
Selbst, wenn der eigene Vater verschwunden.«

»Ähm, ja.« Moni schenkte ihm wortlos nach.

Hans prostete ihr zu. Ihm war plötzlich ganz feierlich zumute. Er hätte gern noch einen launigen Trinkspruch vorgebracht, aber draußen parkte gerade sein Benz.

»Da ist er ja endlich«, rief Moni, und Hans reckte den Hals.

Gerade sprang die Straßenlaterne vor dem Krug an, und zu Monis und Hans' großer Überraschung öffneten sich alle vier Wagentüren gleichzeitig. Auf der Beifahrerseite stieg Elke aus, während hinten zwei Frauen mit Kopftuch zum Vorschein kamen, die Hans schon in seiner Küche beim Deutschunterricht gesehen hatte. Zuletzt stieg der Fahrer aus.

»Und wo ist dein Mann?«, fragte er verwundert.

»Da ist er doch.« Moni zeigte auf den baumlangen Kerl, der gerade die Fahrertür schloss.

»Aber der ist …«

»Schwarz. Hast du ein Problem damit?« Monis Miene verschloss sich augenblicklich.

»Nein! Ich wusste nur nicht, dass dein Mann Afrikaner ist.« Hans spürte sofort, dass er schon wieder in einen Fettnapf getreten war. Dieser hatte die Ausmaße der Thülsfelder Talsperre.

»Abraham ist Deutscher«, sagte Moni kühl.

»Und vermutlich ein prima Koch«, fügte Hans hinzu, um das Gespräch wieder in sichere Bahnen zu lenken. Er hätte sich am liebsten für seine Blödheit auf die Zunge gebissen.

Moni hatte ihm jedoch schon verziehen. Sie lächelte stolz. »Ja, das stimmt. Der Gault Millau hat ihm eine Mütze verliehen.«

»Was denn für eine Mütze?«, fragte Hans.

»Das ist *die* Auszeichnung für Spitzenköche.«

Die Tür zur Gaststube öffnete sich, und ein Schwall kalter Luft wehte herein, gefolgt von Elke und Abraham. Monis Mann stellte zwei prall gefüllte Einkaufstaschen ab, während Elke durchs Fenster den beiden Frauen zuwinkte, die sich in Richtung Feuerwehrhaus davonmachten. Dann wandte sie sich ihrem Mann zu und wurde ernst.

»Abraham sagte, der Mann, der sich vor den Zug geworfen hat, ist vielleicht Kuno?«

»Nein. Wir können das mittlerweile ausschließen.«

Elke seufzte erleichtert »Na, das ist doch mal eine gute Nachricht.«

Abraham war mit zwei Schritten hinter der Theke und nahm Moni in den Arm. »Dein Vater lebt. Gott sei Dank!«

Hans musterte ihn. Er ging sehr fürsorglich mit Moni um und war ohne Frage eine imposante Erscheinung. Aber ging ihn das etwas an? Er benahm sich schon, als wäre er ihr Vater. Wird Zeit, dass ich mich vorstelle, dachte er und reichte Abraham die Hand. »Ich bin Hans Olbers, väterlicher Freund Ihrer Frau und Ermittler im Fall von Kuno Hansen. Aber das hat Elke Ihnen sicher schon alles erzählt. Na, jedenfalls willkommen in Larum.«

»Abraham Baschir. Ich freue mich, Sie kennenzulernen.« Er lächelte breit. »Ich weiß tatsächlich schon eine Menge über Sie.«

»Ist das nicht ein schönes Paar?«, lächelte Elke.

»Ja. Klar.« Hans wandte sich Elke zu. »Wie kommt es eigentlich, dass ihr zusammen gekommen seid? Habt ihr euch in der Stadt getroffen? Und woher wusstest du, dass er Monis Mann ist?«

»Ich war mit Fatma und Leila einkaufen, und dann haben wir deinen Wagen auf dem Parkplatz vor dem Supermarkt gesehen«, erklärte Elke. »Wir haben auf dich gewartet in der Hoffnung, dass du uns nach Hause fährst, aber dann kam Abraham. Wir haben uns bekannt gemacht, und er hat uns mit zurückgenommen.«

»Das ist übrigens ein tolles Auto, Ihr Benz«, sagte Abraham. »Den wollen Sie nicht zufällig verkaufen?«

»Nicht im Leben!«

Abraham machte eine bedauernde Geste. »Schade. Ich hätte ihn genommen. Na, dann werde ich jetzt mal den Kofferraum leer räumen. Da ist noch der frische Grünkohl vom Wochenmarkt drin.«

Hans blieb kurz die Luft weg. »Frischer Grünkohl?«, fragte er. »In meinem Kofferraum? Mit all dem Schneckenzeug und so?«

Er fiel fast vom Barhocker und stürzte nach draußen zu seinem Wagen. Dass es schon wieder Bindfäden regnete, kümmerte ihn nicht. Im Frühjahr hatte er den Wagen mühsam mit dunkelgrauem Nadelfilz neu ausgelegt. Es sah gut aus, fast wie neu. Und jetzt krochen Schnecken darauf herum und hinterließen eklige Schleimspuren! Er riss den Kofferraum auf, aber der war abgeschlossen. Wütend drehte er sich um. Vor seinen Augen baumelte der Wagenschlüssel, Abraham war hinter ihm hergekommen. Hans riss den Schlüssel an sich. Er war ein friedlicher Mensch, der es gern gemütlich hatte, aber wenn es um seinen Wagen ging, hörte der Spaß auf. Er öffnete die Heckklappe in der Erwartung, einen Haufen feuchten Kohl zu erblicken, den er einfach auf die Straße befördern würde. Aber da standen nur vier sorgfältig verschlossene Umzugskartons. »Und wo ist der Kohl?«, raunzte er Abraham an.

»In den Kartons.« Monis Mann hob einen heraus, stellte ihn auf den Boden und stapelte sich noch einen zweiten obenauf. »Vielleicht könnten Sie die anderen beiden nehmen? Sie sind nicht schwer.«

Gemeinsam trugen sie den Kohl an Elke und Moni vorbei in

die Wirtshausküche. Abraham stellte seine Kartons auf einem der Edelstahltische ab, Hans schob seine daneben.

»Danke vielmals.« Abraham legte dem Kommissar die Hand in einer freundschaftlichen Geste auf die Schulter. »Auch dafür, dass Sie uns den Benz ausgeliehen haben.« Er machte eine verlegene Pause. »Wollen wir uns nicht auch duzen?«, fuhr er fort. »Ich bin …«

»Abraham. Ich weiß.« Hans lächelte. »Meinen Namen kennst du ja auch schon. Und das mit dem Auto war doch selbstverständlich. Hier auf dem Land hilft man sich eben.«

Als sie in die Gaststube zurückkamen, saßen Moni und Elke bei einer Tasse Kaffee und hatten die Köpfe zusammengesteckt.

»Wollt ihr auch einen?«, fragte Moni, doch Hans hatte nur Augen für Elke.

»Ich dachte, du willst noch kochen«, knurrte er.

»Ach, Hans«, seufzte Elke, »ein Butterbrot tut's doch auch mal, nach dem Schreck.«

»Warum kommt ihr nicht nachher einfach zum Essen zu uns in den Krug?«, schlug Abraham vor. »Wir laden euch ein.«

»Kommt nicht schon der Kohlfahrtverein?«, fragte Elke.

»Schon. Aber euer Urteil würde mich auch interessieren. Ich möchte nämlich etwas ausprobieren. Grünkohl mal anders.«

Hans wollte gerade dankend ablehnen, denn Grünkohl wurde überhaupt nur auf eine Art gekocht, nämlich mit Pinkel, Kochwurst und Kasseler. Aber dann registrierte er, wie Elkes Augen vor Begeisterung zu leuchten begannen. Er seufzte und gab nach. Ein großes Opfer, schließlich hatte sie ihm Königsberger Klopse versprochen.

Das Telefon klingelte. Moni hob ab und horchte eine Weile, dann reichte sie den Hörer mit ernster Miene an ihn weiter.

»Es ist Enno«, sagte sie knapp.

Hans nahm das Gespräch entgegen. Als er auflegte, wusste er, dass es heute weder mit Grünkohl noch mit Königsberger Klopsen etwas werden würde.

Samstag, Abend

Enno schlug mehrmals mit der Faust aufs Lenkrad.

»Verdammt, verdammt, verdammt!«

Welcher böse Schicksalsgott hatte sich ausgerechnet an seine Fersen geheftet, um ihm das Leben schwer zu machen? Reichte es nicht, dass Thekla ihm jeden Tag aufs Brot schmierte, was für ein Versager er war? Dass er zu wenig Geld nach Hause trug, dass sie nie etwas richtig Tolles unternahmen, so wie andere Ehepaare, dass er nicht einmal mehr im gemeinsamen Ehebett schlief. Wenn er ihr den Grund gestand, würde sie ihn umbringen. Und jetzt auch noch das!

Er war nach einem langen Arbeitstag endlich auf dem Heimweg gewesen, nachdem er seinen Chef vor dem Krug abgesetzt hatte. Das Wetter war scheußlich, die Temperaturen knapp über dem Gefrierpunkt mit leichtem Schneeregen. Das letzte Tageslicht verblasste, und er musste sich auf die Straße konzentrieren. Als er den Pfahl mit dem Reflektorlicht sah, setzte er den Blinker. Er hatte die Markierung selbst vor der Einfahrt angebracht, die er sonst in der Dunkelheit allzu leicht verpasste. Er und Thekla wohnten auf einem Resthof inmitten von Maisfeldern, Weiden und Biogasanlagen. Als er einbog, begann es, dicke nasse Flocken zu schneien. Er stellte den Scheibenwischer auf Höchstgeschwindigkeit. Bis zum Haus war es noch ein guter Kilometer, und er musste höllisch aufpassen, dass er nicht in einem der Schlaglöcher hängen blieb oder im Graben landete.

Nach wenigen Metern stöhnten die Wischer vor Anstrengung, und die Scheinwerfer warfen nur noch trübes Licht, denn der nasse Schnee setzte sich überall fest. Enno klebte mit der Nase fast an der Windschutzscheibe, trotzdem sah er das dunkle Etwas mitten auf dem Weg viel zu spät. Als er es schließlich bemerkte, trat er die Bremse durch. Der Wagen geriet ins Trudeln, machte eine Drehung, dann gab es einen dumpfen Schlag, und er rutschte im Zeitlupentempo Richtung Graben. Der hier verdammt tief war. Die Kühlerhaube des Wagens senkte sich bereits, da gab es einen Ruck, und er stand still. Nur die Scheibenwischer schaufelten weiter Schnee von der Windschutzscheibe.

Nach einer Ewigkeit brachte Enno es endlich fertig, das Lenkrad loszulassen. Er öffnete das Handschuhfach und kramte eine Taschenlampe hervor. Damit bewaffnet stieg er aus, darauf bedacht, nicht in den Graben abzurutschen. Als er Halt gefunden hatte, umrundete er den Wagen und leuchtete die Umgebung ab in der Hoffnung, dass der dumpfe Schlag von einem Schlagloch herrührte. Dass er nicht dieses Etwas überfahren hatte. Am Wagen jedenfalls fand er nichts. Da waren nur Schnee und Matsch. Seine Erleichterung war so groß, dass er laut auflachte. Wahrscheinlich war es nur ein Schatten gewesen. Oder ein Reh. Um sicherzugehen, leuchtete er in den Graben hinein. Dort hing etwas in der Böschung, nein, nicht etwas. Jemand. Ein Mensch. Die Beine halb im Wasser. Die Gestalt klammerte sich an einem Busch fest und sah zu ihm hoch. Das Gesicht war kaum zu erkennen und ähnelte mehr dem Angebot aus der Fleischtheke beim Edeka. Irgendwie kam es ihm trotzdem bekannt vor. Auf jeden Fall war es ein Mann. Er bewegte die Lippen.

Enno warf sich in den Matsch, packte seinen Arm und zog ihn aus dem Graben. Der Mann schrie und verlor dann das Bewusstsein, noch bevor Enno ihn ganz zu sich heraufgezogen hatte.

»Alles wird gut«, wiederholte Enno mehrmals und eher, um sich selbst zu beruhigen. Mit letzter Kraft schaffte er es, den Verletzten auf die Rückbank seines Escorts zu verfrachten, wo er ihn mit Rettungsfolie zudeckte, damit er nicht noch mehr auskühlte. Thekla reißt mich in Stücke, schoss es ihm dabei durch den Kopf, denn der Verletzte versaute gerade die von ihr sorgfältig gepflegten Polster mit Matsch und Blut. Sehr viel Blut.

Enno wurde bewusst, dass er so schnell wie möglich Hilfe holen musste. Er zerrte sein Handy hervor. Zuerst rief er einen Krankenwagen, dann wählte er Hans' Nummer. Er erwischte ihn im Krug.

Der Mann auf der Rückbank rührte sich. Es war wichtig, ihn warm zu halten, aber Enno wagte es nicht, den Motor und damit die Heizung zu starten, weil er fürchtete, weiter in den Graben zu rutschen. Er zog stattdessen seine Jacke aus und breitete sie zusätzlich über den Verletzten. Dabei fiel es ihm wie Schuppen von den Augen.

»Bist du das, Jürgen?«, flüsterte er.

Der Mann, wieder halbwegs bei Bewusstsein, nickte schwach.

***

»Ich geh dann mal in die Küche und bereite das Essen vor«, sagte Abraham.

Moni sah ihm nach, wie er hinter der Schwingtür mit dem Bullauge verschwand. Sie setzte sich ans Fenster. Nur eine Minute verpusten, bevor sie den Tisch decken und für Getränke sorgen musste. Im Licht der Straßenlaterne beobachtete sie eine Katze, die einem davonwehenden Blatt nachjagte, ansonsten war tote Hose in Larum. Sie konnte ein Gähnen nicht unterdrücken. Erst jetzt, nachdem ein wenig Ruhe eingekehrt war, spürte sie, wie erschöpft sie war nach diesem chaotischen Tag. Und er war noch lange nicht zu Ende. Nebenan klapperte Abraham mit den Töpfen. Am liebsten hätte sie sich mit ihm und einer Flasche Wein aufs Zimmer zurückgezogen, aber der Verein wollte ja unbedingt Abrahams Kohl probieren.

Moni zwang sich aufzustehen, obwohl ihre Beine sich anfühlten, als hätte jemand Blei hineingegossen. Sie schleppte sich hinter die Theke, um den Füllstand des Bierfasses zu überprüfen. Es war halb voll. Der Wein für Cordula stand kalt, und auch Kamillentee für Gerda hatten sie noch mehr als genug da. Sie sollte jetzt aufdecken, blieb aber in Gedanken versunken stehen und hörte mit einem Ohr auf die Geräusche aus der Küche. Abraham sang. Das tat er immer, wenn ihm das Kochen so richtig Spaß machte.

»Das alles und noch viel mehr würd ich machen, wenn ich König von Deutschland wär.« Inbrünstig intonierte er den alten

Rio-Reiser-Song. Er hatte eine schöne Baritonstimme. Ein zartes Lächeln spielte um ihre Mundwinkel, als Moni sich die Reaktion der Vereinsmitglieder auf Abrahams Grünkohlexperiment vorstellte, denn er wollte ihnen beweisen, dass er Kohl konnte, aber so was von! Die Vorstellung machte sie wieder wach, und sie beeilte sich, den Stammtisch besonders liebevoll zu decken.

Cordula ließ mal wieder auf sich warten, ebenso Jürgen. Moni verteilte die Getränke, Gerda bekam ihren Kamillentee, Bernd und Volker ihr Bier. Aus der Küche hörte man lautes Klappern, und ein geradezu exotischer Duft, eine Mischung aus fremden Gewürzen und Knoblauch, breitete sich in der Gaststube aus. Volker zog die Nase kraus.

»Wat kaakt dien Keerl dar eegens?«

»Grünkohl. Wie bestellt«, antwortete Moni.

»Das riecht mir aber stark nach Knoblauch. Macht man das jetzt in Berlin so?«, wollte Bernd wissen.

»Lasst euch überraschen.«

Bernd und Volker warfen sich skeptische Blicke zu, während Gerda ihren Teebeutel im heißen Wasser ertränkte.

»Stimmt das eigentlich, dass dein Vater mit einer Frau nach Mallorca durchgebrannt ist?«, fragte sie. Moni war gerade damit beschäftigt, die Rechauds vorzubereiten. Sie blickte überrascht auf.

»Wer behauptet denn so was?«

Gerda zog den Teebeutel aus dem Wasser, wickelte ihn samt Fädchen um einen Teelöffel und quetschte die Flüssigkeit über dem Glas aus, bis kein Tropfen mehr herausquoll. Sie machte immer alles gründlich. »Ich glaub ja, er hat den Kohlorden versetzt«, fuhr sie fort. »Frauen ausm Internet sollen ja so teuer sein.«

»Wieso Internet?«, hakte Moni nach. »Mein Vater hat nicht mal einen Computer. Warum wissen Sie überhaupt, dass es so was gibt, Frau Jesco?«, setzte sie gehässig hinzu. Gerda wurde puterrot.

»Aber das mit der Reise stimmt doch, oder?«, wollte Bernd wissen.

»Woher wisst ihr das denn?«, fragte Moni gereizt. Volker wischte sich Bierschaum von den Lippen.

»Dat hett Jürgen uus vertellt.«

»Und der hat das von Enno«, klärte Bernd sie auf. »Und der wusste auch, dass Kuno 'ne Alte ausm Internet hat … Alter Schwede!«

Die Männer grinsten anzüglich. Am liebsten hätte Moni auf der Stelle Hans informiert, dass sein Kollege Dienstgeheimnisse weiterplauderte, aber der war zu einem Einsatz gerufen worden und wollte bestimmt nicht mit solchen Lappalien behelligt werden.

»Ihr glaubt auch jeden Quatsch, oder?«, fauchte Moni in Richtung Stammtisch. »Erst mal stimmt das so nicht, und was soll mein Vater bitte schön auf Malle? Als Larumer Kohlkönig den König vom Ballermann treffen?«

»Leevt de noch?«

Moni runzelte die Stirn. »Vom wem sprichst du, Volker?«

Volker zeigte auf ein vergilbtes Starfoto an der Promiwand, das einen langhaarigen Sonnyboy zeigte. »Dat is he doch. De Künnig vun Mallorca.«

»Jürgen Drews? Der hat hier mal übernachtet, weil er in der Kreisstadt das neue Einkaufszentrum eröffnet hat«, fiel Moni ein. Damals war sie noch zur Schule gegangen und hatte ihren Freundinnen Autogramme besorgt. Für fünf Mark das Stück.

»Dat weet ick ok noch«, bestätigte Volker und sang: »Ein Bett im Kornfeld …«

Flehend wandte Moni den Blick zur Decke. »Ich geh mal gucken, wie weit das Essen ist.« Sie eilte in die Küche. Die Schwingtür klappte hinter ihr zu, und sie lehnte sich gegen die Wand. Abraham rührte gerade in einer riesigen Eisenpfanne.

»Was ist da draußen los?«, fragte er.

»Volker singt. Ist das Essen bald fertig, damit er wieder aufhört?«

»Kann gleich losgehen«, sagte Abraham und drehte das Gas ab.

»Willst du probieren? Das ist richtig gut.« Er nahm eine Gabel, tunkte sie in den Kohl und hielt sie Moni hin. Die kam näher, angelockt von dem leckeren Duft, und probierte.

»Hmm! So hab ich Kohl noch nie gegessen. Ist super.«

»Nicht wahr? Ich hätte nicht gedacht, dass Grünkohl diese Saison glatt zu meinem Lieblingsgemüse werden könnte. Die da draußen werden dahinschmelzen.«

Moni blickte skeptisch. »Da wäre ich mir nicht so sicher.«

»Warum?« Abraham schnupperte in die Pfanne. »Ist was mit dem Kohl? Fehlt noch was?«

»Wat de Buur nich kennt, dat freet he nich.«

Abraham blickte verständnislos, und Moni klärte ihn auf: »Sie werden es möglicherweise nicht gleich auf Anhieb zu schätzen wissen. Kohl auf die Art kennen die einfach nicht.«

Abrahams Lächeln verdorrte. »Aber sie werden es doch wenigstens probieren, oder?«

»Wenn du dich mit dem großen Tranchiermesser neben sie stellst, könnte es klappen.« Moni fischte sich einen weiteren Mundvoll aus der Pfanne und ließ ihn auf der Zunge zergehen. »Wenn nicht, laden wir einfach unsere Nachbarn aus dem Feuerwehrhaus zum Essen ein.«

»Oh nein! Oh nein!«, kam in diesem Moment ein entsetzter Schrei von nebenan.

»Das war Bernd«, stellte Moni erschrocken fest, warf die Gabel in die Spüle und beeilte sich, in die Gaststube zu kommen. Es musste etwas Schreckliches passiert sein.

»Maak us gau twee Kööm. Duppelte«, bestellte Volker vollkommen erschüttert.

»Was ist denn um Gottes willen passiert?«

Bernd hob die Hände aus seinem Schoß, die ein Smartphone umklammerten. Er legte es so behutsam auf den Tisch, als wäre es verletzt.

»Hat Hans sich gemeldet?«, hakte Moni nach, und ihr Mund fühlte sich vollkommen ausgedorrt an.

In Bernds Augen schwammen Tränen, und seine Stimme war kaum mehr als ein Flüstern. »Werder hat verloren.«

Frau Jesco hob den Kopf. Sie riss das Smartphone an sich und blickte auf das Display. »Zwei Gegentore in den letzten fünf Minuten!«, schnappte sie. »Typisch. Am Ende verlieren die immer die Nerven.«

Moni starrte sie fassungslos an, aber bevor sie einen weiteren Gedanken darauf verschwenden konnte, klappte die Eingangstür, und Cordula kam hereingetänzelt. In der Hand trug sie einen Dokumentenkoffer. Sie plapperte sofort drauflos: »Hallöchen, ihr Lieben! Sorry, dass ich mich ein bisschen verspätet habe, aber ich habe hier etwas, das wird euch umhauen! Ich …« Cordula stockte. »Sollte es nicht Grünkohl geben? Hier riecht's ein bisschen nach … ich weiß nicht. Döner?«

Wie gerufen kam Abraham aus der Küche, in der Hand trug er zwei Schüsseln wie Siegerpokale. *»Et voilà! Kohl africain avec Couscous.«*

Gerda verschluckte sich an ihrem Tee.

»Schnackt he ok Düütsch?«, fragte Volker in Monis Richtung.

Abraham sah ihn stirnrunzelnd an. »Pardon, ich verstehe nicht.«

»Hab ich Sie schon mal im Fernsehen gesehen?«, wollte Cordula wissen.

Moni bemerkte, wie sie ihren Mann wohlwollend musterte, und zwar von oben bis unten. Das gefiel ihr ganz und gar nicht. Sie stellte sich demonstrativ neben ihren Mann. »Das hier«, erklärte sie stolz, »ist Abraham, *mein* Mann, Inhaber des Bronx und Spitzenkoch aus Berlin. Und er kann Kohl. Ihr müsst jetzt nur ganz mutig sein und probieren.«

***

Hans drückte auf die Tube. Er hatte das Gefühl, dass die Bäume links und rechts nur so an ihm vorbeiflogen, denn laut Tacho fuhr er neunzig Stundenkilometer, für seine Verhältnisse viel zu schnell. Aber das hier war ein Notfall. Enno brauchte Hilfe. Hans war nicht recht schlau geworden aus seinem Gestammel. Sein Kollege hatte etwas von einem Unfall geredet und dass jemand verletzt worden war. Hier irgendwo musste doch die verfluchte Einfahrt sein! Hans drosselte nun doch die Geschwindigkeit. Zwischen den Bäumen entdeckte er den Reflektor, und etwas weiter weg flackerte Blaulicht.

Die Scheinwerfer des Rettungswagens beleuchteten den Unfallort. Ennos Ford hing halb im Graben, seinen Kollegen konnte Hans jedoch nirgendwo sehen. Der Notarzt kümmerte sich um jemanden, der auf der Rückbank des Fords lag. Hans hatte nasse Füße, als er am Ort des Geschehens angekommen war, denn er hatte seinen Benz an der Straße geparkt, um dem Rettungswagen die Ausfahrt nicht zu versperren. Ein Sanitäter hielt ihn auf.

»Sind Sie von der Presse? Hier gibt es nichts zu sehen!«

Hans zeigte ihm seinen Ausweis. »Können Sie mir sagen, wo mein Kollege ist? Er hat mich angerufen.«

»Wenn Sie den Fahrer des Unfallwagens meinen, der sitzt im Krankenwagen. Er hat einen Schock, der Notarzt hat ihm gerade etwas zur Beruhigung gegeben.« Der Sanitäter ließ ihn stehen.

Hans entdeckte Enno auf der Trage sitzend. Die Tür des Rettungswagens stand halb offen, und so kletterte er zu seinem Kollegen ins Innere. Enno war in sich zusammengesunken, er saß da, in goldene Folie gehüllt wie ein gestrandeter Bootsflüchtling. Als Hans ihm sachte die Hand auf die Schulter legte, schreckte Enno hoch.

»Chef! Da bist du ja endlich.«

»Ging nicht schneller. Was ist denn passiert?«

Enno vergrub sein Gesicht in den Händen. Seine Schultern bebten. »Es ist alles meine Schuld«, schluchzte er. Hans setzte sich neben ihn und wartete, bis er sich ein wenig beruhigt hatte. »Ich habe ihn einfach viel zu spät gesehen«, begann er nach einer Weile. »Dieser verdammte Schnee.«

»Du hast jemanden angefahren?«

»Angefahren? Ich hab Gulasch aus ihm gemacht!«

»Kennst du die Person?«

Enno nickte. »Es ist Jürgen Koopmann.«

»Der vom Kohlfahrtverein? Was wollte der denn so spät noch hier?«, fragte Hans überrascht, aber er würde auf eine Antwort warten müssen, denn der Notarzt schaute herein und bat sie, auszusteigen.

»Wir wollen den Verletzten jetzt einladen.«

»Kommt er durch?«, fragte Enno nervös.

Der Arzt blickte skeptisch. »Er hat ein schweres Schädel-Hirn-Trauma und multiple Verletzungen im Gesicht. Es sieht nicht gut aus.«

»Dann fahre ich mit ihm«, sagte Enno bestimmt.

»In Ihrem Zustand sollten Sie sich besser hinlegen.«

»Aber er ist mein bester Kumpel!«

»Tut mir leid«, sagte der Notarzt und sah zu Hans. »Würden Sie sich um Ihren Kollegen kümmern? Wir müssen jetzt wirklich …«

»Selbstverständlich.«

Hans half Enno aus dem Wagen und führte ihn zu seinem Benz. Seine Füße quatschten in den Schuhen und fühlten sich an wie Eisklumpen. Er zog sie aus, als er im Wagen saß. Die Socken hätte er auswringen können, und das, obwohl die Schuhe neu waren. Aber es taugte eben alles nichts mehr. Enno saß regungslos auf seinem Sitz. Hans erschrak, als das Martinshorn plötzlich laut zu jaulen begann. Der Rettungswagen fuhr an ihnen vorbei und verschwand hinter einer Kurve. Das Martinshorn war noch lange zu hören, während Hans seine Füße knetete, damit wieder Leben hineinkam.

»Sag mal, wo bleiben eigentlich die Kollegen von der Verkehrswacht?«, fragte er.

Enno hob den Kopf. »Hab nicht dran gedacht«, sagte er matt.

Hans stöhnte auf und kramte sein Handy hervor. Die Kollegen würden sich über den zertrampelten Unfallort freuen. Als er sie benachrichtigt hatte, wandte er sich wieder Enno zu. »Ich bringe dich jetzt erst mal nach Hause. Deine Aussage können wir später aufnehmen. Du stehst unter Schock und hast was zur Beruhigung bekommen.«

Als hätte Hans ihn angestochen, schoss Enno hoch und

krachte fast mit dem Kopf gegen die Wagendecke. »Meinetwegen sperr mich ein! Aber bring mich bitte nicht nach Hause.«

***

»Was soll das sein? Wir hatten Grünkohl bestellt«, maulte Gerda.

Cordula verdrehte die Augen. Da wehte endlich ein unerwarteter Hauch von Metropole durch die verstaubten Räume des Larumer Krugs, und der Kohlfahrtverein bekam es mit den Nerven. Volker und Bernd sahen aus, als wollten sie jeden Moment in Ohnmacht fallen. Sie musterten fassungslos die Schüsseln.

»Und wo sind die Pinkel?«, fragte Bernd. »Kasseler und Kochwurst? Nicht mal Kartoffeln gibt's zum Kohl.«

»Dat mag ick nich«, nörgelte Volker und schob seinen Teller von sich.

Gerda saß da, die Arme vor der Brust verschränkt, und presste die Lippen so fest aufeinander, dass man sich fragen musste, ob sie sie jemals wieder auseinanderbekam. Cordula war sich nicht sicher, ob dem Koch klar war, dass er gerade eine Kulturrevolution anzettelte, bei der Mao Tse Tung erblasst wäre vor Neid. Afrikanischer Kohl im Larumer Krug, das war wie Veggieburger beim Empfang der Fleischer-Innung und zudem so medienwirksam wie die Scheidung von Brangelina. Cordula hätte Abraham Baschir dafür die Füße küssen mögen. Zu allem Überfluss roch das Essen köstlich. Sie tat sich etwas auf den Teller und bemerkte, wie Abraham sie dabei musterte. Sie lächelte ihn an und gab sich Mühe, geheimnisvoll zu wirken. Er war genau ihr Typ. Groß, gut gebaut und exotisch, nur leider verheiratet.

Jetzt galt es erst einmal, Bernd, Volker und Gerda auf Linie zu bringen, denn jeden Moment stand die Lokalpresse vor der Tür, gesetzt den Fall, dass kein weiteres gebärfreudiges Schaf dazwischenkam. Sie probierte schon mal einen Bissen und hatte das Gefühl, dass ihre Geschmacksnerven explodierten.

»Wow«, nuschelte sie hingerissen.

Abraham verbeugte sich leicht in ihre Richtung. Na, das war doch ein Anfang. Sie sah verstohlen zu Moni hin, die hinter der

Theke stand, und erntete einen tödlichen Blick, der ihr sagte, dass sie sich besser zurückhalten sollte, wenn ihr das Leben lieb war. Das würde ihr auf Dauer schwerfallen, aber jetzt hatte sie ohnehin andere Probleme. Cordula seufzte und wandte sich den drei Vereinskollegen am Tisch zu.

»Jetzt reißt euch mal zusammen«, stauchte sie sie zurecht. »Das Essen schmeckt super. Ach, was sage ich: Es ist eine Offenbarung!«

»Kann ja gut sein«, schnaubte Gerda, »aber Grünkohl ist das nicht.«

Bernd nickte. »So was schmeckt vielleicht in Berlin, aber das können wir den Leuten auf der Jubiläumskohlfahrt nicht anbieten.«

»Probiert es doch wenigstens.«

Volker lehnte entschieden ab. »Dat köönt de Swien freeten.«

Abraham stand da und sah aus, als wüsste er nicht, wie ihm gerade geschah. Fast tat er Cordula leid. »Entschuldigen Sie, aber wussten Sie denn nicht, dass die Grünkohlpflanze ursprünglich aus Nordafrika stammt?«, erklärte er. »Ich habe das recherchiert. Deshalb bin ich doch erst auf die Idee gekommen, Ihnen dieses Gericht heute Abend zu servieren. Ich dachte, als Traditionsverein haben Sie Sinn für das Ursprüngliche. Aber wenn es Ihnen nicht schmeckt …«

Bernd richtete sich auf. »So 'n Quatsch! Grünkohl, also der echte Grünkohl, der stammt aus Oldenburg, das weiß doch jedes Kind.«

»Un Bruunkohl kummt ut Bremen«, fügte Volker eifrig hinzu.

»Also, der Kohl, den Sie auf dem Tisch haben, kommt aus Bocksdorf«, erklärte Abraham. »Ich habe ihn heute Nachmittag direkt vom Erzeuger auf dem Wochenmarkt gekauft.«

»Die Bocksdorfer reißen sich aber auch alles unter den Nagel!«

Volker stimmte Bernd heftig nickend zu.

Cordula sah auf die Uhr. Jeden Moment konnten die Pressefritzen hier aufkreuzen. Nun gut, es handelte sich nur um den

Nordboten und das Bürgerfernsehen, aber wenn die Großen erst mal spitzkriegten, was ihnen heute durch die Lappen gegangen war, würden sie im Dreieck springen und anschließend um ein Interview betteln, da war sie sich sicher. Sie sah sich schon in diversen Talkshows sitzen. Wenn nur dieser mickrige Verein endlich aufhörte, sich über die ethnische Herkunft des Grünkohls zu streiten!

»Jetzt tut doch wenigstens so, als wenn es euch schmeckt. Was soll die Presse denn denken, wenn ihr Gesichter zieht, als wenn's zum Galgen ginge?«

»Die Urväter der Kohlfahrt würden sich im Grabe umdrehen!«, bemerkte Gerda.

Cordula stöhnte gequält. »Es geht heute nicht um die Menüfolge beim Jubiläum, Herrschaften. Darüber können wir noch reden. Es geht darum, das Fest in die Schlagzeilen zu bringen, denn mal ganz ehrlich: Wir brauchen mehr Anmeldungen. Der Laden muss aus allen Nähten platzen, wenn Larum wieder Kohlfahrtdorf Nummer eins werden will, denn im Moment läuft uns Bocksdorf den Rang ab, aber so was von!«

»De bringt ja ok nich so een Hottentottenbree op'n Disch.«

Moni hatte offenbar genug. Sie packte Abraham am Arm. »Eine solche Unverschämtheit müssen wir uns nicht bieten lassen. Komm. Wir packen.«

Zu Cordulas Überraschung schüttelte Abraham ihre Hand ab und baute sich neben dem Stammtisch auf. »Sie haben noch nicht probiert«, sagte er streng. »Ich bin extra aus Berlin gekommen. Ein bisschen Höflichkeit kann ich schon erwarten, oder kennt man das nicht in Larum?«

Stille trat ein. Volker und Bernd warfen hilfesuchende Blicke zu ihrer alten Lehrerin, die sich mit Abraham ein stummes Blickduell lieferte, das der Koch gewann. Gerda griff mit zitternder Hand nach der Kohlschüssel und zog sie zu sich. Sie tat sich allen Ernstes ein Löffelchen auf den Teller, Cordula traute ihren Augen kaum. Bernd und Volker sahen ihr mit ängstlichem Erstaunen dabei zu.

»Es wird gegessen, was auf den Tisch kommt«, sagte sie, und

ihre Stimme klang wie Schmirgelpapier. »Oder hab ich euch kein Benehmen beigebracht?«

Sie schob den Männern die Schüssel hin. Bernd und Volker taten sich widerwillig einen Klecks auf und stocherten darin herum. Bernd gab als Erster nach und wagte einen Bissen. Seine Miene hellte sich augenblicklich auf.

»Boah!«, rief er und schaufelte sich den Teller bis zum Rand voll.

Volker sah ihm erstaunt zu und folgte seinem Beispiel, selbst Gerda nippte an einem Gäbelchen Kohl. Abraham lächelte zufrieden, drehte sich um und verschwand mit Moni in der Küche.

Erleichtert tat Cordula sich auch etwas auf. Es duftete wirklich köstlich, aber bevor sie probieren konnte, polterten zwei Männer in den Gastraum.

»Ah, das Fernsehen«, rief Cordula hocherfreut und schnellte hoch, um sie zu begrüßen, aber die beiden ließen sie links liegen. Der Größere der beiden, ein schlaksiger Typ mit fettigen Haaren, schulterte seine Kamera. Der andere, kleiner, untersetzt und kahlköpfig, pustete mehrmals in das Mikrofon, das er dabeihatte. Sie machten eine Menge Aufhebens, ohne die Vereinsmitglieder auch nur zu beachten.

»Na ja, dann richten Sie sich erst mal ein«, sagte Cordula und wandte sich Jessica Meyer vom Nordboten zu, die hinter den beiden Fernsehtypen hereingeschlichen war. Heute hatte sie blaue Haare, passend zu dem hellblauen Dienstkittel, der unter ihrer Winterjacke hervorlugte. Sie hatte wohl keine Zeit mehr gehabt, sich nach dem Dienst an der Kasse umzuziehen, oder es schlichtweg vergessen. Volker und Bernd begrüßten sie ebenfalls. Ihre Mienen waren plötzlich weich wie warme Knete.

»Ich würde vorschlagen, wir nehmen zuerst ein bisschen Atmo auf und dann ein, zwei kurzes Takes mit Interview und so. Danach läppert das schon«, sagte der Kameramann.

Cordula dachte kurz über den seltsamen Ausdruck nach, entschloss sich aber, nicht nachzufragen, denn der Mann war im Hauptberuf Tankwart, und vielleicht war das Fachsprache.

»Wir sollten auf den Kollegen vom Bürgerradio warten«, sagte Cordula. »Der muss jeden Moment eintrudeln.«

»Der ist schon in Bocksdorf«, erklärte Jessica Meyer mit gehetztem Blick.

»Wat is dar denn al woller los?«, fragte Volker gereizt.

»Die neue Gullydeckelbeleuchtung wird heute eingeweiht. Ist auch mein nächster Termin.«

Cordula blickte argwöhnisch. »Das ist ein Witz, oder?«

»Nein! Jeder Deckel leuchtet in einer anderen Farbe«, nuschelte Bernd mit vollem Mund. »Das soll die Touristen anlocken.«

»Typisch Bocksdorf!«, schafuterte Gerda.

In dem Moment rief der Kameramann: »Go!«, und sein Redakteur begann, ohne Rücksicht auf Verluste in das Mikro zu plappern.

»Wir befinden uns hier im Larumer Krug, dem Hort des legendären Grünkohlordens, der vor genau hundertfünfundzwanzig Jahren im schönen Dörfchen Larum gefunden wurde.« Er drehte sich zu Cordula um und hielt ihr das Mikro unter die Nase. »Frau Carus. Der Kohlfahrtverein Larum hat einen schlimmen Verlust erlitten. Ihr Vorsitzender Kuno Hansen ist verschwunden. Feiern Sie trotzdem Jubiläum?«

Das war das Stichwort. Jetzt kam ihr großer Auftritt, auf den sie die letzten Tage hingearbeitet hatte. Siegesgewiss holte sie eine Aktentasche hervor, legte sie auf den Tisch und öffnete den Deckel so weit, dass ihr Daumen in die Ritze passte. Volker und Bernd ließen unisono die Gabeln sinken und sahen ihr gespannt zu. Sogar Gerda beugte sich vor.

»Was soll das?«, fragte sie misstrauisch, während der Kameramann die Linse auf den Tisch richtete.

»Viele Male bin ich in den letzten Tage gefragt worden, wo der berühmte Grünkohlorden abgeblieben ist«, sagte sie. »Und es ist Ihnen vielleicht das Gerücht zu Ohren gekommen, dass er mit Kuno Hansen verschwunden ist.«

Sie öffnete den Deckel. Mehrere überraschte Laute waren zu hören, als Cordula den Larumer Grünkohlorden aus der Aktentasche hob. »Sie sehen, er ist hier«, sagte sie und trug ihn feierlich zur Promiwand, wo sie ihn an seinen Platz hängte. Es schien fast, als wenn Dieter Thomas Heck und Heidi Kabel erleichtert aufatmeten.

»Aber das … woher …«, stammelte Gerda.

Der Kameramann fokussierte auf ihren irritierten Gesichtsausdruck, und Cordula genoss den Moment. In die erstaunte Runde platzte Abraham mit einem Tablett voller Dessertschüsseln. Er trug die weiße Kochtracht wie eine Galauniform und sah umwerfend aus.

»Und hier kommt der Nachtisch«, rief er fröhlich. »Grünkohlpudding nach Art des Chefs.«

Cordula stellte sich neben ihn. »Und dies, meine sehr verehrte Dame, meine Herren von der Presse, ist Abraham Baschir, der neue Koch im Larumer Krug, ausgezeichnet mit einer Kochmütze vom Gault Millau und anerkannter Spitzenkoch aus Berlin. Ach, was sage ich: *der* Starkoch überhaupt. Er wird uns in Zukunft mit internationalen Grünkohlrezepten überraschen.«

Jessica Meyer schrieb eifrig in ihren Block und stellte die Standardfrage aller Lokaljournalisten.

»Und wie sind Sie darauf gekommen?«

Montag

Hans Olbers hatte Cordula zu einer Vernehmung einbestellt, denn dass der Grünkohlorden plötzlich wiederaufgetaucht war, warf einige Fragen auf. Im Dorf erzählte man sich, Kuno hätte den antiken Schweinekiefer bei sich gehabt, als er verschwand. Jetzt hatte Cordula ihn medienwirksam an seinen angestammten Platz gehängt. Wo war er also die ganze Zeit gewesen?

»Ich habe einfach ›Grünkohlorden‹ bei eBay eingegeben, und schwupps, hatte ich ihn«, erklärte Cordula dem Kommissar.

»Na, das ist ja mal ein seltsamer Zufall«, kommentierte Hans, dem das ziemlich spanisch vorkam.

»Im Dorf gab es Gerüchte, dass Kuno den Orden vielleicht wegen einer Frau versetzt haben könnte«, sagte Cordula. »Und weil an manchen Gerüchten ein Körnchen Wahrheit ist, bin ich dem einfach mal nachgegangen. Ich bin schließlich Journalistin.«

Sie saß auf seinem Platz, er stand neben ihr, denn sie demonstrierte ihm gerade an seinem Dienstcomputer, wie sie den Orden gefunden hatte. Er selbst hatte von solchen Dingen wie Internetverkauf wenig Ahnung. Wenn es um Computerkram ging, war Enno der Experte, aber der hatte sich nach dem Unglück beurlauben lassen, um bei Jürgen sein zu können, der im künstlichen Koma lag. Er machte sich schwere Vorwürfe. Zu allem Überfluss setzte Thekla ihm gewaltig zu.

Gerade scrollte Cordula die Trefferliste herunter, die beim Stichwort »Grünkohlorden« bei eBay erschienen war. Ein Haufen Blechplaketten und Sperrholzschweinchen. Ein Knochen war nicht dabei, was Hans kaum wunderte, denn man krönte die Kohlkönigspaare schon lange nicht mehr mit Schweinekiefern. Ein solcher Orden war aufwendig in der Herstellung. Er musste stundenlang ausgekocht werden, damit sich die Knorpel- und Fleischreste lösten. Meist blieb etwas hängen, und dann fing das Ding fürchterlich an zu stinken. Hans hatte das einmal bei seinen Eltern miterlebt, als die die Kohlfahrt ihres Kegelclubs auszurichten hatten, aber das war irgendwann Anfang der Siebziger gewesen, also vor gefühlt hundert Jahren.

»Da ist er! Siehst du?«, rief Cordula und drehte ihm den Bildschirm hin. Hans erkannte den Larumer Grünkohlorden sofort an den eingeritzten Runen. Ein Balken lag über dem Foto, auf dem stand, dass die Auktion beendet war. Für fünf Euro war der Knochen über die Ladentheke gegangen.

»Hat sich nicht wirklich gelohnt, oder? Davon konnte er seiner Flamme gerade mal ein Eis kaufen«, bemerkte Hans.

Cordula hob nur die Schultern.

»Und wo kann man sehen, wer den Knochen verkauft hat?«, fragte der Kommissar.

»Der User nennt sich ›KohlkönigI‹«, antwortete sie.

Hans runzelte die Stirn. »Und dieser ›Kohlkönig‹ hat dir den Orden einfach so zugeschickt, oder wie bist du darangekommen?«

Cordula klickte das Angebot weg. »Was denkst du denn?«

»Hatte das Paket keinen Absender?«

»Nein.«

»Meine Güte, Cordula! Ich muss wissen, wer dahintersteckt. Kuno selbst wird den Orden kaum im Internet angeboten haben, aber es kann ja sein, dass dieser ›KohlkönigI‹ uns zu ihm führt.«

Cordula seufzte. »Ich habe keine Ahnung. Ich habe nur die Bankdaten des Verkäufers.«

»Ohne Namen und Adresse?«

»Na ja, einen Namen gab es schon dazu«, druckste Cordula, »aber der hilft uns auch nicht weiter. Es gibt Leute, die im Auftrag anderer deren Sachen verkaufen. Ich denke mal, so einer war das.«

Hans war verwirrt. »Dann ist ›KohlkönigI‹ also so eine Art Stellvertreter? Was ist das denn für ein Kuddelmuddel? Du musst doch irgendwas auf der Hand haben, Cordula. Ich muss das überprüfen!«

Cordula stand beleidigt auf. »Ich will dir helfen, und du schreist mich an. Na danke! Ich muss jetzt los.«

Hans hielt sie am Arm zurück. »Jetzt warte doch mal«, sagte er in versöhnlicherem Ton. »Du musst doch verstehen, dass ich wissen will, woher der Knochen auf einmal kommt. Und wenn ein Fremder ihn verkauft hat, dann weiß der vielleicht, wo Kuno jetzt ist, Himmel noch mal!« Er war schon wieder laut geworden. Cordulas Mundwinkel zuckten. Er hätte sich ohrfeigen können!

»Lass mich bitte los«, sagte sie mit zittriger Stimme. Sofort nahm er seine Hand von ihrem Arm. Sie rieb ihn und verzog schmerzlich den Mund. So fest hatte er doch gar nicht zugepackt, oder? Er wollte sich entschuldigten, aber sie war schon draußen. Verwirrt und mit einem diffusen Schuldgefühl kehrte er an seinen Schreibtisch zurück. Verstand einer die Frauen! Er setzte sich, griff zur Maus und fuhr mit dem Curser auf dem Bildschirm herum.

»Wie komme ich da jetzt wieder rein?«, fragte er sich laut, drückte abwechselnd die linke und rechte Maustaste, und wie durch ein Wunder ploppte der Startbildschirm des Verkaufsportals wieder auf.

Hans las etwas von WOW-Angeboten. Was zum Teufel sollte das nun wieder sein? Und warum zum Kuckuck war Enno ausgerechnet jetzt nicht da? Er überlegte kurz, die Computerexperten in Oldenburg darauf anzusetzen, aber dann stellte er sich ihre Reaktionen vor, wenn er zugeben musste, dass er keine Ahnung hatte. Er seufzte und studierte den Startbildschirm intensiv. In der oberen Zeile las er schließlich das Wort »FINDEN«. Damit konnte er etwas anfangen, denn das war es, was er wollte. Trotzig schrieb er in die Zeile: »Ich muss den Kieferknochen finden, zur Hölle noch mal!« – und erhielt einen Treffer. »Höllenmaske Schlabberzombie mit offenem Kiefer, nur für Erwachsene«. Die zugehörige Abbildung machte ihm eine Gänsehaut. Da war der Kopf eines Wesens abgebildet, dem das Hirn aus dem Schädel quoll. Das Gesicht, falls man es so nennen konnte, war verwarzt und voller blutiger Narben, die mit groben Stichen zusammengenäht waren. Aus dem Maul hing eine überlange schwarze Zunge, in der ein Eisenring steckte. Hans war sich sicher, dass er tot umfallen würde, wenn er einer solchen Gestalt im Mondschein begegnete. War das etwa ein WOW-Angebot? Und wer kaufte so was? Und wozu?

Erschüttert lehnte er sich zurück. In was für einer Welt lebte er nur? Dagegen musste man doch etwas tun! Er griff zu seinem Notizbuch.

Die Welt – ein Marktplatz
Virtuelles Geschäftemachen
Bis Schlabberzombies Zunge heraushängt
Kiefer knackt
Kommissar Rat los

Er las die Zeilen mehrmals durch. Das reimte sich zwar nicht und klapperte an allen Ecken und Enden, aber er fühlte sich danach besser. Ja, er war richtig stolz auf sich. Moderne Lyrik durfte, ja *musste* sogar ordentlich klappern und reimte sich nie. Vor allem die letzten beiden Zeilen gefielen ihm. Erst die Alliteration und dann das Wortspiel, das sollte ihm mal einer nachmachen. Er würde es am Abend Elke vorlesen. Oder als WOW-Angebot bei eBay einstellen. Nur wusste er nicht, wie das ging.

»Ich werde mit Enno reden«, beschloss er. Der musste ihm einfach helfen, da ging kein Weg dran vorbei. Zur Not sollte er seinen Laptop mit ins Krankenhaus nehmen, das war doch alles machbar heutzutage.

Immerhin hatte die Zentrale ihm zur Verstärkung einen Praktikanten versprochen. Bei der dünnen Personaldecke war das besser als nichts. Vielleicht kannte der sich sogar mit Computern aus, dann musste er Enno nicht damit auf die Nerven gehen. Ihm fiel ein, dass der Praktikant eigentlich schon längst hätte da sein sollen. Es war einfach auf nichts mehr Verlass. Hans seufzte und beschloss, sich erst mal einen Kaffee holen.

Mit dem heißen Becher setzte er sich wieder an den Schreibtisch und blätterte lustlos in der dünnen Akte »Kuno Hansen«. Weit war er bisher nicht gekommen. Eigentlich stand er noch immer am Anfang. Der Wirt war einfach wie vom Erdboden verschluckt.

»Kohlkönig!«, raunte Hans und rieb sich die Stirn. Konnte es sein, dass der Unfall und Kunos Verschwinden zusammenhingen? Immerhin waren beide Mitglieder im Kohlfahrtverein. Er lehnte sich zurück, verschränkte die Arme hinter dem Kopf und blickte gedankenverloren an die Decke. Wer könnte etwas gegen den Kohlfahrtverein Larum haben? Die Bocksdorfer vielleicht? Die Sammelkohlfahrten in Bocksdorf mit Tanz und Disco waren schon seit Jahren der Renner, während im Krug nur noch vereinzelte Kohlgruppen aßen, die damit umgehen konnten, wenn Kuno Hansen ihnen blöd kam. Er hatte seinen Ruf als verbiesterter Grantler weg. Dann war da Gerda Jesco, die auch keiner mochte, weil sie Generationen von Larumern die Schule vermiest hatte. Nur Cordula stellte einiges auf die Beine. Konnte es sein, dass die Bocksdorfer Angst vor der neuen Konkurrenz hatten?

Vorne klappte die Tür. Das konnte nur der versprochene Praktikant sein. Hans stand auf und stellte sich an den Tresen, um ihn in Empfang zu nehmen, aber es war nur Jessica Meyer.

»Ich soll mich hier bei Ihnen melden«, sagte sie und sah ihn erwartungsvoll aus dick mit Kajal umrandeten Augen an.

»Falls der Nordbote dich schickt: Es gibt keine Neuigkeiten«, sagte Hans ärgerlich. »Wenn du was für die Zeitung schreiben willst, dann wende dich an die Pressestelle in Oldenburg.«

»Ach Quatsch! Die Schreiberei hänge ich an den Nagel«, schnaubte Jessica. »Bringt doch nix. Ich meine, wen interessiert eine Gullydeckelbeleuchtung? Ich will in meinem Leben auch mal was Sinnvolles machen.«

»Und was willst du dann hier?«

»Arbeiten.«

Hans lachte laut. »Guter Witz. Siehst du hier irgendwelche Registrierkassen? Du bist hier falsch, dies ist die Wache und kein Supermarkt.«

»Ich wollte schon immer zur Polizei.«

»Wieso?«

»Ich kann gut recherchieren.«

Hans musterte sie leicht abschätzig. Jessica Meyer galt in

Larum als Paradiesvogel. Sie färbte ihre Haare jede Woche in einer anderen Farbe, gerade waren sie blau. Sie war an so vielen Stellen gepierct, dass sie besser nicht in die Nähe irgendwelcher Magnete kam. Außerdem zierten unzählige Tattoos ihre Arme und den Hals. Dass sie sie bei Edeka an der Kasse genommen hatten, wunderte Hans. Und jetzt wollte sie also zur Polizei.

»Jessica, es tut mir leid, aber ich kann jetzt nicht mit dir darüber reden, wie man zur Polizei kommt. Ich warte auf einen neuen Praktikanten, den ich einweisen muss. Du kannst dich ja auch mal bewerben, vielleicht klappt es.«

»Das hab ich schon«, sagte sie, »und geklappt hat es auch. Deswegen bin ich ja hier.«

Es dauerte einige Sekunden, bis bei Hans der Groschen fiel. »Dann bist du der Praktikant?«

»Praktikantin, bitte schön. Schon mal was von Gender gehört?«

»Nee.« Hans hatte mit vielem gerechnet, aber nicht mit Jessica Meyer. »Kennst du dich wenigstens mit Computern aus?«, fragte er.

»Ist mein Spezialgebiet.«

»Na schön. Dann komm mal her.« Er öffnete die Durchgangsklappe und ließ sie eintreten. Anschließend zeigte er auf seinen Bildschirm, von dem ihm immer noch das Schlabbermonster anstarrte. »Ich weiß nicht, wie das geht.«

»Cool«, sagte Jessica, setzte sich ungefragt und tippte ein wenig auf den Tasten herum. »Ich brauche Ihre Adresse.«

»Wieso?«

»Weil ich sonst nicht weiterkomme.«

Hans nannte sie ihr, und sie tippte sie ein. »So. Jetzt müssen Sie nur noch das Geld überweisen, und dann kommt der Schlabberzombie zu Ihnen ins Haus. Ach ja: Ich musste Sie registrieren. Ihr Benutzername ist ›Bulle34‹.«

Dienstag

»Sogar auf dem Wochenmarkt haben mich wildfremde Menschen auf den afrikanischen Grünkohl angesprochen. Der Bericht im Bürgerfernsehen war eine super Werbung für uns«, freute sich Abraham, als er und Moni am nächsten Morgen gemeinsam im Gastraum frühstückten. »Eine Frau hat mich gefragt, ob der Kohl bei uns bio ist. ›Na, klar!‹, hab ich gesagt. ›Wir verarbeiten nur regionale Produkte. Alles frisch und knackig.‹ Sie will mit ihren Freundinnen kommen.«

»Du hörst dich schon fast an wie mein Vater, wenn er vom Grünkohl schwärmt. Obwohl ihm das Wort ›bio‹ nie über die Lippen käme.«

Abraham biss von seinem Toast ab. »Na ja, was den Grünkohl angeht, hat er doch recht«, nuschelte er mit vollem Mund, »das ist ein tolles Gemüse. Wahnsinnig vielseitig. Wie viele Reservierungen haben wir eigentlich heute?«

»Zwei Gruppen. Die Landfrauen aus Bocksdorf und dieser Trommelclub aus Hamburg. Wie die auf uns gekommen sind, ist mir rätselhaft, und ich würde denen eigentlich am liebsten absagen.«

Abraham schluckte seinen Bissen hinunter. »Warum?«

»Die wollen erst essen und dann ein Trommelritual abhalten. Wahrscheinlich halten die dich für einen Voodoopriester, der ihnen dabei auf die Sprünge hilft.«

Abraham lachte. »Falls sie hoffen, dass ich mir ein Leopardenfell umhänge und mich mit Rouladennadeln spicke, werde ich sie enttäuschen.«

»Du findest das auch noch witzig!« Moni pfefferte ihre Serviette zwischen Kaffeetasse und Frühstücksteller. Seit der Berichterstattung stand ihr Telefon kaum noch still. Das Bürgerfernsehen hatte berichtet, der Larumer Krug werde fortan von einem Afrikaner geführt, der exotische Gerichte serviere, während der Nordbote Jessica Meyers Artikel auf die Meldung zusammengestrichen hatte, dass der Grünkohlorden wieder an seinem angestammten Platz hing.

»Ich kann verstehen, dass du auf manche Leute stinksauer bist«, sagte er, »aber wir haben eine Menge Reservierungen. Und sogar noch ein paar Anmeldungen für diese Jubiläumskohlfahrt.«

»Dafür haben sich andere wieder abgemeldet. Du willst nicht wissen, warum.«

»Hab ein bisschen Geduld.«

»Was, glaubst du, mache ich die ganze Zeit?« Die Antwort fiel heftiger aus, als Moni es beabsichtigt hatte, aber langsam wuchs ihr hier alles über den Kopf. »Ich warte geduldig darauf, dass mein Vater sich meldet, ich warte darauf, dass die Larumer dich nicht mehr angaffen wie das achte Weltwunder. Ich warte darauf, dass sich unser Bankkonto wieder füllt. Wir sind so pleite, dass wir nicht mal einkaufen können. Was willst du den Trommlern denn heute vorsetzen? Graupensuppe?«

Abraham ließ den letzten Bissen Toast sinken und sah sie nachdenklich an. Dann stand er auf, trat hinter sie und begann, sanft ihren Nacken zu massieren. Sie spürte, wie sie sich unter seinen Händen entspannte.

»Es tut mir leid«, flüsterte sie.

»Mach dir nicht so viele Sorgen«, raunte Abraham ihr ins Ohr. »Wir kriegen das schon irgendwie hin.«

Wenn es so einfach wäre! Moni konnte nicht sagen, welche von den vielen Hiobsbotschaften, die sie in den letzten Tagen erhalten hatte, die schlimmste war. Nun also auch noch das Bronx. Seit gestern war es amtlich, dass sie insolvent waren. Die Bank hatte einen Rückzieher gemacht, sie mussten verkaufen. Was lag da näher, als neu zu beginnen, und warum nicht im Krug? Aber was würde ihr Vater dazu sagen, wenn er zurückkehrte? Er würde eher den Krug anzünden, als Abraham willkommen zu heißen. Oder auch verkaufen. Hans hatte ihr von Kunos Absicht erzählt. Moni stand vom Tisch auf, sie musste jetzt unbedingt etwas tun.

»Wo willst du hin?«, fragte Abraham überrascht, als sie nach ihrer Jacke griff.

»Ich muss an die Luft.«

»Soll ich mitkommen?«

»Nein. Lass dir was für die Gäste einfallen. Ich werde inzwischen Cordula besuchen. Vielleicht gibt der Verein uns einen Vorschuss auf die Jubiläumsfeier.«

»Und wie willst du da hinkommen?«, fragte Abraham. »Du hast doch gesagt, Cordula wohnt ziemlich weit draußen.«

»Mit dem Rad, wie sonst?«

Sie fand das alte Göricke-Fahrrad hinter den Gartenmöbeln, es sah sogar noch recht brauchbar aus. Nachdem sie etwas Luft in die Reifen gepumpt hatte, schob sie es aus der Garage, schwang sich in den Sattel und fuhr los. Ein frischer Ostwind blies ihr entgegen. Sie trat ordentlich dagegen an. Es tat gut.

Nach einer Viertelstunde kam der Carus'sche Hof in Sicht. Sie hatte ihn als schmucklosen Backsteinbau aus den sechziger Jahren in Erinnerung, und es hatte sich nicht viel verändert. Nur sah er jetzt noch heruntergekommener aus mit dem bemoosten Asbestplattendach und den vergammelten Strohballen auf dem Hof. Neben einem verrosteten Trecker parkte Cordulas Porsche, der inmitten dieses Tohuwabohus wie ein Papagei in einer Kolonie Saatkrähen wirkte. Auf den ersten Blick schien der Hof verlassen, aber im Stall muhten Kühe, und auf einer eingezäunten Fläche stand ein abgewrackter Wohnwagen, der als Hühnerstall diente. Hermann Carus hielt also Vieh, wahrscheinlich für den Eigenbedarf.

Sie lehnte das Rad an den Trecker und sah sich um. »Cordula?«, rief sie mehrmals, erhielt aber keine Antwort.

Vor dem Hühnerhuck blieb sie kurz stehen und sah den Hennen beim Picken zu. Daneben wuchsen ein paar Reihen Grünkohl. Als sie einen warmen Lufthauch in ihrem Nacken spürte, schreckte sie zusammen und fuhr herum. Dicht hinter ihr stand Cordulas Bruder. Moni fielen sofort seine eng stehenden Augen auf, die gleichen Augen, die auch Cordula hatte. Die Farbe seiner Haare lag irgendwo zwischen braun und grau, sie hingen ihm strähnig ins Gesicht. Er roch ungewaschen. Das Beunruhigendste aber war die Axt in seiner Hand.

»Hermann! Musst du mich so erschrecken?«, keuchte Moni und machte, dass sie außerhalb der Reichweiter seines Arms kam. Dabei hatte er offenbar nicht die Absicht gehabt, sie zu erschrecken. Er stand einfach nur da und guckte. Sie schalt sich wegen ihrer blödsinnigen Angst und reichte ihm zögerlich die Hand. »Lange nicht gesehen, Hermann. Ich bin's. Moni Hansen. Erinnerst du dich?«

Hermann rührte sich nicht.

»Ich war mit Cordula in der Schule. Sie war zwei Klassen über mir. Ich war ein paarmal hier bei euch«, plapperte Moni weiter, lockte aber keine Reaktion hervor. Sie versuchte, sich zu erinnern, ob er nicht nur stumm, sondern auch taub war, und musterte ihn skeptisch. Hermann sah aus wie ein verwilderter Einsiedler. Seine Hände waren rot und rissig von der vielen Arbeit auf dem Hof.

»Du hältst immer noch Kühe?«, fragte Moni, weil ihr nichts Besseres einfiel. Zu ihrer Überraschung nickte Hermann. Er verstand sie also doch. »Eigentlich bin ich gekommen, um mit Cordula über die Jubiläumskohlfahrt zu sprechen«, fuhr Moni fort. »Ist sie da?«

Er nickte ein weiteres Mal und machte ein Zeichen, dass sie ihm folgen sollte.

Im Haus war es duster, und es roch nach saurer Milch. Er führte sie einen langen Flur entlang und zeigte schließlich auf eine Tür. Dahinter musste die Küche sein, erinnerte sich Moni vage. Hermann öffnete und ließ sie eintreten. Hinter ihr schloss er die Tür wieder. Schwere Schritte entfernten sich, Moni war allein.

Sie sah sich in der Küche um. Es hatte sich nicht viel verändert. Den Raum beherrschte nach wie vor die riesige Eckbank samt Tisch, an dem gut und gern zehn Personen Platz fanden. Neben der Tür stand sogar noch die Küchenhexe. Der Korb mit Holz daneben ließ Moni vermuten, dass der Ofen immer noch benutzt wurde. Jetzt war er jedoch kalt und die Luft in der Küche eisig. Sie setzte sich und strich über die braun gemusterte Plastikdecke auf dem Tisch, die zugemüllt war mit schmutzigem

Geschirr, Prospekten von Supermärkten und dem Regionalteil vom Nordkurier. Die Schlagzeile »Larumer Grünkohlorden wieder an Ort und Stelle« stach rot umrandet heraus. Moni zog das Blatt unter einem benutzten Teller hervor und las die Meldung, obwohl sie sie schon kannte. Dann klappte die Tür, und Cordula kam herein. Sie wirkte überrascht, grüßte kurz und ging dann zum Wasserhahn, um sich einen Becher auszuspülen, in den sie Kaffee aus einer Thermoskanne goss.

»Sorry, ich bin noch nicht salonfähig«, sagte sie. »Hast du angerufen?«

»Nein. Hat dein Bruder dir nicht Bescheid gesagt, dass ich da bin?«

Cordula trank einen großen Schluck Kaffee. »Wie denn? Der spricht ja nicht.«

Sie kam an den Tisch und fläzte sich auf einen Stuhl. Die Beine legte sie auf der Eckbank ab. Sie sah aus, als ob sie gerade aus dem Bett gekrochen war, ungeschminkt, in ausgebeulter Jogginghose und mit wirrem Haar. Sie schlang die Jacke fester um sich.

»Brr. Kalt hier. Hermann vergisst immer, den Ofen anzuschüren.« Sie richtete mit einer fahrigen Geste ihr Haar, gab den Versuch aber schnell auf. Stattdessen fragte sie: »Was treibt dich so früh schon in den Brook?«

Monis Blick wanderte unwillkürlich zur Küchenuhr über der Tür. Es war kurz vor zehn. »Ich will mit dir über die Kohlfahrt sprechen«, sagte sie.

Cordula nickte. »Wie viele Anmeldungen gibt es?«

»Mit dem Verein sind es aktuell fünfunddreißig. Ein paar aus dem Dorf haben sich wieder abgemeldet, dafür sind andere dazugekommen.«

»Zum Feiern reicht's doch.«

»Das ist richtig. Aber wir brauchen für die Kohlfahrt einen Vorschuss. Schließlich müssen wir einkaufen.«

Cordula nahm die Füße von der Bank und beugte sich über den Tisch. »Dann ist es wahr, dass euer Nobelschuppen in Berlin insolvent ist?«

Moni konnte darauf nicht antworten. Woher wusste Cordula das? Spionierte sie ihr etwa nach?

Cordula musterte sie kurz, stand dann auf, ging zum Küchenschrank und kramte eine alte Zwiebackdose hervor. »Dann schau ich mal nach, was der Kohlfahrtverein noch in der Kasse hat.« Sie öffnete die Dose und kippte den Inhalt auf den Tisch.

»Habt ihr kein Konto?«, fragte Moni überrascht, während Cordula das Geld zählte.

»Doch. Fürs Finanzamt. Aber die laufenden Kosten bestreiten wir aus der Kaffeekasse. Du weißt ja, die nächste Bank ist in Bocksdorf.« Sie schob Moni ein Bündel Scheine hin. »Hier. Das sind zweihundertvierzig Euro.«

»Das wird nicht reichen«, stellte Moni fest. »Allein das Fleisch vom Biohof …«

Cordula verschränkte die Arme vor der Brust. »Mehr ist nicht drin, wir sind ein kleiner Verein. Dann soll dein Superkoch die Pinkel eben bei Aldi kaufen. Und Tiefkühlgrünkohl hat Zimmermann gerade im Angebot. Das merkt doch keiner. Wenn's zum Essen geht, sind die meisten längst blau.«

Moni nahm das Geld zögerlich an sich. Es war besser als nichts, und das mit der Aldi-Pinkel würde sie Abraham schonend beibringen.

»Da wäre übrigens noch etwas«, fiel ihr ein. »Wir haben keinen Wagen, und ich kann mir nicht ständig Hans' Benz ausleihen. Könntest du uns eventuell den Porsche für einen Tag überlassen? Nur zum Einkaufen?«

Cordula stellte entschieden ihre Tasse auf den Tisch. »Auf keinen Fall!«

»Du bekommst ihn heil wieder«, bettelte Moni. »Wenn du willst, fahren wir ihn durch die Waschanlage. Aber wir können nicht alles auf dem Fahrrad oder im Bus nach Larum schleppen. Allein die Getränke!«

Cordula blieb hart. »In den Kofferraum passt nur eine Kiste Bier, und Tiefkühlware kommt mir nicht auf die Polster.«

»Gut«, sagte Moni entschlossen und stand auf. »Dann gibt

es eben Tütensuppe. Du willst es ja sowieso billig haben.« Sie wandte sich zum Gehen.

»Was? Nein! Jetzt warte doch mal!«, rief Cordula ihr nach. Moni wandte sich um und blickte in Cordulas abfällig lächelndes Gesicht. »Du kannst den anderen Porsche haben«, sagte sie.

»Wie? Du hast noch einen?«, fragte Moni misstrauisch.

Cordula stand auf. »Komm mit. Ich zeige ihn dir.«

Gemeinsam gingen sie hinaus auf den Hof. Cordula marschierte an ihrer Möhre vorbei auf einen verrosteten Trecker zu.

»Das ist er«, sagte sie. »Ein Porsche Allgaier, Baujahr 1952. Sehr selten mittlerweile. Hermann soll ihn für dich mal anwerfen. Wenn er länger steht, hat er manchmal Startprobleme, aber sonst läuft er wie eine Eins.«

»Das ist nicht dein Ernst, oder?«, fragte Moni, aber Cordula hatte sich schon abgewandt. Sie sah sich nach ihrem Bruder um. Er stand reglos am Hühnerhuck, eine aufgeregt zappelnde Henne in der Hand. Am Hackklotz lehnte die Axt.

»Jetzt warte mal«, protestierte Moni. »Ich kann nicht Trecker fahren.«

»Das kann doch jedes Kind.« Cordula legte die Hände wie einen Trichter um den Mund und brüllte so laut, dass die Hühner auseinanderstoben: »Hermann! Tanz an! Kannst du mal eben den alten Trecker für Moni klarmachen?«

Ihr Bruder sah kurz auf. Auch die Henne in seiner Hand flatterte panisch mit den Flügeln. Er griff sich die Axt, legte das Huhn auf den Klotz und schlug ihm den Kopf ab.

Donnerstag

Jessica saß an Ennos Computer, Kopfhörer in beiden Ohren, und tippte wie wild auf den Tasten herum. Sie nannte das recherchieren. Hans ließ sie gewähren, denn so nervte sie am wenigsten. Er hatte ihr aufgetragen, die Adresse von »Kohlkönigl« herauszufinden. Die Jugend heutzutage hatte diesen ganzen Computerkram quasi mit der Muttermilch aufgesogen. Der Bass, der dabei unablässig aus ihren Kopfhörern wummerte, ging Hans jedoch tierisch auf die Nerven. Zu allem Überfluss kaute sie Kaugummi und sang mit. Für den Eurovision Song Contest reichte es jedenfalls nicht. So war er richtig froh, als er den Bericht der Kriminaltechnik im Mailpostfach entdeckte. Er druckte ihn aus und verabschiedete sich damit, um ihn irgendwo in Ruhe zu lesen.

»Mach du schön weiter. Ich bin in ein, zwei Stunden wieder da«, sagte er.

Keine Viertelstunde später stand er im Krankenhaus. Jürgen Koopmann lag immer noch auf der Intensivstation, jedoch hatten die Ärzte vorsichtige Entwarnung gegeben. Die Station befand sich im Erdgeschoss, gleich neben der Notaufnahme. Hans drückte auf die Klingel. Ein Pfleger öffnete ihm.

»Ja bitte?«

Er zeigte seinen Ausweis. »Kriminalpolizei. Olbers mein Name. Ist mein Kollege Enno Theiß noch bei Herrn Koopmann?«

Der Pfleger seufzte. »Natürlich ist er da. Er würde hier übernachten, wenn wir ihn ließen.«

»Ich muss mit ihm sprechen.«

»Na, dann kommen Sie doch herein. Aber bitte die Hände desinfizieren.«

Hans folgte den Anweisungen, steckte die Hände in den Desinfizierer und spürte, wie sie mit einer kalten, medizinisch riechenden Flüssigkeit besprüht wurden.

»Dort hinten. Letztes Bett auf der linken Seite«, erklärte der Pfleger und war schon auf dem Weg zum nächsten Patienten.

Hans entdeckte Ennos hintere Hälfte am Ende des lang gezogenen Raumes. Er saß vornübergebeugt und halb verdeckt von einem der Wandschirme, die die Betten in dieser Abteilung voneinander trennten. Es piepte und pumpte in allen Nischen, und Hans wurde angesichts der Anhäufung lebenserhaltender Apparate ein wenig flau.

»Moin, Enno«, begrüßte er seinen Kollegen, als er hinter ihm stand. Der fuhr zusammen und wandte sich um.

»Chef! Ich hatte noch gar nicht mit dir gerechnet.«

Hans musterte Jürgen Koopmann, der unter den Schläuchen und Verbänden kaum zu erkennen war. »Wie geht es ihm?«

»Besser. Sie holen ihn morgen aus dem Koma.«

Hans zog einen Stuhl heran und setzte sich. »Ich hab hier was für dich, das dich aufheitern wird.«

»Tatsächlich?«

Hans reichte Enno den Bericht. »Das ist das Ergebnis der KT zum Unfallwagen. Ich habe es gerade unten auf dem Parkplatz überflogen.«

Der letzte Rest Farbe wich aus Ennos Gesicht. »Und das soll mich aufheitern?«, knurrte er und starrte unschlüssig auf den Stapel Papier in seinen Händen. »Ich glaube, ich will das jetzt nicht lesen.«

»Dann erzähl ich dir eben das Wichtigste«, sagte Hans. »Du hast ihn nämlich nur an der Jacke erwischt. Er muss da schon gelegen haben. Die Kapuze hat sich an der Stoßstange verhakt. So ist er im Graben gelandet. Überfahren hast du ihn nicht.«

»Nicht?« Enno blätterte in dem Bericht, ohne ihn zu lesen. »Und was hat dann so gerumst?«

»Keine Ahnung. Vielleicht ein Stein oder ein dicker Ast? Auf jeden Fall gibt es an deinem Wagen weder Blut noch Haare oder sonstige DNA. Auch keine Beulen oder Kratzer, die dem Zusammenprall mit Jürgen zuzuordnen wären. Nur Fasern von seiner Jacke. Er hat verdammtes Glück gehabt.«

»Und seine Verletzungen?«

»Die stammen definitiv nicht von der Begegnung mit deinem Escort.«

Enno riss die Augen auf. »Das heißt, er war schon so zugerichtet, als ich ihn erwischt habe?«

»Mit allergrößter Wahrscheinlichkeit.«

Sichtlich verwirrt legte Enno den Bericht am Fußende von Jürgens Bett ab und betrachtete dessen zugeschwollenes Gesicht. »Aber wie kann das sein? Wie ist er auf den Feldweg gekommen? Und warum?«

»Das müssen wir herausfinden«, sagte Hans. »Vielleicht kannst du dich dazu durchringen, deinen Urlaub abzukürzen, wo es Jürgen doch langsam besser geht? Wir haben jetzt schließlich zwei Fälle an der Backe. Jürgen und Kuno Hansen. Und du glaubst nicht, was auf der Wache los ist.«

Er erzählte Enno von der eBay-Sache, wobei er das Schlabbermonster ausließ. »Ich muss wissen, wer ›Kohlkönigl‹ ist«, sagte Hans resigniert.

»Ich dachte, du kriegst zur Verstärkung einen Praktikanten«, erwiderte Enno.

Hans lachte freudlos. »Rate mal, wen sie mir geschickt haben.«

Enno blickte ihn ratlos an.

»Jessica Meyer.«

»Du meinst doch nicht die Deern mit dem vielen Metall im Gesicht?«, fragte Enno. »Die bei Edeka an der Kasse sitzt und hin und wieder für den Nordboten schreibt?«

»Die will jetzt zur Polizei.«

»Warum?«, fragte Enno fassungslos. »Fehlen ihr noch Handschellen in ihrer Metallsammlung?«

Noch bevor Hans antworten konnte, betrat ein Mann den Raum und kam auf sie zu. »Der Pfleger hat mich gerade informiert, dass Sie hier sind, Herr Kommissar. Das trifft sich gut. Ich bin Dr. Schindlanger von der Rechtsmedizin.« Er hielt einen braunen Umschlag hoch. »Ich habe noch ein paar Laborergebnisse eingeholt und bin da auf etwas sehr Interessantes gestoßen.«

»Und was wäre das?«, fragte Hans.

»Können Sie mir sagen, ob der Verletzte hier Veterinär ist? Oder hat er etwas mit Tierärzten zu tun? Als Landwirt oder so?«

»Jürgen ist Klempner«, sagte Enno.

»Warum fragen Sie das?«, wollte Hans wissen.

»Ich habe im Blut Ketamin festgestellt. So was benutzen Tiermediziner zur Betäubung.«

Hans pfiff durch die Zähne. »Oder Kriminelle als K.-o.-Tropfen.«

»Richtig. Höchstwahrscheinlich hat er es mit Alkohol zu sich genommen. Er hatte null Komma acht Promille.«

»Ist ja gediegen. Dann hat er also betäubt auf dem Weg gelegen.« Hans blickte ratsuchend zu Enno.

»Glaub mir, ich frage mich auch, wie er dahingekommen ist. Ich habe keinen blassen Schimmer.«

Hans wandte sich wieder dem Mediziner zu. »Und was ist mit seinen Kopfverletzungen?«, fragte er. »Können Sie dazu etwas sagen?«

»Tja …« Dr. Schindlanger trat an Jürgens Bett und zeigte auf das zugeschwollene linke Auge. »Hier ist eine Fraktur am Stirnbein. Auf den Röntgenbildern kann man einen vagen Abdruck erkennen. Der Täter muss einen stumpfen, flachen Gegenstand benutzt haben. Außerdem habe ich Partikel von Holz und Federn gefunden.«

»Was denn für Federn?«, fragte der Kommissar.

»Sehen Sie, das Ergebnis fehlt mir noch. Bei dem Schlagwerkzeug tippe ich auf einen großen Hammer oder die Rückseite einer kleinen Axt.«

»Mit Federn?« Enno musterte Jürgens Kopf, als könnte er dort die Antwort lesen. »So eine Art Tomahawk?«

Hans schnaubte. »Also bitte! Wir sind hier nicht im Wilden Westen!«

Samstag

»Bestes Kohlwetter!«, rief Bernd den Leuten zu, die bereits vor dem Krug warteten.

Hans war auch unter ihnen. Wie alle anderen trug er einen Eierbecher um den Hals, das Wahrzeichen aller Kohlgänger, um jederzeit und überall für einen Schnaps bereit zu sein. Der klare Frost hatte die letzten Tage angehalten, auch an diesem Samstag schien die Sonne auf die mit Raureif bepuderten Bäume. Es war früher Nachmittag. Hans riss sich vom Anblick des Allgaiers los, der vor dem Krug parkte. Moni hatte ihm erzählt, dass sie den alten Trecker von Cordula geliehen hatte. Hans wäre ihn zu gern einmal gefahren, aber bisher hatte er keine Zeit gehabt. Seufzend wandte er sich ab und beschattete seine Augen gegen die Sonne.

Er blickte Volker und Bernd entgegen, die sich gut gelaunt der Gruppe vor dem Krug näherten. Sie zogen das zweitwichtigste Requisit einer Kohlfahrt – gleich nach dem Eierbecher – hinter sich her: den Bollerwagen. Hans musste zugeben, sie hatten sich mit der Dekoration richtig viel Mühe gegeben. Der Wagen war üppig mit Grünkohlpflanzen, Knackwürsten und Luftballons in Schweinchenform geschmückt. Auch der Inhalt konnte sich sehen lassen: Bier und Schluck, Bifis, Brezeln, Schokoriegel und Bonbons, nicht zu vergessen die Utensilien für die Spiele. Obenauf thronte die obligatorische Schnapslatte, das Gerät für kollektive Saufaktionen. Das i-Tüpfelchen war der Überbau. Bernd und Volker hatten einen gekürzten Rosenbogen an den Bollerwagen geschraubt und den original Larumer Kohlorden hineingehängt. Obenauf blinkte die Warnleuchte, die heutzutage auf keinem Bollerwagen mehr fehlen durfte, zwecks Sicherheit. Hans konnte sich lebhaft vorstellen, woher die Lampe kam, denn der Bauhof hatte, wie immer um diese Jahreszeit, mehrere Diebstähle gemeldet.

Der Wagen wurde von den Wartenden spontan mit Applaus

bedacht, was Volker und Bernd dazu bewog, die erste Runde Korn auszugeben.

Hans blickte sich um. Wo blieb nur seine Frau? Elke war ins Feuerwehrhaus gegangen, um die Bewohner zur Kohlfahrt abzuholen, aber das war nun schon eine halbe Stunde her. Vielleicht übte sie mit ihnen noch mal die Vokabeln, die sie beim letzten Deutschunterricht am Küchentisch durchgenommen hatten: Grünkohl, Pinkel, Prost. Mehr brauchte der gemeine Kohlfahrer nicht zu wissen. Elke war der Meinung, dass das Jubiläum eine gute Gelegenheit war, den Neubürgern die Sitten und Gebräuche ihrer neuen Heimat nahezubringen. Hans war da eher skeptisch. Dass die Einheimischen zum Spaß mit Gummistiefeln und Teebeuteln um sich warfen oder mit dem Mund Spaghetti in Makkaroni balancierten, war Außenstehenden meist schwer zu vermitteln. Aber er hatte gerade andere Sorgen, als sich darüber Gedanken zu machen, wie die norddeutsche Leitkultur rüberkam. Neben dem Fall Hansen gab es jetzt auch noch die »Soko Indianer«. Zwar kam Enno wieder zur Arbeit, und Jessica machte sich am Computer gar nicht mal so schlecht, trotzdem waren sie immer noch kein Stück weiter.

Hans schob seine Sorgen beiseite. Heute wollte er sich nicht mit unerfreulichen Dingen beschäftigen. Am Ende hatten sich doch noch viele Larumer zum Jubiläumskohlgang angemeldet, denn es hatte sich schnell herumgesprochen, dass Abraham gut kochte, heute sogar ganz traditionell. Überdies wollte der NDR berichten. Cordula hatte es geschafft. Gerade umflatterte sie die Radioredakteurin wie ein Nachtfalter die Glühbirne. Vom Verein fehlte neben Kuno, von dem es immer noch keine Spur gab, auch Gerda Jesco. Dafür tauchte endlich Elke samt Anhang auf. Sie kamen gerade aus dem Feuerwehrhaus zu ihnen herüber. Einige Alteingesessene musterten die Fremden skeptisch, andere begrüßten sie mit einem freundlichen »Moin«.

»Ich wollte schon einen Suchtrupp losschicken«, knurrte Hans. Elke drückte ihm eine Handvoll Eierbecher in die Hand.

»Hilf mir lieber, die zu verteilen und ihnen zu erklären, was sie damit machen sollen«, sagte sie.

»Ich dachte, das hast du schon erledigt«, maulte Hans, der hektisch die spärlichen Reste Schulenglisch in seinem Hirn zusammenkratzte, aber Elke hatte sich schon die Hälfte ihrer Leute geschnappt, um ihnen die Becher umzuhängen.

Hans ging zum Rest der Truppe und verteilte ebenfalls die Becher.

»Ähm, also, *this is an eggcup*«, begann er und hielt sein eigenes Exemplar in die Höhe. Alle nickten aufmerksam. Das war doch schon mal ein guter Anfang. *»With this you can drink …«* Verflucht, was hieß denn Korn auf Englisch? Oder Schnaps? *»Alcohol. You can drink alcohol with the eggcup.«* Er führte es als Trockenübung vor. *»And before you drink, you say:* ›Nich-lang-schnacken-Kopp-in-Nacken.‹«

Jetzt blickten seine Schüler doch ein bisschen irritiert drein.

»We don't say ›Prost‹?«, fragte jemand. Und ein anderer fügte hinzu: *»We don't drink Alcohol anyway.«*

Das brachte Hans vollkommen aus dem Konzept. Die Jüngeren hatten auch noch ihre Smartphones in Stellung gebracht, um das Ganze zu filmen. Jetzt würde also um den Erdball gehen, dass die Norddeutschen im Winter Schnaps aus Eierbechern tranken. Zum ersten Mal in seinem Leben war er froh über Gerda Jescos Auftritt.

Man erkannte sie schon aus der Ferne an ihrem quietschbunten Fahrradhelm, ein Neunziger-Jahre-Modell, das sie sicherlich einem ihrer letzten Schüler abgenommen hatte. Quälend langsam kam sie näher und warf Hans einen überaus vorwurfsvollen Blick zu. Der Kommissar merkte erst jetzt, dass er den Eierbecher samt dazugehöriger Kornbuddel immer noch hocherhoben präsentierte.

»Schon?«, fragte sie, als sie in kerzengerader Haltung an ihm vorbeiradelte, als ritte sie auf ihrem Drahtesel zur Kür. Hans versteckte die Kohlfahrtutensilien reflexartig hinter seinem Rücken.

Langsam merkte auch der Letzte, dass die Ehrenvorsitzende angekommen war. Ihre Laune war so schlecht, dass man sie quasi riechen konnte. Während sie ihr Rad an den Laternenpfahl kettete, wurde es still. Beste Voraussetzungen also für ihre Rede über die Geschichte der Larumer Kohlfahrt. Es ging kein Weg daran vorbei. Gerda baute sich auf und blickte in die Runde, aber zur allgemeinen Überraschung sagte sie nur: »Wir sollten losgehen, bevor das Wetter umschlägt.«

Alle sahen in den vollkommen wolkenfreien Himmel.

»Dat Weer schleit nich um!«, rief Volker ihr zu, und es klang fast ein bisschen enttäuscht.

Irgendwie war Gerda heute nicht in Form. Sie ließ sogar die Radioreporterin stehen, die ihr das Mikro unter die Nase hielt und ein paar Fragen stellen wollte, und marschierte los. Leise tuschelnd setzte sich auch der Rest in Bewegung. Bevor Hans sich weitere Gedanken darüber machen konnte, gab Elke ihm einen Schubs.

»Nun geh schon. Bevor sie es sich anders überlegt.«

Schnell hatten sie die Häuser hinter sich gelassen und wanderten nun zwischen kahlen Feldern und Wäldern die schmale Straße entlang. Gerda schritt allen voran und schwieg eisern. Cordula dagegen lief der Radiofrau wie ein Hund hinterher. Zu allem wollte sie ihre Statements abgeben, während die Redakteurin sich abmühte, den maulfaulen Vereinsmitgliedern knackige Aussagen über die Larumer Kohlfahrt zu entlocken. Bernd und Volker hatten schnell genug von dem Zirkus und stellten den Bollerwagen an der nächstbesten Wegkreuzung ab. Kreuzungen bedeuteten für Kohlfahrer nämlich nur eines: Nichlang-schnacken-Kopp-in-Nacken. Das war ja wohl knackig genug!

Danach verkündete Bernd: »Zeit für das erste Spiel!«

Aus den Reihen kamen verschiedene Vorschläge: Gummistiefelkegeln, Paniermehlwettessen, Teebeutelweitwurf, das Übliche eben.

»Da wir einige Newcomer in unseren Reihen haben, fangen wir klassisch an«, verriet Bernd. »Tut euch bitte zu zweit zusammen. Wir spielen jetzt das allseits beliebte Spaghetti-in-Makkaroni.«

Die Ankündigung rief begeistertes Gejohle hervor, und

während sich die Paare zusammenfanden, verteilten Bernd und Volker die Nudeln. Einer bekam die Spaghetti, der andere die Makkaroni. Elkes Leute fingen an, probeweise daran zu knabbern.

»Jetzt erklär ihnen auch das Spiel, Bernd«, rief Elke.

»Warum ich?«

»Weil du hier der Zeremonienmeister bist.«

»Und was ist mit Volker?«

»Platt verstehen sie noch nicht. Das kommt erst im Fortgeschrittenenkursus dran.«

Bernd kratzte sich hilflos am Kopf. Fast tat er Hans leid, denn er wusste, wie Bernd sich gerade fühlte. Alle Larumer hörten ihm aufmerksam zu.

»Take the noodle in the …« Er zeigte auf seinen Mund. *»And then … put the Spaghetti in the Makkaroni. The winner becomes a Schnaps.«*

Bernd erhielt spontanen Applaus. Dann begannen die Paare, die Nudeln ineinander zu balancieren. Die einhellige Meinung zu dieser Art der Vergnügung war: *»Quite crazy!«*

Volker blies zum Aufbruch, es ging weiter. Langsam brach das Eis. Einige Larumer mischten sich unter die Feuerwehrhausbewohner und versuchten, sich radebrechend verständlich zu machen. Uralte, längst vergessen geglaubte Englischkenntnisse wurden hervorgekramt, während die Kohlfahrtnovizen das, was sie bei Elke gelernt hatten, an den Ureinwohnern ausprobierten. Nur Gerda machte ein Gesicht, als hätte sie Essig getrunken, aber das war man von ihr gewohnt. Die Sonne schien freundlich auf alle herab, als habe eine höhere Macht beschlossen, die Larumer Völkerverständigung, die einst mit einem verlorenen Schweinekiefer begonnen hatte, wieder aufleben zu lassen.

Hans legte seiner Elke zufrieden den Arm um die Schultern, und sie schmiegte sich an ihn. Arm in Arm spazierten sie zwischen den anderen dahin, und Hans fühlte sich so wohl wie seit Tagen nicht. Er begann spontan zu dichten:

»Ach, wie ist es doch so schön
Für den Kohl spaziern zu gehen
Wenn die Sonne so schön lacht
Und der Frost so richtig kracht
Kocht im Topfe schon der Kohl
Pinkel, Kasseler und auch wohl
Eine schöne Scheibe Speck
Putz ich nach dem Gang mir weg.«

»Herr Olbers, Sie sind Kommissar und zugleich Dichter, wie man hört. Was ist denn für Sie das Schönste an der Larumer Kohlfahrt?«

»Das ist genauso wie Weihnachten und Ostern. Immer das Gleiche und trotzdem immer wieder schön.«

Zwei Jungs rannten übermütig balgend in Richtung Fluss, der irgendwo hinter den Bäumen träge dahinfloss. Hans blickte ihnen nach. Hinter den Bäumen fiel die Geest abrupt zum Fluss hin ab. Wer nicht aufpasste, rutschte schon mal ab ins Wasser.

Hans hakte sich bei Elke aus und rief den Jungs nach: »He! Bleibt stehen! Dahinten kann es gefährlich werden!«

Die beiden hörten nicht, sie lieferten sich im Gegenteil ein Wettrennen und waren bald zwischen den Bäumen verschwunden. Einer von ihnen wohnte im Feuerwehrhaus. Er kannte sich hier nicht aus, und dass er schwimmen konnte, wagte Hans auch zu bezweifeln. Also sprintete er hinterher. Nach wenigen Metern war er schon aus der Puste. Verflucht, waren die Jungs schnell! Er war noch nicht einmal bei den Bäumen angekommen, da keuchte er schon wie eine Dampflok, aber er lief tapfer weiter.

Irgendwo hinter ihm begann Gerda, ein Lied zu krähen. Immerhin, sie gab noch Töne von sich. »Das Waaandann ist des Müüühl-lers Lussst!« Was auch sonst?

Hans zwang sich, weiterzulaufen. Sein Herz raste, und er bekam kaum genug Luft. Vor seinen Augen tanzten Sterne. Der Waldsaum rückte näher, schon war das leise Plätschern des Flusses zu hören. Er blieb kurz stehen und lehnte sich gegen einen Baum. Nur ein ganz bisschen verpusten.

Dann hörte er die beiden. Ihre Stimmen klangen jetzt aufgeregt, fast panisch. Es war also passiert! Er hatte es kommen sehen. Hans stieß sich vom Baum ab und lief weiter. Fast wäre er selbst den Abhang hinuntergekugelt, der sich plötzlich vor ihm auftat, einfach so.

»Hallo? Wo seid ihr?«, rief er laut, bekam aber keine Antwort. Schwer keuchend suchte er das Ufer ab. Es gab hier irgendwo eine Treppe, die zum Wasser hinabführte. Keine fünfzig Meter weiter entdeckte er sie hinter einer Biegung. Das Wasser umspülte die unteren Stufen, denn es hatte in den letzten Tagen viel geregnet. Er horchte. Von fern hörte er Gerdas Gekreische, aber von den Jungs kein Ton.

Als Hans die Treppe endlich erreichte, entdeckte er die beiden und blieb erleichtert stehen. Sie standen auf einem umgekippten Baumstamm neben der Treppe und gestikulierten aufgeregt. Hans machte sich an den Abstieg, kam aber nur langsam voran, denn die Treppenstufen waren bemoost und glitschig. Er musste aufpassen, dass er nicht ausrutschte. Als er die Bengel erreichte, zeigten sie aufgeregt auf einen Haufen Lumpen im Wasser. Er hatte sich in der Baumkrone der umgekippten Erle verfangen.

»Da! Da ist was«, rief einer der Burschen.

»Das sehe ich selbst«, sagte Hans und vermutete, dass es sich um einen geplatzten Sack mit Altkleidern handelte. Oder ein Kanufahrer hatte seine Wechselklamotten beim Kentern verloren. War alles schon vorgekommen. Und dafür hatte er sich Herzklabastern geholt, na danke! Als er genauer hinsah, kam ihm der Lumpenhaufen jedoch seltsam vor. Er sollte doch mal nachsehen.

»Ihr bleibt da stehen, hört ihr?«, schärfte er den Jungs ein und balancierte dann den Stamm entlang, wobei er mehrere Stoßgebete gen Himmel schickte. Schwimmen war nie seine Stärke gewesen. Wie überhaupt jede sportliche Betätigung.

»Hans! Was tust du da? Der Fluss hat Strudel!«, hörte er Elke ganz in seiner Nähe rufen. Wo kam die plötzlich her? Er geriet ins Straucheln und bekam gerade noch einen Ast zu fassen, der dick genug war, dass er sich daran festhalten konnte. So verharrte er einen Moment, bis er sein Gleichgewicht wiedergefunden hatte. Er balancierte weiter, Schritt für Schritt, und war dem Lumpenhaufen jetzt ganz nah. Ein unglaublicher Gestank schlug ihm entgegen. Er ahnte, was er gleich zu Gesicht bekommen würde, und es graute ihm davor. Vorsichtig beugte er sich nach unten. Das, was er für Lumpen gehalten hatte, war eine dicke Jacke. Aus einem der Ärmel schaute eine Hand hervor, schwarz geädert und schrumpelig, wie nach einem viel zu langen Bad. Der Unterkörper lag im Wasser, wahrscheinlich hatte er sich irgendwo verhakt, aber irgendwo musste doch der Kopf sein. Hans bog vorsichtig einen Ast zur Seite. Der Kopf ploppte an die Oberfläche, und eine lippenlose Fratze kam zum Vorschein. Hans schoss hoch und rutschte mit einem Fuß ab, konnte sich aber im letzten Moment fangen. Er hatte erkannt, wer ihn da aus toten Augen anstarrte.

***

Enno füllte Traubensaft in den Plastikbecher mit Trinkaufsatz und hielt ihn Jürgen an den Mund, aber der verzog das Gesicht, soweit ihm das schon wieder möglich war.

»Nimm wenigstens einen Schluck. Traubensaft ist gesund«, bettelte Enno, der sich erinnerte, dass seine Mutter auch immer Traubensaft zu Krankenbesuchen mitgenommen hatte. Das machte man doch so, oder?

»Hag hich huich«, stieß Jürgen mühsam hervor. Mit dem Reden haperte es noch. Er zeigte auf eine Batterie Flaschen neben seinem Bett. Alles Traubensaft.

»Aber das ist der teure von Rotbäckchen. Der hat eine Extraportion Eisen«, wandte Enno ein.

Jürgen ließ sich stöhnend in die Kissen zurücksinken.

»Na gut. Wie du willst.« Beleidigt steckte Enno die Flasche wieder ein. »Dann trink ich das eben selbst. Ich kann auch Eisen gebrauchen bei dem ganzen Stress, den wir gerade haben.«

Jürgen versuchte sich an einem Lächeln, was ihm leidlich gelang, und stimmte Enno damit ein wenig versöhnlicher.

»Ich wollte dir Gesellschaft leisten, wo doch heute die Jubiläumskohlfahrt ist. Du wärst bestimmt gern dabei«, sagte er. »Es haben sich sage und schreibe dreiundsechzig Leute angemeldet. Das Radio ist da und, nun halt dich fest: der Orden auch. Cordula hat ihn im Internet aufgetrieben.«

Jürgen gab einen überraschten Laut von sich, mehr ging noch nicht. Enno nahm es ihm nicht übel. Sein Kiefer war zersplittert, und jeder Laut musste ihm Schmerzen bereiten.

»Ich soll dir ganz liebe Grüße vom Verein bestellen. Sogar von Frau Jesco«, fuhr Enno fort.

»Huno?«, fragte Jürgen und meinte damit offenbar den Wirt.

»Keine Ahnung, wo er abgeblieben ist. Er ist wie vom Erdboden verschluckt. Moni und ihr Mann führen jetzt den Krug.« Er beugte sich zu Jürgen hinunter und raunte ihm ins Ohr: »Abraham ist so schwarz wie Frau Jescos Seele. Aber im Gegensatz zu ihr super in Ordnung. Und er kocht wie ein Gott. Im Krug soll es jetzt jedes Wochenende ein internationales Grünkohlbüfett geben. Wenn du wieder essen kannst, gehen wir da mal hin.«

Jürgens Gesicht verzerrte sich schmerzhaft.

»Na gut, dann eben nächste Kohlsaison. Wenn die beiden dann noch da sind.«

Stille trat ein.

Schließlich fragte Enno: »Kannst du dich inzwischen an irgendetwas erinnern?« Die Frage hatte er Jürgen wohl schon hundertmal gestellt, seit er aus dem Koma aufgewacht war. Bisher ohne Erfolg. Enno versuchte es anders: »Wenn ich Indianer sage, klingelt dann was bei dir?«

Jürgen reagierte nicht, was Enno als »Keine Ahnung« interpretierte.

»Wär ja auch zu schön gewesen«, seufzte er. »Wir haben nämlich Erkenntnisse, die darauf hindeuten, dass dich jemand mit einem Tomahawk zusammengeschlagen hat.«

In Jürgens unversehrtem Auge blitzte Unverständnis auf, aber Enno kam nicht zu weiteren Erklärungen, denn sein Handy klingelte. Er nahm das Gespräch an und flüsterte Jürgen zu: »Das ist mein Chef.«

Dann hörte er eine ganze Weile schweigend zu. Was Hans ihm zu sagen hatte, gefiel ihm ganz und gar nicht. Er stand auf und wanderte im Zimmer umher. Als er das Handy schließlich wieder einsteckte, fragte Jürgen: »Uas is?«

»Kuno. Er ist aufgetaucht.«

***

»Du hast es gewusst, oder?«, fragte Moni. »Du hast keine Minute geglaubt, dass er einfach nur in den Süden abgehauen ist, um Sonne zu tanken oder so.«

»Du denn?«, fragte Hans erschöpft. Der Tag steckte ihm gewaltig in den Knochen. Natürlich hatte er geahnt, dass Kuno etwas zugestoßen war, aber ihn als Wasserleiche aus der Hunte zu ziehen, war ein Schock gewesen.

»Schade um das schöne Essen«, seufzte Enno, der seinen Krankenbesuch abgebrochen hatte, um bei der Bergung zu helfen. Jetzt sah er Abraham dabei zu, wie er den unangetasteten Grünkohl auf einen Rollwagen schichtete. Das Kohlessen war nach dem Leichenfund abgeblasen worden, aber Enno hatte seit dem Frühstück nur eine halbe Flasche Traubensaft zu sich genommen, und sein Magen knurrte vollkommen pietätlos.

»Soll ich Ihnen eine Portion aufwärmen?«, fragte Abraham.

»Vielleicht ein winziges bisschen«, bat Enno hoffnungsvoll und blickte zugleich schuldbewusst in die Runde. Weder Volker noch Bernd und schon gar nicht Elke hatten etwas von dem Essen angerührt, aber sie schienen auch nichts dagegen zu haben, wenn er jetzt eine Kleinigkeit zu sich nahm.

Moni kauerte zwischen Elke und Hans und zerpflückte eine Rolle Küchentücher. Der Platz vor ihr sah aus, als hätte es dort partiell geschneit. Nur Gerda, Jürgen und Cordula fehlten. Nicht zu vergessen Kuno. Der lag inzwischen in einem Kühlfach der Rechtsmedizin. Die Ehrenvorsitzende dagegen leistete Jürgen im Krankenhaus Gesellschaft, allerdings nur für eine Nacht zur Beobachtung. Zum Glück lag sie auf einer anderen Station. Sie war dummerweise kurz vor dem Refrain in Ohnmacht gefallen. Schlechtes Timing, aber sie war auch nicht mehr die Jüngste. Cordula, wie konnte es anders sein, war in Sachen Pressearbeit unterwegs.

Abraham schob den Rollwagen mit den Platten und Schüsseln in die Küche. Die Tür schwang hinter ihm zu.

In der Gaststube wurde es langsam dunkel, denn dieser schreckliche Tag neigte sich dem Ende zu. Aber niemand stand auf, um Licht zu machen. Außer Abraham, der in der Küche rumorte, hörte man nur das leise Ratschen von zerreißendem Papier und das Ticken der alten Uhr. Als Moni die Rolle fertig zerkleinert hatte, knüllte sie die Schnipsel zusammen, stand auf und brachte sie in den Mülleimer. Auf dem Rückweg griff sie sich eine neue Rolle. Abraham, der gerade mit einem gefüllten Teller aus der Küche zurückkam, nahm sie ihr aus der Hand.

»Hör auf damit«, sagte er. »Das bringt doch nichts.«

Moni stellte die Rolle zurück, und Abraham brachte Enno das Essen. Der langte dankbar zu, und statt des reißenden Papiers hörte man nun seine Kaugeräusche, was nicht viel besser war.

»Von welchem Schlachter haben Sie die Pinkel?«, fragte Enno in die peinliche Stille. »Die sind wirklich köstlich.«

»Die hab ich von A–«, begann Abraham, aber Moni unterbrach ihn abrupt.

»Er will sagen, die hat er von Anbeginn selbst gemacht!« Sie wischte sich entschlossen über die Augen. »Stimmt doch, Abraham, oder?«

Ihr Mann räusperte sich verlegen. »Ja, das … also, ja. Das stimmt. Echte Pinkel im Rindermastdarm kriegt man selbst hier kaum.«

Enno blickte von seinem Teller auf. »Wieso Mastdarm?«

»Pinkel ist das plattdeutsche Wort für Rindermastdarm«, erklärte Abraham, der sich wie immer über das, was er kochte, erst mal schlaugemacht hatte. »Das ist die natürliche Hülle für die Pinkelwurst.«

Enno musterte den Bissen Pinkel, den er gerade auf die Gabel gespießt hatte, mit ratlosem Blick. »Echt?«, fragte er.

»Jetzt musst du dir schon von einem Afrikaner die Pinkel erklären lassen«, giftete Bernd.

»Er ist kein Afrikaner«, fauchte Moni. »Wie oft denn noch? Er ist hier geboren und aufgewachsen. Er spricht Deutsch und hat einen deutschen Pass. Geht das denn nicht in eure Spatzenhirne?«

»Man he sitt nich so ut«, konterte Volker.

»Aber Kohl kann er«, bemerkte Enno. »Also bis auf die Sache mit dem Mastdarm.«

»Es reicht!«, brüllte Moni. »Mein Vater ist tot, und ihr quatscht hier über Pinkelwurst!«

»Und ich hätte schwören können, die sind vom Aldi«, sagte Elke. »Die nehme ich nämlich auch immer.« Hans stieß sie in die Seite. Es war jetzt nicht der richtige Moment, über Würste zu philosophieren.

Moni atmete tief durch und fragte: »Wann kann ich meinen Vater beerdigen?«

»Wenn die Untersuchungen abgeschlossen sind«, sagte Hans. »Das kann ein paar Tage dauern.«

»Untersuchungen!«, platzte Moni heraus. »Er ist tot! Wollt ihr ihm den Blutdruck messen?«

»Wi gaht denn mal na Huus«, sagte Volker, stand auf und zog Bernd mit hoch. Sie schlichen zum Ausgang, aber in der Tür stießen sie mit Cordula zusammen, die unverschämt gute Laune hatte.

»Hoppla«, rief sie und ließ die beiden vorbei. Als sie Moni entdeckte, biss sie sich auf die Lippe und setzte eine betroffene Miene auf. Sie umarmte sie und sagte: »Mein Beileid. Ich kann es noch gar nicht fassen.« Ihre Trauer hielt allerdings nur für wenige Sekunden. Nachdem sie Moni losgelassen hatte, platzte es aus ihr heraus: »Bei allem Respekt, Leute. Ich hab eine Bombe!«

»Damit spaßt man nicht«, sagte Elke pikiert.

Aber Cordula winkte ab und fuhr begeistert fort: »Larum kommt jetzt ganz groß raus. Das Fernsehen will berichten. Eine ganze Talkshow nur über Larum und seine Grünkohlgeschichte, zur besten Sendezeit. Und wisst ihr, wer als Interviewgast eingeladen ist?«

»Ich«, sagte Abraham. »Der Redakteur hat vorhin angerufen. Ich soll ein paar schöne Rezepte mitbringen.«

Alle Augen wandten sich ihm zu. Cordulas Euphorie war augenblicklich verflogen. Hans fand, dass sie aussah, als würde sie auch gleich in Ohnmacht fallen.

»Na, dann seid ihr eben beide eingeladen«, freute sich Enno. »Da könnt ihr sogar eine Fahrgemeinschaft bilden.«

Sonntag

Moni stand neben dem offenen Sarg ihres Vaters. Er machte ihr schlimme Vorhaltungen. Dann griff er unter sich und zog einen Telefonhörer hervor.

Moni schreckte hoch, denn irgendwo schrillte eine Klingel. Es war das Wirtshaustelefon, das sie durch die dünne Zimmerdecke hörte. Sie war froh, dass der Apparat sie aus ihrem Traum erlöste, und setzte sich auf. Es war stockdunkel um sie herum. Wahrscheinlich hatte die Straßenlaterne draußen ihren Geist aufgegeben. Oder Larum war endgültig vom Weltenrand gefallen. Sie tastete nach ihrem Mann, aber der Platz neben ihr war leer. Erst jetzt registrierte sie das Wasserrauschen aus der Dusche. Warum war Abraham mitten in der Nacht schon auf den Beinen?

Das Telefon legte erneut los. Wer zum Teufel versuchte um diese Zeit so hartnäckig, sie zu erreichen? Sie zog sich die Decke über die Ohren und spürte gleichzeitig, dass an Schlaf nicht mehr zu denken war. Aber ein bisschen dösen, bis Abraham aus der Dusche kam, das musste noch drin sein, schließlich war Sonntag.

Als das Telefon zum dritten Mal zu klingeln begann, wühlte Moni sich aus dem Bett und schlüpfte in ihre Hausschuhe. Während sie die Treppe hinunterrannte, verfluchte sie mehrmals das vorsintflutliche Strippentelefon. Sie stürzte in den Gastraum und riss den Hörer von der Gabel.

»Ja«, meldete sie sich unwirsch und wollte noch hinzufügen: »Wir haben eigentlich um diese Zeit geschlossen«, aber sie erkannte die Stimme von Hans.

»Kann ich kurz vorbeikommen?«

»Jetzt?« Moni blickte auf die Uhr. Halb acht, also doch nicht mehr mitten in der Nacht. Das erklärte, warum Abraham schon unter der Dusche stand. Es erklärte jedoch nicht, warum Hans herkommen wollte.

»Was ist denn los?«, fragte Moni.

»Das möchte ich gern unter vier Augen mit dir besprechen.«

»Na gut. Ich wollte sowieso gerade Frühstück machen.«

Eine Viertelstunde später parkte der Benz vor dem Gasthof. Moni hatte bereits Toast, Marmelade und Kaffee auf den Tisch gestellt.

»Moin«, grüßte sie müde, als Hans eintrat. Er sah ebenso grau und übernächtigt aus, wie sie sich fühlte. Er brummelte etwas vor sich hin und hängte seine Jacke an den Garderobenhaken.

»Hier riecht's nach Kaffee. Kann ich jetzt wirklich gut gebrauchen.« Er ließ sich ächzend auf die Bank fallen.

»Du siehst aus, als hättest du schlecht geschlafen«, sagte Moni, als Hans nach dem Milchkännchen griff.

»Auf jeden Fall zu wenig.« Er rührte um und musterte dabei Moni. »Geht es dir besser?«

Moni setzte sich ihm gegenüber und ließ die Schultern hängen. »Irgendwie haben wir doch alle geahnt, dass er nicht mehr lebt. Ich bin froh, dass es vorbei ist.« Sie sah ihn an. »Aber du bist nicht um diese Zeit gekommen, um mich das zu fragen, oder?«

Hans wich ihrem Blick aus und gab noch zwei Löffel Zucker in die Tasse. »Es nimmt einfach kein Ende«, seufzte er.

»Was meinst du damit?«, fragte Moni irritiert. »Ihr habt meinen Vater doch gefunden.«

Hans rührte schweigend weiter.

»Vielleicht sagst du mir, was los ist, bevor du mit dem Löffel unten wieder rauskommst«, sagte Moni, denn Hans' beharrliches Schweigen ging ihr langsam auf die Nerven.

»Entschuldigung.« Er legte den Löffel weg. »Es gibt schlechte Nachrichten, was deinen Vater angeht.«

Moni runzelte die Stirn. Welche Steigerung von »tot« konnte es noch geben?

»Ich komme gerade aus der Rechtsmedizin. Dr. Schindlanger hat eine Nachtschicht eingelegt und ...« Wieder begann Hans, in seinem Becher zu rühren.

»Und?«, hakte Moni nach. »Lass dir doch nicht alles aus der Nase ziehen!«

»Kuno wurde ermordet.«

Das saß. Moni brauchte einen Moment, um das sacken zu lassen. »Aber ich dachte, er ist ertrunken«, platzte sie schließlich heraus.

»Eben nicht. Er wurde erstickt.«

»Bitte?«

»Ich wollte es auch zuerst nicht glauben, aber die Tatwaffe ist Grünkohl.«

Moni starrte ihn verständnislos an. »Willst du mich auf den Arm nehmen? Wie soll das denn gehen?«

»Die Details möchte ich dir lieber ersparen.«

Moni schnaubte. »Ich weiß ja, dass Grünkohl so ziemlich alles kann außer Autofahren und Fensterputzen, aber jemanden umbringen? Erklär mir das!«

»Na schön«, gab Hans nach. »Wenn du es unbedingt wissen willst: Die Luftröhre war zugestopft mit Grünkohlblättern. Das hat er auf keinen Fall selbst getan, falls er vorhatte, sich das Leben zu nehmen. Dr. Schindlanger sagt, das sei unmöglich. Wegen dem Würgereflex.« Zur Demonstration steckte er sich den Finger tief in den Rachen und begann zu würgen.

»Ja, schon gut«, rief Moni, die befürchtete, dass der Kommissar ihr auf den Tisch reierte.

»Er muss vorher betäubt worden sein«, fuhr Hans keuchend fort. »Die Laborergebnisse liegen noch nicht vor.«

»Seit wann ist er tot?«

»Seit Sonntag schon. So lange hat er auch im Wasser gelegen. Der Täter muss ihn gleich nach dem Mord dort entsorgt haben.«

»Entsorgt!«

Hans hob entschuldigend die Hände. »Tut mir leid. Ich habe das nicht so gemeint. Aber ich muss dich etwas fragen.«

Moni nickte.

»Fallen dir Leute ein, die … na ja, sagen wir mal, mit denen Kuno im Clinch lag?« Hans hielt Moni seine halb leere Tasse hin, und sie schenkte ihm nach.

»Ist das die klassische Frage nach den Feinden mit Mordmotiv?« Moni stellte die Kanne wieder ab. »Ich glaube, ich kann dir da nicht weiterhelfen. Wir hatten lange keinen Kontakt. Aber du kanntest ihn doch auch. Er war nicht gerade die Herzlichkeit in Person.«

»Hatte er Streit mit jemandem?«

»Hans, ich weiß es nicht!«

Der Kommissar seufzte. »Es hätte ja sein können, dass dir etwas aufgefallen ist in den letzten Tagen. Jede Kleinigkeit könnte wichtig sein.«

»Warte mal!« Moni fiel da tatsächlich etwas ein. »Das hat jetzt nicht unmittelbar etwas mit meinem Vater zu tun, aber habt ihr nicht diese ›Soko Indianer‹ gegründet?«

»Erinnere mich nicht daran. Noch so ein Fall, bei dem wir kein Stück weiterkommen.«

»War da nicht was mit einer Axt und Federn?«, überlegte Moni. »Elke hat mir davon erzählt.«

»Immer wieder schön, wenn man sich auf die Verschwiegenheit seiner Frau verlassen kann«, knurrte Hans.

Moni überhörte das. Sie nahm ihren Kaffeebecher zwischen die Hände und wärmte sich daran. »An dem Tag, als ich bei Cordula im Brook war«, begann sie zu erzählen, »da hat Hermann ein Huhn geschlachtet. Er hat dem Vieh einfach mit der Axt den Kopf abgehackt.«

»Na ja, so schlachtet man hier eben«, sagt Hans.

»Schon. Aber ich komme auch darauf wegen dem Grünkohl. Auf dem Hof wächst er gleich neben dem Hühnerhuck.«

»Hm«, machte Hans und kraulte nachdenklich sein Kinn. »Das muss nichts heißen. Hier pflanzen sich viele ein paar Reihen an. Aber ich schick Enno da mal hin, obwohl ich mir kein Motiv denken kann. Wieso sollte Hermann deinen Vater umbringen?«

Da war was dran. »Und was ist mit dieser Frau Velmer?«, fragte Moni. »Was weißt du eigentlich über die?«

Hans schaute nachdenklich aus dem Fenster. »Ehrlich gesagt nicht viel. Sie kam mir harmlos vor. Ich fand sie sogar ganz nett. Außerdem hatte ich den Eindruck, dass sie Kuno wirklich mochte.«

Moni lachte freudlos. »Allein das wäre ein Grund, ihr auf den Zahn zu fühlen. Ich kenne keinen einzigen netten Menschen, der meinen Vater einfach so mochte. Außer vielleicht Gerda Jesco, aber die ist auch nicht nett.«

Hans erhob sich. »Danke für den Kaffee«, sagte er. »Ich muss weiter. Wenn dir noch etwas einfällt: Ich bin heute auf der Wache.«

»Willst du denn gar keinen Toast?«, rief Moni ihm nach, denn Hans war schon an der Tür. Er klopfte auf seine Tasche.

»Elke hat mich bestens versorgt. Brote, Kuchen und ein Esstopf mit Kartoffelsuppe.«

Hans war schon fast draußen, da rauschte etwas Orangefarbenes auf den Hof und stoppte zwischen Trecker und Benz. Er kam zurück und sah gemeinsam mit Moni neugierig aus dem Fenster. Da die untere Hälfte beschlagen war, konnten sie nur Schemen erkennen. Kurze Zeit später klappte die Eingangstür. Cordula, zu früher Stunde schon perfekt gestylt, betrat den Raum. Hans ließ sie vorbei und starrte ihr nach. Auch ihm war anscheinend aufgefallen, dass heute irgendetwas anders an ihr war. Moni kam nicht gleich drauf.

Cordula lächelte, als sie den Kommissar entdeckte. Sie hauchte ihm Küsschen auf beide Wangen.

»Was machst du denn am frühen Sonntagmorgen schon hier?«, fragte sie, und Moni bemerkte zu ihrer Überraschung, dass Hans rote Flecken am Hals bekam.

»Ich bin dienstlich hier«, sagte er beiläufig und streckte sich. Cordula legte ihm den Arm um die Hüfte und wandte sich Moni zu: »Hab ich dir schon erzählt, dass der Nordbote uns beide gestern in meinem Porsche fotografiert hat? Wir haben zusammen eine kleine Runde gedreht. Der Kommissar hat nämlich eine Schwäche für flotte Flitzer, stimmt's?«

»Ich dachte, du stehst eher auf Oldtimer«, knurrte Moni wenig begeistert. Diese neue Vertrautheit zwischen Hans und Cordula war ihr nicht geheuer.

Cordula wedelte mit der Zeitung, auf deren Titelseite das

Foto prangte, von dem sie gerade gesprochen hatte. »Mein Porsche ist so vintage, dass die Wochenendausgabe damit aufmacht.« Sie schmiegte sich an Hans und zeigte ihm den Artikel. »Und sehen wir beide in dem Wagen nicht umwerfend aus, Herr Kommissar?«

»Dann machst du jetzt also auch Öffentlichkeitsarbeit für die Polizei?«, fragte Moni und verschränkte die Arme. Doch Cordula überhörte das. Sie steckte die Zeitung weg und ließ den Blick über den gedeckten Tisch schweifen.

»Ihr frühstückt?«

»Wie man sieht.«

Sie rutschte auf die Bank und wies einladend auf den Platz neben sich. Hans ließ sich nicht lange bitten. Er setzte sich zu ihr, während Cordula sich Abrahams sauberes Gedeck heranzog.

»Rührei und vielleicht ein bisschen Käse kannst du mir noch bringen«, sagte Cordula. »Außerdem trinke ich morgens lieber Tee. Assam, wenn ihr den habt.«

Moni stand ruckartig auf. »Weißt du was? Ich bringe dir am besten die Frühstückskarte.«

Cordula blickte konsterniert. »Ich dachte, du lädst uns ein?«

»Nur weil wir uns zufällig kennen?«, fauchte Moni. »Da könnte das ganze Dorf hier morgens zum Frühstück kommen.«

»Jetzt streitet euch doch nicht«, versuchte Hans vergeblich zu schlichten.

Cordula griff sich einen Toast und biss provokativ hinein. »Ich bin aus alter Freundschaft hier«, sagte sie. »Ich hab nämlich heute Nacht etwas Interessantes beobachtet. Und als ich eben zufällig den Benz hier gesehen hab, da dachte ich, ich spring schnell rein und erzähl's euch. Aber wenn ich störe, kann ich ja wieder gehen.« Sie machte Anstalten, aufzustehen, hielt aber mitten in der Bewegung inne, als die Küchentür aufklappte.

Moni wandte sich um. Da stand Abraham, duschnass und mit nacktem Oberkörper, nur mit einem Handtuch um die Hüften, und rubbelte sich die Haare trocken. Als er Cordula und Hans entdeckte, hielt er erschrocken inne.

»Oh. Schon Gäste?«

Moni bemerkte wohl, dass Cordulas Blick gierig an Abrahams Körper hinunterglitt. Sie lächelte wie ein hungriger Tiger und beugte sich aufreizend über den Tisch.

»Wir machen Ihnen gern Platz hier am Tisch, Herr Baschir«, sagte sie.

Abraham lächelte verlegen. »Ich denke, ich sollte mir erst mal etwas überziehen. Ich wusste ja nicht … Bin gleich wieder da.« Und schon war er wieder verschwunden. Cordula sank enttäuscht auf die Bank zurück.

»Wolltest du uns nicht erzählen, was du letzte Nacht beobachtet hast?«, fragte Hans und klang ein wenig verschnupft. Auch ihm war Cordulas Hitzewallung nicht entgangen.

»Ja, natürlich«, sagte sie und räusperte sich. »Also, war heute schon mal jemand hinten im Hof?«

»Wieso?«, wollte Moni wissen.

»Ich war gestern noch spät unterwegs, und als ich hier vorbeikomme, da sehe ich, wie eine Person durch die Hecke schlüpft und verschwindet. Der kam direkt aus eurem Hof.«

Moni lachte ungläubig. »Wie soll denn einer durch die Hecke kommen? Die ist vollkommen dicht gewachsen. Da hat höchstens jemand in die Büsche gepinkelt.«

»Ich weiß doch, was ich gesehen habe«, ereiferte sich Cordula.

»Und wann war das?«, fragte Hans.

Cordula dachte nach. »Auf jeden Fall nach Mitternacht. Ich kam von einem Meeting aus Oldenburg und hab nicht auf die Uhr geschaut. Aber ich hab deutlich gesehen, dass jemand aus der Hecke kroch.«

Moni rollte innerlich mit den Augen. Ein Meeting in Oldenburg. Was konnte das schon gewesen sein? Ein Treffen der Porscheveteranen? Sie beschloss, nicht zu fragen. Stattdessen kam ihr ein anderer Gedanke. »Wie konntest du denn erkennen, dass jemand durch die Hecke gekommen ist? Die Straßenlaterne am Krug ist nämlich kaputt.«

Cordula blickte sie mitleidig an. »Ich weiß nicht, ob es dir schon mal aufgefallen ist, aber Pkws haben Scheinwerfer.«

Moni ging Cordulas Wichtigtuerei inzwischen mächtig auf die Nerven. »Und was wollte der Typ dahinten?«, fragte sie zuckersüß. »Da stehen nämlich nur die Mülltonnen.«

Hans wandte sich ihr interessiert zu. »Das wäre eine Möglichkeit. Vielleicht hat jemand auf Reste vom Grünkohl gehofft. Hast du nichts gehört?«

Moni runzelte die Stirn. »Nein. Ich habe ganz darauf vertraut, dass Larum von Foodsavern noch nichts weiß.«

»Bitte?« Hans' Blick verriet Unverständnis.

Moni winkte ab. »Also gut, sehen wir nach. Aber dahinten sieht es ziemlich chaotisch aus. Wir sind noch nicht dazu gekommen, uns um den Müll meines Vaters zu kümmern.« Sie stand auf und zeigte zur Küche hin. »Hier geht's lang.«

Sie ließ Hans und Cordula vorgehen, und jetzt wurde ihr bewusst, was sie vorhin an Cordula irritiert hatte. Es waren die Schuhe. Immer wenn sie ihr in den letzten Tagen begegnet war, hatte sie Cordula in diesen altmodischen Lackstiefeln herumstolzieren sehen. Sogar auf der Kohlfahrt hatte sie die Dinger getragen. Die Füße mussten ihr nach der Wanderung höllisch wehgetan haben. Heute hatte sie ihre geliebten Lacktreter jedoch gegen schlichte schwarze Stiefeletten mit flachem Absatz eingetauscht. Vielleicht gewöhnte sich sogar Cordula langsam an das Landleben.

Die drei durchquerten die Küche, an deren Ende sich die Tür zum Hof befand. Neben dem Rahmen, in Kopfhöhe, hing ein Schlüssel, Moni nahm ihn ab und schloss auf. Dann schaltete sie die Hofbeleuchtung ein, denn es war noch recht schummrig draußen. Als sie die Tür öffnete, schlug ihr eine Böe entgegen und wirbelte einen Stapel Servietten durcheinander, den jemand auf der Fensterbank neben der Tür abgelegt hatte. Moni schlang sich die Arme um den Oberkörper und trat nach draußen. Hans folgte ihr, nur Cordula blieb fröstelnd in der Tür stehen.

Nach außen war der Hof durch eine dichte, mannshohe Thujahecke abgeschirmt. Hier lagerte eine Menge Leergut, außerdem gab es zwei Müllcontainer. Zum Parkplatz hin wurde die Hecke von einem massiven Tor unterbrochen, das mit einer dicken Kette verschlossen war.

»Was sucht ihr denn hier?«, fragte Abraham, der jetzt angezogen zu ihnen nach draußen trat. Eine weitere Böe fegte in den Hof und schlug die Tür hinter ihm ins Schloss.

»Aua!«, schrie Cordula drinnen. Geschieht ihr recht, dachte Moni und lehnte sich an ihren Mann. Ihr Blick fiel auf die Küchentür. Schlagartig wurde ihr klar, dass sie Cordula unrecht getan hatte.

Im grellen Licht der Hofbeleuchtung offenbarte sich eine groteske Szene. Am äußeren Türblatt baumelte eine Vogelscheuche, aber sie war nicht aus Stroh, sondern aus Grünkohlstrünken gefertigt. Jemand hatte sie mit Draht an einem Nagel befestigt. Darunter stand mit blutroter zerlaufener Farbe etwas geschrieben: »Kol is nich afrikanisch! Hau ab, du Afe!«

In dem Moment öffnete sich die Tür, und Cordula trat zu ihnen. In Sekundenschnelle erfasste sie die Situation, zog ihr Handy hervor und begann wie eine Wilde zu fotografieren. Die Puppe, den Hof, die bestürzten Gesichter der anderen. Moni ließ ihren Mann los, dem sie schützend den Arm um die Hüfte gelegt hatte, und riss Cordula das Smartphone aus der Hand.

»Hör auf damit!«, schrie sie.

Cordula fauchte wütend zurück: »Was fällt dir ein, das gehört mir!«

Moni drehte sich mit dem Gerät weg und wischte hektisch darauf herum. »Erst lösche ich diese Fotos«, sagte sie entschlossen. »Du bringst es fertig und veröffentlichst das.«

»Na und? So was wollen die Leute wissen«, schnappte Cordula. »Was du da gerade machst, ist Zensur!«

Es gab ein Gerangel um das Smartphone, bis Hans dazwischenging. Er nahm es an sich.

»Ich sorge dafür, dass die Fotos nicht an die Öffentlichkeit kommen.«

»Ach ja?« Moni hatte ihre Zweifel. Cordula brauchte doch nur mit den Wimpern zu klimpern, und er würde es ihr sofort zurückgeben. Sie startete auch gleich einen Versuch.

»Ich kann ohne mein Smartphone nicht arbeiten, Hans. Da sind alle meine Daten drauf. Nun komm schon. Gib es mir.«

Hans schien tatsächlich zu überlegen. Zu Monis Überraschung steckte er es jedoch ein. »Du bekommst es später wieder. Die Fotos sind nämlich auch für uns interessant.«

Das beruhigte Cordula wenig. Sie stampfte wütend mit dem Hacken auf. »Das Ding hat achthundert Euro gekostet. Du kennst dich doch gar nicht damit aus. Du telefonierst ja noch mit einem Klapphandy!«

Dieses Argument konnte Hans nicht aus der Ruhe bringen. »Wir haben auf der Wache eine Expertin, die kann damit umgehen«, versicherte er Cordula. »Deinem Gerät passiert nichts. Und jetzt sollten wir reingehen und uns alle wieder beruhigen, okay? Ich informiere die Spurensicherung, und bis die hier fertig sind, ist der Hof tabu. Verstanden?«

»Und wie lange dauert das?«, fragte Abraham. »Ich kann den Abfall schlecht in der Küche lagern. Da steigt mir das Gesundheitsamt aufs Dach.«

»Tja«, meinte Hans, »das kann dauern, schließlich ist Sonntag. Aber ich werde schon jemanden zu fassen kriegen. Und jetzt rein. Alle.«

Zurück in der Gaststube hörte Moni, wie Cordula ihrem Mann etwas zuflüsterte. »An deiner Stelle würde ich das als Warnung betrachten.«

»Eine Warnung vor wem oder was?«, fauchte Moni. »Vor legasthenischen Grünkohltraditionalisten?«

»Ich vermute, da ist jemand ziemlich sauer, weil dein Mann hier alles umkrempeln will.« Cordula wandte sich wieder direkt an Abraham. »Oder wie siehst du das?«

»Seit wann duzen wir uns?«, fragte Abraham kühl.

»Ach, komm schon. Wir sind hier in Larum, da duzt man sich eben.« Sie piekte ihm mit dem Zeigefinger gegen die Brust. »Ich würde mir an deiner Stelle gut überlegen, ob Publicity gerade das Richtige für dich ist.«

»Was soll das denn heißen?«, fragte Abraham.

»Denk doch mal an deinen Fernsehauftritt«, fuhr Cordula

fort. »Es gibt Leute, die schätzen es nicht, wenn Fremde aus der Stadt sich hier wichtigtun. Wenn ich du wäre, würde ich jetzt erst mal den Kopf einziehen und mich ruhig verhalten. Schönen Tag noch.«

Sie machte auf dem Absatz kehrt und verschwand.

»Und was machst du?«, schrie Moni ihr nach. Aber Cordula war schon draußen und hörte sie nicht mehr.

***

Jemand klopfte an die Scheibe, als er den Motor anließ. Es war Cordula, wer auch sonst? Sie musste hier draußen auf ihn gewartet haben. Hans kurbelte das Wagenfenster ein Stück herunter.

»Gib mir mein Smartphone wieder. Ich brauche das Ding zum Arbeiten.« Sie schob ihre Finger in die Ritze zwischen Scheibe und Holm. Gott sei Dank kam sie nicht weit.

»Hör mal, Cordula«, versuchte er, sie zu beschwichtigen, »du kriegst dein Handy zurück, sobald ich die Fotos habe. Wir werden uns beeilen.«

»Ich kann dir die Fotos schicken. Danach lösche ich sie, versprochen.« Sie legte den Kopf schief und blickte zerknirscht.

Eine Falte hatte sich über ihrer Nasenwurzel gebildet, die Hans ausgesprochen entzückend fand. Er krallte seine Finger ins Lenkrad und nahm alle Kraft zusammen. Wenn er nachgab, wäre das ein schwerer Ermittlungsfehler, der ihn in gewaltige Schwierigkeiten bringen konnte.

»Das ist hier eine Mordermittlung, Cordula. Da kann ich nicht einfach Beweismaterial unterschlagen.«

»Mordermittlung?« Sie ließ die Scheibe los, trat einen Schritt zurück und blickte ihn vollkommen perplex an. Dann begann sie zu lachen. »Verstehe. Manchmal bist du wirklich witzig. Ich denke, es handelt sich hier wohl eher um Vandalismus.«

»Wenn du meinst«, erwiderte Hans.

Cordula musterte ihn. Dann schlug sie die Hände vor den Mund. »Du meine Güte! Du denkst doch nicht etwa, dass das Kunos Mörder war? Dann macht er also weiter?«

Verflucht noch eins, woher wusste sie das schon wieder? Ihre Betroffenheit sah immerhin echt aus. Er ließ sich dazu hinreißen, die Scheibe weiter herunterzukurbeln. »Hör mal«, lenkte er ein. »Es wäre gut, wenn du das nicht gleich in die Welt rausposaunst.«

Cordula hob die rechte Hand. »Mein Ehrenwort. Wenn du mir verrätst, wie Kuno umgekommen ist.«

»Kein Kommentar.«

»Dann gib mir wenigstens mein Smartphone zurück! Sonst könnte ich auf den Gedanken kommen, dass du der besorgten Öffentlichkeit wichtige Informationen vorenthältst.«

Das reichte jetzt. »Du hast schon genug Staub aufgewirbelt«, sagte er gereizt. »Dein Smartphone kannst du dir in zwei Stunden auf der Wache abholen. Bis dahin hat unsere Expertin die Bilder kopiert und gelöscht.«

Cordula rüttelte an der Seitenscheibe. »Das ist doch vollkommener Bullshit! Seit wann habt ihr Experten auf der Wache?«

»Seit Jessica Meyer bei uns ein Praktikum macht. Und jetzt nimm die Finger weg. Du reißt mir noch das Glas raus!«

Cordulas Mund klappte auf und wieder zu. »Du meinst doch nicht etwa diese ganzkörpergepiercte Tusse vom Nordboten?«

»Rede nicht so von ihr. Die ist uns gerade eine große Hilfe.« Hans begann, das Wagenfenster wieder hochzukurbeln. »Ich muss los«, sagte er, aber Cordula hatte nicht die Absicht, ihn fahren zu lassen.

»Ich zeig dich an, wenn du dieser Tippse mein teures Gerät in die Hand drückst«, giftete sie. »Die bringt es fertig und setzt es auf den Werkszustand zurück. Dann sind alle Daten weg, und wer richtet es mir dann wieder ein? Ich kann kein Chinesisch!«

Hans verstand nur Bahnhof. »Nimm die Finger da weg, oder ich lege dich in Handschellen«, wies er sie zurecht.

Das brachte Cordula für einen kurzen Moment aus dem Konzept, und sie ließ tatsächlich los. Hans legte schnell den Rückwärtsgang ein und trat aufs Gas. Der Wagen schoss aus der Parklücke. Er sah aus den Augenwinkeln, wie Cordula vor dem aufspritzenden Matsch zurückwich, und knallte die Kupplung in den ersten Gang. Jetzt rannte sie ihm doch tatsächlich nach und trat mit voller Wucht gegen einen der hinteren Reifen. Inzwischen war er froh, dass er sich nicht weiter auf sie eingelassen hatte. Gestern, nach der gemeinsamen Fahrt im Porsche, hatte er durchaus Appetit bekommen, aber jetzt … Im Rückspiegel sah er, wie Cordula von dem Schlammschwall getroffen wurde, den er mit seinem Kavaliersstart aufwirbelte.

Als er die Wache betrat, saß Jessica auf Ennos Platz und starrte auf den Bildschirm.

»Moin«, grüßte Hans missmutig, denn der Tag hatte denkbar schlecht begonnen. Er hatte jetzt einen Mord an der Backe. Sein erster in all den Dienstjahren. Dann war da diese Grünkohlscheuche, und zu allem Überfluss hatte Cordula eine Beule in die verchromte Radkappe getreten. Hoffentlich war sie gut versichert. Solche Radkappen waren schwer zu bekommen und teuer.

Er zog seine Jacke aus und hängte sie an den Haken.

»Ich hab's«, rief Jessica triumphierend.

»Was denn?«

»Ich weiß jetzt, wer ›KohlkönigI‹ ist.«

Hans blickte sie überrascht an. Ihm fiel ein, dass er in dem ganzen Durcheinander vergessen hatte, Cordula erneut darauf anzusprechen. Sie musste es doch wissen.

Jessica drehte ihm den Bildschirm zu, und er trat näher, um sich anzusehen, was seine Praktikantin da recherchiert hatte. Er sah aber nur den Grünkohlorden, darüber das bunte Logo von eBay und viele verwirrende Eintragungen.

»Also, ich kann da nichts erkennen«, sagte er enttäuscht.

»Da steht es doch!« Jessica zeigte auf eine Stelle am unteren Rand des Bildschirms, wo er eine Adresse entdeckte. Sie war so klein, dass man sie schnell übersah.

»Mata Hari aus Metropolis?«, las Hans irritiert. »Nicht dein Ernst, oder?«

»Wieso?«, fragte Jessica beleidigt. »Das ist die Adresse des Verkäufers. Warum soll der nicht so heißen?«

»Also erst mal war Mata Hari eine Frau, und leider ist sie

schon seit hundert Jahren tot. Sie wurde nämlich 1917 wegen Spionage hingerichtet. Und Metropolis ist der Titel eines Fritz-Lang-Stummfilms von 1927.«

Jessica war sichtlich beeindruckt. »Boah! Was Sie alles wissen, Herr Olbers.«

»Lesen bildet eben. Fragt sich nur, wie Mata Hari aus Metropolis wirklich heißt. Da will uns jemand gewaltig auf den Arm nehmen.«

Jessica seufzte. »Scheint fast so.«

»Glaubst du, du kriegst raus, wer Mata Hari wirklich ist?«

»Dafür müsste ich Passwörter knacken. Mit den alten Kisten hier dauert das Tage.«

»Vielleicht hilft uns das hier ja weiter«, überlegte Hans und holte Cordulas Smartphone aus seiner Jacke. Er wurde den Verdacht nicht los, dass sie ihre Finger im Spiel hatte. Zwar hielt er Cordula nicht für eine Mörderin, aber für eine sensationslüsterne Pressefrau allemal. Wie weit würde sie für einen Scoop gehen? Er reichte Jessica das Smartphone. »Da sind Fotos von einer beschmierten Tür mit einer Grünkohlvogelscheuche drauf, die brauche ich. Und guck dir auch den Rest an. Du hast zwei Stunden.«

Jessica blickte ihn stirnrunzelnd an. Als er keine weiteren Erklärungen abgab, sagte sie: »Enno lässt übrigens ausrichten, dass er die Veterinäre abklappert. Wegen dem Ketamin.«

»Am Sonntag? Da wird er wohl nicht viel Erfolg haben.«

»Also zwei haben ihre Medikamentendokumentation schon gefaxt«, sagte Jessica. »Liegt alles auf Ihrem Schreibtisch. Es fehlt nur noch der Bericht aus Bocksdorf.«

»War ja klar. Gut. Schau ich mir gleich an.« Hans setzte sich und blätterte kurz in den Papieren. Dann fiel ihm ein, dass er dringend die Spurensicherung anrufen musste.

Das Telefonat verlief wie erwartet: Man vertröstete ihn auf morgen oder übermorgen. Wegen einer Schmiererei kam am Sonntag niemand raus. Dafür gab Jessica einen überraschten Laut von sich, als er das Gespräch beendet hatte.

»Was ist denn?«, fragte er.

»Der Knochen!«

»Bitte?«

»Hier ist ein Foto. Sieht ganz genauso aus wie das, was bei eBay hochgeladen wurde.« Jessica hielt ihm Cordulas Smartphone hin. Der Kommissar erkannte das Bild sofort.

***

Hinter ihr hupte ein Auto und überholte rasant. Ausgerechnet ein Fiat 500! Sie blickte auf den Tacho. Himmel, was war nur los mit ihr? Vollkommen in Gedanken versunken schlich sie mit vierzig Stundenkilometern über die Landstraße. Zeit, dem Spaghettitransporter vor ihr mal zu zeigen, wo der Hammer hing. Sie trat das Gaspedal durch. Nach wenigen hundert Metern klebte sie dem Fiat an der Stoßstange, hupte wild und überholte, nicht ohne dem Fahrer den Stinkefinger zu zeigen.

Cordula war auf dem Weg zu Hans Olbers, diesem Pfeifenkopf. Zuvor hatte sie sich geduscht und umgezogen. Die schlammbesudelte Fellweste würde er ihr ersetzen, aber so was von! Echtes Nutria! Die hatte sie zwar in einem Secondhand-Laden geschossen, bei dem man Klamotten nach Gewicht bezahlte, aber das musste sie ihm nicht auf die Nase binden. Sie hatte ihre geliebten Stiefel wieder angezogen. Die kamen nicht aus dem Secondhand, sondern aus besseren Tagen, von denen es zugegebenermaßen nicht viele in ihrer Karriere gegeben hatte. Und jetzt wollte dieser Penner ihr auch noch den Neustart versauen.

»Nicht mit mir«, presste sie zwischen ihren frisch geschminkten Lippen hervor. Dabei wusste sie immer noch nicht, wie sie dem Kommissar das Foto vom Grünkohlorden auf ihrem Smartphone erklären sollte. Das hatte diese Meyer sicher längst gefunden. Sie schlug mit der flachen Hand auf das Lenkrad. »Scheiße, scheiße, scheiße! Und ich habe ihn auch noch mit der Nase darauf gestoßen!« Bei Lichte betrachtet war es eine ziemlich bescheuerte Idee gewesen, Hans Olbers weismachen zu wollen, sie habe den Grünkohlorden bei eBay zurückersteigert. Leider ließ sich die Aktion nicht rückgängig machen.

Das Ortsschild der Kreisstadt kam in Sicht. Sie drosselte die Geschwindigkeit, denn sie wollte nicht auch noch ein Knöllchen riskieren. Die Geschichte, die sie sich für den Kommissar zurechtgelegt hatte, war nicht besonders plausibel, aber sie hoffte, dass sie ihn dieses Mal mit ihren Reizen von den kleinen Widersprüchlichkeiten ablenken konnte. Sie hatte sich viel Mühe gegeben. Der Ausschnitt ihres Pullovers war so tief, dass man den Spitzenbesatz des dunkelroten BHs sehen konnte. Statt der warmen Wollstrumpfhose trug sie Nylons unter dem knappen Minirock. Eine Nierenbeckenentzündung war immer noch besser als lebenslang im Larumer Brook.

Sie parkte den Wagen vor der Wache, nahm die Geschenktasche vom Beifahrersitz, in der eine Flasche Wein steckte, und betrat das Gebäude.

Mit Jessica Meyer hatte sie um diese Zeit allerdings nicht mehr gerechnet. Warum war die überhaupt noch hier? Konnte die Polizei sich einen doppelten Sonntagszuschlag überhaupt leisten? Mit Erleichterung stellte Cordula jedoch fest, dass sie im Begriff war zu gehen. Gerade verabschiedete sie sich von Hans Olbers, der an seinem Schreibtisch saß. Als sie an Cordula vorbeischlüpfte, warf sie ihr einen verächtlichen Blick zu.

»Da schau an, Mata Hari persönlich«, begrüßte der Kommissar sie mit strengem Blick. Das hatten sie also auch schon entdeckt. Sie setzte eine verständnislose Miene auf.

»Warum nennst du mich so?«

»Nun komm schon. Du hast den Grünkohlorden selbst bei eBay eingestellt. Wir haben das Foto auf deinem Smartphone gefunden.«

Cordula beugte sich über die Empfangstheke und fuhr sich wie zufällig mit der Zunge über die blutroten Lippen, als müsste sie einen Krümel weglecken. »Ich verstehe nicht«, sagte sie arglos.

Hans musterte sie. Immerhin. Aber dann verschränkte er die Arme vor der Brust. »Hör auf mit dem Theater, Cordula. Mata

Hari aus Metropolis, das bist du. Ich sollte dich jetzt festnehmen.«

»Wegen Spionage?«

»Keine Ahnung, was für ein Spiel du da treibst. Das Foto von dem eBay-Angebot wurde mit deinem Smartphone aufgenommen. Sag mal, für wie blöd hältst du mich?«

»Aber ich habe den Grünkohlorden wirklich auf dieser Verkaufsplattform wiedergefunden!«, empörte sich Cordula.

»Jetzt tu noch so unschuldig!«

Cordula öffnete die Klappe und kam hinter den Tresen. Sie zog Ennos Stuhl heran, setzte sich zu Hans und beugte sich vor. Sein Blick wanderte sofort zu ihrem Ausschnitt. Das war ein guter Anfang.

Sie begann, verlegen mit dem Saum ihres Minirocks zu spielen. »Das Foto auf meinem Smartphone, das mit dem Orden, das habe ich beim Restaurator gemacht und sofort bei Facebook eingestellt«, sagte sie. »Du kennst dich doch sicher aus mit Facebook, oder?«

»Ähm ja. Natürlich.« Hans' Blick glitt an ihren Beinen hinunter, die sie aufreizend übereinandergeschlagen hatte.

»Jemand muss es kopiert und bei eBay eingestellt haben«, fuhr sie fort. »Verstehst du? Ich werde überwacht, und zwar vom Mörder selbst.«

»Aha. Heißt das, der Restaurator hat den Orden geklaut?«

»Nein! Ich habe über tausend Follower, und von denen hat der eine oder andere das Foto geteilt. Es kann jeder gewesen sein.«

Hans runzelte verständnislos die Stirn. »Falls jemand den Orden geklaut hat, warum hat er nicht selbst ein Foto gemacht? Warum bedient er sich stattdessen auf deiner Facebookseite?«

Cordula beugte sich noch weiter vor und hauchte dem Kommissar ins Ohr: »Weil dieser Unbekannte von sich ablenken will?« Sie legte ihm die Hände auf die Oberschenkel. Er war ihr ganz nah. Sie konnte seine Nasenhaare sehen. Seine Lippen bebten, als ihre sich den seinen näherten. Das lief ja allerbest. Aber bevor sie aufeinandertrafen, klappte vorne die Tür.

»Chef? Ich bin's«, rief Enno.

Der Kommissar schnellte hoch und war in zwei Sätzen am Empfangstresen. Er wischte sich hektisch über die Lippen, obwohl rein gar nichts passiert war. Cordula erhob sich ebenfalls und rollte den Schreibtischstuhl zurück. Neben der Tastatur entdeckte sie ihr Smartphone. Eilig steckte sie es in ihre Handtasche und machte, dass sie fortkam.

Montag

Abraham war nass bis auf die Haut, als er vom Einkauf zurückkehrte, denn der Trecker hatte kein Verdeck. Jetzt stellte er einen durchweichten Karton mit Einkäufen auf den Boden. Moni schob den Putzeimer in die Ecke, um ihm zu helfen, die Vorräte schnell ins Trockene zu bringen. Mittlerweile waren es drei Gruppen, die heute noch Abrahams internationale Grünkohlvariationen probieren wollten. Zu den Landfrauen und den Trommlern hatten sich die Treckerveteranen gesellt. Moni hatte Elke um ein kleines Darlehen für die Einkäufe gebeten. Das hatte sie ihr mit Freude gegeben, als »Startkapital«, wie sie betont hatte.

Abraham nahm ein altes Geschirrhandtuch von der Theke, das Moni zum Putzen benutzt hatte, und trocknete sich damit das Gesicht ab. Die Temperaturen waren merklich gestiegen, dafür regnete es bereits den ganzen Tag. Außerdem hatte der Wind aufgefrischt. Er roch nach Meer.

»Ist die Spurensicherung jetzt endlich gekommen?«, fragte Abraham.

Moni schüttelte den Kopf.

»Dann nehme ich keine Rücksicht mehr«, fuhr Abraham entschlossen fort. »Der Regen hat die Spuren sowieso alle weggewaschen.«

Der Vormittag verging mit den Vorbereitungen für das Grünkohlbüfett und den Ansturm der Gäste. Während Abraham kochte, gab Moni sich einem Anfall von Putzwut hin. Sie riss die schweren Brokatvorhänge von den Fenstern, sodass der Raum von Licht durchflutet wurde. Leider sah man jetzt den Dreck von hundert Jahren, jedenfalls kam es Moni so vor. Sie wischte den Schmierfilm aus Staub, uraltem Nikotin und Essensdämpfen von den Scheiben und polierte sie auf Hochglanz. Die Trockensträuße wanderten in den Abfall und mit ihnen der ganze Nippes, mit dem ihre Mutter die Fensterbänke vollgestellt hatte. Ebenso erging es den dunkelbraunen Tischdecken. Damit es nicht zu kahl aussah, schnitt sie Forsythienzweige von einem verwilderten Busch hinter dem Haus und steckte sie in kleine Vasen, die sie auf den Tischen verteilte. So sah alles schon viel freundlicher aus. Was sie mit dem schäbigen Mobiliar anstellen sollte, wusste sie jedoch nicht. Moni versuchte es mit Polyboy. Fürs Erste musste das reichen. Gegen das Bronx war der Krug am Ende ihrer Putzaktion zwar immer noch eine Kaschemme, aber immerhin eine gemütliche.

Nebenan klapperte Abraham mit den Töpfen. Die Uhr schlug eins, Zeit für einen kleinen Imbiss. Offenbar hatte Abraham die gleiche Idee gehabt. Er kam mit einem Tablett aus der Küche und sah sich erstaunt um.

»Wo bin ich?«

Moni drehte sich einmal im Kreis. »Willkommen in Baschirs Grünkohl-Spezialitätenrestaurant.«

»Wow«, machte Abraham und stellte das Tablett ab. »Da komme ich ja gerade richtig. Darf ich Ihnen zum Einstand einen Gruß aus der Küche servieren? Grünkohlsmoothie mit gedörrten Grünkohlblättern als Topping, dazu Grünkohlmuffins nach Art des Chefs.«

Moni betrachtete neugierig, was Abraham ihr da servierte. »Bekommen die Gäste das heute auch?«, fragte sie.

»Kommt drauf an, was du dazu sagst.« Er setzte sich ihr gegenüber und sah sie erwartungsvoll an.

Sie probierte von allem und war begeistert. »Einfach nur köstlich. Was machen wir nur, wenn die Grünkohlzeit vorbei ist?«

Abraham lächelte verschmitzt. »Dann widme ich mich dem Spargel.«

Als es dämmerte, begann Moni, die Tische einzudecken. Sie blickte besorgt aus dem Fenster. Ihr fiel auf, dass die Straßenlaterne vor dem Krug wieder brannte. Das war gut. Weniger gut war, dass der Nordwest sich im Laufe des Tages zu einem handfesten Sturm ausgewachsen hatte. Eine Böe knallte gegen die frisch geputzten Scheiben und ließ sie vibrieren. Die Baumriesen auf der anderen Straßenseite schienen ihr zuzuwinken, im Radio war bereits Unwetterwarnung gegeben worden. Das Telefon klingelte. Mit einem unguten Gefühl nahm Moni das Gespräch entgegen. Zunächst war nichts als ein Räuspern zu hören, dann fragte eine Frau schüchtern: »Bin ich da nich bei Hansen?«

»Doch, doch. Da sind Sie richtig«, sagte Moni. »Wie kann ich Ihnen helfen, Frau …«

»Brenner. Lore Brenner. Ich bin die erste Vorsitzende von den Larumer Landfrauen.«

»Natürlich«, erinnerte sich Moni. »Sie haben heute einen Tisch reserviert.«

»Ja, das is ja nun so, von wegen der Unwetterwarnung … Nicht, dass uns ein Baum auf den Kopf weht. Oder eins von diesen Windrädern.«

Moni atmete tief durch, um ihrer Enttäuschung Herr zu werden, und schaltete auf professionell. »Sie möchten absagen?«, fragte sie.

»Ja.«

»Das kann ich natürlich gut verstehen. Bei dem Wetter. Wir würden uns freuen, Sie an einem anderen Tag begrüßen zu dürfen.«

»Ganz bestimmt.« Die Erleichterung darüber, dass Moni sie nicht zusammenstauchte, wie ihr Vater es sicher getan hätte, war der Frau anzuhören. Sie verabschiedete sich.

Moni wollte Abraham gerade von der Absage erzählen, da klingelte es erneut. Dieses Mal waren es die Treckerveteranen, die ebenfalls wegen des Sturms lieber zu Hause bleiben wollten. Als das Telefon zum dritten Mal loslegte, vermutete Moni die Absage der Trommelgruppe, aber es war Hans.

»Ich komme gleich mit der Spurensicherung vorbei«, kündigte er an. Monis Laune hatte sich noch nicht von den beiden Absagen erholt.

»Ach, jetzt doch noch?«, polterte sie los. »Es sind mehr als vierundzwanzig Stunden vergangen! Der Regen hat sowieso schon alles weggewaschen. Außerdem haben wir gleich Gäste. Was sollen die denn denken, wenn die Polizei hier rumstiefelt?« Letzteres sagte sie in der Hoffnung, dass die Trommler aus Hamburg sturmfester waren als die anderen.

»Es tut mir ja leid«, entschuldigte sich Hans, »aber die Jungs und Mädels von der Spusi sind personell ziemlich unterbesetzt. Ihr habt hoffentlich alles so gelassen, wie es war?«

»Wie stellst du dir das vor?«, fauchte Moni. »Sollen wir zu den Mülltonnen schweben?«

Eine Weile war es still im Hörer. Dann sagte Hans: »Wir sind gleich da«, und legte auf.

»Mit wem streitest du dich?«, wollte Abraham wissen, der den Kopf durch die Küchentür gesteckt hatte. Moni winkte ab.

»Hans kommt gleich mit der Spurensicherung. Ach ja. Die Landfrauen und die Treckerveteranen haben abgesagt wegen Unwetterwarnung. Würde mich nicht wundern, wenn die Trommler auch lieber am warmen Herd blieben.«

»Die werden schon kommen«, beschwichtigte Abraham in seinem unerschütterlichen Optimismus. Als das Telefon zum vierten Mal an diesem späten Nachmittag klingelte, war er es, der abnahm. Er hörte eine Weile zu, schließlich sagte er: »In Ordnung«, und beendete das Telefonat. Resigniert band er die Kochschürze ab und verschwand wortlos in der Küche.

***

»Eigentlich müsste ich euch beide jetzt mit auf die Wache nehmen wegen Vernichtung von Beweismaterial«, schimpfte Hans mit Moni und Abraham. »Ihr habt dahinten ja richtig aufgeräumt!«

Der Mann von der Spusi, den er mühsam aufgetrieben hatte, sah ihn ratlos an.

»Nun machen Sie schon! Vielleicht ist noch irgendwas übrig«, schnappte der Kommissar. Der Spusimann machte sich auf den Weg.

»Wo ist denn Enno?«, fragte Moni vorsichtig.

Ach ja, Enno. Dem hatte er heute mal wieder freigeben müssen, weil Thekla verrücktspielte. Und die Axt, die Enno gestern vom Carus'schen Hof geholt hatte, fuhr er auch immer noch im Kofferraum seines Dienstwagens spazieren. Das durfte man wirklich keinem erzählen. »Einmal mit Profis arbeiten«, brummte Hans in seinen Bart und holte sein Handy hervor. Enno musste ihm die Axt bringen, Eheprobleme hin oder her. Dann war der Spusimann wenigstens nicht ganz umsonst gekommen. Er wählte Ennos Nummer.

Kurze Zeit später kam er. Im Schein der Laterne beobachtete Hans seinen Kollegen, wie er ausstieg und seine Mütze festhielt, die der Sturm ihm sonst vom Kopf gefegt hätte. In der einen Hand hielt er einen Beutel, in der anderen einen welken Grünkohlstrunk. So trat er ein.

»Was willst du mit dem Gemüse?«, fragte Hans.

»Den Kohl hab ich auch aus dem Brook mitgebracht«, erklärte Enno eifrig. »Vielleicht lässt sich feststellen, ob das die Sorte ist, mit der Kuno …« Er warf Moni einen Blick zu und verstummte.

»Die KT soll sich gleich mal darum kümmern«, sagte Hans, und Enno legte seine Beute auf den Tisch.

»Darf die KT sich vorher erst mal aufwärmen?«, ertönte eine Stimme hinter ihnen. Es war der Spusimann, der gerade den Kopf zur Tür hereinsteckte.

»Da kommt der Richtige«, empfing ihn der Kommissar. »Setzen Sie sich her. Wir haben Arbeit.«

Der Mann kam an den Tisch, und Abraham stand auf. Er brachte ihm einen heißen Kaffee und schenkte auch den anderen nach.

Hans schob dem Kollegen die Axt samt Kohl über den Tisch. »Das sind möglicherweise Tatwaffen in den Fällen Hansen und Koopmann«, erklärte er. »Und vielleicht können Sie feststellen, ob die Figur von der Hoftür mit den gleichen Strünken hergestellt wurde.«

Der Spusimann hob den Kohlstrunk hoch und begutachtete

ihn skeptisch von allen Seiten. »Dazu müsste ich die Originale haben.«

»Der Kohl, mit dem Herr Hansen erstickt wurde, liegt in der Rechtsmedizin, und die Puppe hängt draußen an der Tür«, sagte Hans und registrierte gleichzeitig, wie Moni und Abraham sich schuldbewusste Blicke zuwarfen. »Oder etwa nicht?«, fragte er.

Der Spusimann verneinte. »Da draußen ist nichts außer ein paar Fingerabdrücken und Resten von Fußspuren.«

»Ja, meine Güte, ich hab dieses schreckliche Ding von der Tür abgerissen, weil ich es nicht mehr sehen konnte!«, platzte Moni heraus.

Es kam selten vor, dass Hans das Gefühl hatte, gleich explodieren zu müssen. Jetzt war einer dieser seltenen Momente. Er ballte die Fäuste und holte tief Luft, um sich zu beruhigen. »Und wo hast du die Puppe hingetan?«, fragte er betont ruhig.

»In die Komposttonne.«

Der Spusimannn stöhnte auf. »Na toll! In Komposttonnen zu wühlen, gehört zu meinen Lieblingsbeschäftigungen.« Er musterte Moni nachdenklich. »Tragen Sie eigentlich manchmal Schuhe mit Pfennigabsätzen im Hof?«, fragte er.

Moni sah ihn überrascht an. »Nein, wieso?«

»Weil ich da draußen lauter Abdrücke gefunden habe, die dazu passen würden.«

»So was besitze ich nicht. Ich kenne nur eine, die hier mit Stöckelschuhen rumläuft, und das ist …« Sie sah aus, als sei ihr gerade ein ungeheuerlicher Gedanke gekommen. »Cordula«, flüsterte sie.

Hans war skeptisch. »Also, ich traue ihr ja viel zu, aber nicht so einen Blödsinn. Obwohl …« Er musste an Mata Hari denken. Andererseits: »Warum sollte sie das tun?«

»Ganz einfach«, antwortete Moni. »Morgen wird diese Grünkohl-Talkshow aufgezeichnet. Wir wissen doch alle, dass Cordula Abraham nicht dabeihaben will, weil sie fürchtet, er könnte ihr die Show stehlen. Diese Aktion mit der Puppe sollte eine Warnung sein.«

Dienstag

Linde Ehlert hatte bei dem bekannten Coiffeur Martin van Beutzen in der Kreisstadt das Handwerk gelernt, dann geheiratet, zwei Kinder bekommen und den Beruf an den Nagel gehängt. Für die Familie, wie es sich auf dem Land gehörte. Nun waren Dennis und Sascha beide ausgezogen, und Linde langweilte sich. Sie hatte ihrem Mann schon länger damit in den Ohren gelegen, dass sie wieder arbeiten wolle. Außerdem: Ein paar Euro überher konnten nie schaden, zumal ihr Mann als Fahrer bei einem landwirtschaftlichen Lohnunternehmen nicht gerade viel verdiente. Da der berühmte Coiffeur jedoch kürzlich Insolvenz angemeldet hatte, konnte sie dort nicht wieder anfangen. Und so beschloss sie, in Saschas ehemaligem Kinderzimmer einen eigenen Salon zu eröffnen. Aus der Insolvenzmasse van Beutzens hatte Linde zwei Friseurstühle, eine Trockenhaube, ein mobiles Haarwaschbecken sowie diverse Scheren, Föhns und Lockenwickler abgestaubt. Vor einem Jahr hatte sie den Salon nach einigen baulichen Veränderungen am Haus feierlich eröffnet. Auf den Köpfen der Larumer herrschte seitdem wohltuende Eintracht.

Elke Olbers hatte heute um elf Uhr einen Termin im Salon. Sie ging zwar nicht oft zum Friseur, aber es wurde höchste Zeit, den praktischen Kurzhaarschnitt ein wenig aufzufrischen. Linde würde ihr zwar wieder mit Strähnchen und einer Ansatzdauerwelle in den Ohren liegen, aber bisher hatte Elke sich erfolgreich gegen jedwede Chemieanwendung auf ihrem Kopf gewehrt.

Als sie eintrat, saß Berta Kotten mit hochrotem Kopf unter der Trockenhaube, vertieft in eine Zeitung. Von Linde war nichts zu sehen.

»Moin, Berta. Willste dich auch mal wieder fein machen?«, schrie Elke die alte Dame an, die unter der Trockenhaube noch weniger hörte als ohnehin.

Berta blickte auf und kniff die Augen zusammen. »Elke! Du? Ok mal woller hier?«

»Wird Zeit. Sonst sehe ich bald aus wie Nachbars Pudel!«

»Was für 'n Pudel?« Berta runzelte verständnislos die Stirn.

»Meine Haare!«, brüllte Elke zurück, aber Berta begriff nicht, was Elke ihr sagen wollte.

Stattdessen fragte sie: »Is dat nich greesig, wat mit Kuno passeert is?« Sie hielt Elke die Zeitung hin.

»Kann man wohl sagen. Hans ist kaum noch zu Hause. Der Fall nimmt ihn ganz schön mit.« Elke seufzte. »Ist doch eine Schande, dass so was in unserem Dorf passiert!«

»Op dien Keerl musst good oppassen«, meinte Berta und rückte ein wenig näher an Elke heran. »Hab ihn in der Sonntagszeitung gesehen. Zusammen mit dieser aufgetakelten Fregatte in ihrem Sportwagen. Wo heet de noch mal?«

»Cordula«, murmelte Elke missmutig, der auch schon aufgefallen war, dass Hans eine Schwäche für sie hatte.

»Gibt's denn schon Verdächtige?«, fragte Berta.

»Nicht, dass ich wüsste. Ist alles ziemlich verzwickt.«

Elke zog ihren Mantel aus und hängte ihn an den Garderobenständer. In diesem Moment betrat Linde von hinten den Salon, in der Hand balancierte sie eine randvolle Tasse Kaffee, die sie vor Berta abstellte. Gleichzeitig begrüßte sie Elke.

»Moin. Dauert noch 'n paar Minuten. Mit Milch, ohne Zucker, stimmt's?«

»Genau.«

Linde verschwand wieder nach hinten, um auch Elke einen Kaffee zu holen. Das gehörte zum Service.

»Dein Hans ist ja momentan ununterbrochen auf Verbrecherjagd«, rief sie laut aus der Küche.

»Ja, stimmt! Ich krieg ihn kaum noch zu Gesicht«, schrie Elke den Vorhang an, der am Durchgang zu Lindes Wohnung hing.

»Die meinen ja, das war'n die Fremden aus dem Feuerwehrhaus«, raunte Berta unter ihrer Trockenhaube. »Man ick glööv dat nich.«

Elke setzte sich. »Warum sollten die auch so was machen?«,

fragte sie leicht gereizt. Berta und Linde waren nicht die Einzigen, die sie heute schon darauf angesprochen hatten, und nicht alle Kommentare waren freundlich gewesen.

»Wir mussten damals ja auch weg. Aus Schlesien«, begann Berta zu erzählen. »Ich weiß, wie das ist. Aber Muddern meinte denn, wir sollten Plattdeutsch lernen. Hat auch geholfen. Kannste dir ja mal überlegen.«

»Ich bin froh, wenn sie ein paar Brocken Hochdeutsch lernen. Außerdem: ›Moin‹ können sie schon.«

Berta nickte zufrieden.

Der Vorhang wurde wieder beiseitegezogen. Linde kam mit Elkes Kaffee und einem Teller mit Keksen zurück. Sie stellte den Kaffee neben Elke auf einem Tischchen mit Zeitschriften ab, die Kekse platzierte sie vor Berta, die sofort zugriff. Während sie mümmelte, befreite Linde sie von der Trockenhaube. Berta seufzte erleichtert.

»Sauna gibt's zur Dauerwelle immer gratis dazu. Kannste draußen auf dein Schild schreiben und 'n Euro mehr verlangen.«

Linde lachte, während sie mit einem Affenzahn die Lockenwickler aus Bertas Haaren drehte. Danach sah sie aus, als hätte sie lauter kleine Klopapierrollen auf dem Kopf.

Die Türglocke bimmelte, und Cordula kam herein. Sie zog einen Rollkoffer hinter sich her. Linde hielt kurz inne.

»Nur kämmen oder auch waschen?«, fragte sie ohne Begrüßung und keineswegs freundlich. Elke fragte sich, ob die beiden Knies hatten. Sie kannten sich von der Schule und waren sich damals schon nicht grün gewesen.

»Beides«, antwortete Cordula knapp.

»Dauert 'n bisschen. Siehst ja, ich hab zu tun. Hättest dich vorher anmelden sollen.«

»Jetzt komm schon, Linde! Ich bin heute im Fernsehen«, rief Cordula und warf einen prüfenden Blick in einen der Spiegel. »Mein Zug geht in einer Stunde. Du kannst mich doch sicher dazwischenschieben.«

»Elke hat aber einen Termin.« Linde riss an einem Lockenwickler, der sich in Bertas Haar verheddert hatte.

»Aua«, schrie Berta auf und fasste sich an die krebsrote Kopfhaut.

»’tschuldigung«, nuschelte Linde. Derweil stand Cordula immer noch erwartungsvoll mit ihrem Rollkoffer in der Tür. »Nun komm rein und mach hinter dir zu. Wird kalt.«

Cordula schloss endlich die Tür und stöckelte zum freien Stuhl. »Du lässt mich doch vor, oder?«, wandte sie sich an Elke. »Wann kommt es schon vor, dass Larum im Fernsehen ist?«

»Tut mir leid. Ich hab gleich Deutschkurs, und den Rest der Woche kann ich auch nicht.«

»Deine Ausländer können doch mal eben zehn Minuten warten«, empörte sich Cordula. »Die haben doch sowieso nichts zu tun. Ich meine, ich kann doch so nicht vor die Kameras. Wie sehe ich denn aus?«

Die drei Frauen wandten sich ihr zu und musterten sie.

»Wie Lola von der Reeperbahn«, meinte Berta und nahm sich einen weiteren Keks. Linde nickte kaum merklich, und auch Elke fand Bertas Vergleich durchaus treffend.

Ein Wagen hielt vor dem Haus, und Elke reckte den Hals. Noch ein Kunde? Heute herrschte wirklich Hochbetrieb im Friseursalon. Ob die alle zu dieser Talkshow wollten? Elke hatte das auch überlegt, schließlich brauchte man mit dem Zug nur eine Stunde bis Hamburg. Aber allein traute sie sich nicht ins Fernsehen. Dann sah sie sich die Talkshow lieber am Abend in Hansens Krug an. Da sollte es ein Public Viewing geben.

Die Ladenglocke klingelte ein weiteres Mal. Ein Schwall kalter Luft, gemischt mit dem Duft nach Kuhstall, wehte herein.

»Hermann«, rief Cordula überrascht und wenig begeistert. »Was tust du denn hier?«

Linde hörte auf, Bertas Klorollen auszukämmen, und starrte zur Tür. Auch Berta wandte den Kopf.

Hermann stand da, wie zur Salzsäule erstarrt. Es war nicht zu übersehen, dass er Cordulas Bruder war. Er hatte die gleiche spitze Nase, den gleichen schmalen Mund und die gleichen etwas zu eng stehenden Augen. Hermann war jedoch einen

Kopf größer und steckte in speckigen Arbeitsklamotten. Seine Kiefer mahlten, als versuchte er, etwas zu sagen.

»Geh nach Hause, Hermann«, befahl Cordula ihm streng. Er blieb jedoch unbeirrt stehen.

»Was hat er denn?«, fragte Elke.

Cordula seufzte. »Er will mit zum Fernsehen.«

»Warum nimmst du ihn dann nicht mit?«, fragte Linde. »Der Arme kommt ja nie von seinem Hof runter. War nicht mal bei der Kohlfahrt dabei.«

»Was in diesem Fall sogar besser war«, sagte Elke.

»Den kann man doch nirgendwo mit hinnehmen!«, rechtfertigte sich Cordula. »Außerdem ist mein Wagen in der Polsterreinigung.«

Linde lachte auf. »So was gibt's auch?«

»Ja. Und deshalb fahre ich heute mit der Bahn.«

»Das kann man auch zu zweit«, sagte Elke.

Cordula warf ihr einen giftigen Blick zu. »Guck ihn dir doch an!«, wetterte sie. »So kann der sich doch nicht im Fernsehen blicken lassen. Nicht mal als Zuschauer.«

»Ach, das kriegen wir hin«, meinte Linde und hielt Berta, die dem Gespräch mit Interesse gelauscht hatte, einen Spiegel von hinten gegen den Kopf. »Gut so?«

»Fein«, bemerkte die knapp, trank den letzten Schluck Kaffee und kletterte mit Lindes Hilfe vom Stuhl Sie blieb vor Cordula stehen. »Sei ein bisschen netter zu deinem Bruder. Der hat sonst keinen«, sagte sie streng. »Und nun halt mir mal die Tür auf, Deern.«

Widerwillig öffnete Cordula die Tür. Als sie sich umwandte, saß Hermann schon auf dem Friseurstuhl.

»He! Was soll das denn?«, protestierte Cordula. »Ich bin dran!«

»Wer dran ist, bestimme ich«, sagte Linde und zog Hermann die speckige Mütze vom Kopf. »Na, das wird aber mal Zeit«, meinte sie und harkte mit ihren blutroten Krallen durch seine Haare. »Wann, sagtest du, fängt diese Talkshow an?«

»In wenigen Stunden«, antwortete Cordula ungeduldig. »Aber ich muss schon zeitig da sein. Wegen der Maske.«

Linde sah Elke an. »Was meinst du? Wenn wir uns beeilen, schaffen wir das, oder?«

Elke lächelte. »Auf jeden Fall.«

***

Drei Frauen stolperten in die Gaststube vom Krug, in der Hans gerade auf ein spätes Frühstück wartete. Eigentlich war schon fast Mittagszeit, aber wen scherte das? Nach dem durchgearbeiteten Wochenende gönnte er sich diese kleine Annehmlichkeit. Enno und Jessica kamen mal eine Stunde ohne ihn zurecht.

Die drei Damen trugen tief ins Gesicht gezogene Regenhauben, obwohl es heute nicht regnete. Wahrscheinlich kamen sie gerade vom Friseur und wollten verhindern, dass der Wind ihren nagelneuen Putz durcheinanderwehte. Hans kannte das noch von seiner Mutter. Bei den älteren Frauen im Dorf hatte der Brauch überlebt.

»Gibt es hier was Warmes?«, fragte eine von ihnen. Hans horchte auf. Die Stimme kannte er doch!

»Elke? Bist du das unter der Tüte?«

Sie nahm die Haube vom Kopf. Hans blieb fast das Herz stehen – es war etwas Fürchterliches mit seiner Frau passiert. Ihre Haare waren nicht mehr hellbraun mit grauen Fäden, sondern brünett mit blonden Strähnchen, und ihr Gesicht sah aus, als habe sie an einem Bodypainting-Seminar in der VHS teilgenommen. Von Linde und Cordula war man das ja gewohnt, aber nicht von Elke! Bevor er sie fragen konnte, wozu diese Maskerade gut war, hatten auch die anderen beiden ihre Hauben vom Kopf gezogen. Es war auf den ersten Blick nicht zu erkennen gewesen, aber die Dritte im Bunde, die neben Linde, war ein Mann.

»Hermann?«, fragte Hans fassungslos.

Moni war gerade aus der Küche gekommen, in den Händen trug sie ein Tablett mit Milchkaffee und zwei Buttercroissants. Sie stellte es vor Hans ab, bevor sie, ebenfalls überrascht, Hermann näher in Augenschein nahm.

»Siehst cool aus«, sagte sie und hob den Daumen.

»Die Damen werden reihenweise in Ohnmacht fallen«, gluckste Linde.

Hans musste zugeben, dass die Friseurin da nur wenig übertrieb. Sie hatte ihm eine richtige Frisur verpasst, den Bart rasiert, die Augenbrauen gezupft, die herauswachsenden Ohren- und Nasenhaare entfernt und ein leichtes Make-up aufgelegt. Außerdem hatte sie seine Hände manikürt und ihn in einen Anzug gesteckt, in dem wahrscheinlich ihre Söhne nacheinander konfirmiert worden waren, denn bei näherem Hinsehen war er ein wenig zu klein.

Hermann war so viel Aufmerksamkeit nicht gewohnt und smusterte verlegen. Es war das erste Mal, dass Hans ihn überhaupt lächeln sah.

»Was habt ihr vor?«, fragte er.

»Linde hat uns ein bisschen fein gemacht, denn wir haben beschlossen, nach Hamburg zu dieser Talkshow zu fahren«, erklärte Elke. »Den Sprachkurs hab ich für heute abgesagt. Ich muss mal raus und Großstadtluft schnuppern.«

Was waren das denn für neue Töne? Fing Elke jetzt auch schon an wie Thekla, die Enno die Hölle heißmachte wegen Fuerteventura? Wurden Frauen so ab Mitte fünfzig? Na, das waren ja schöne Aussichten.

»Also, wenn du glaubst, dass ich mich in einen Flieger setze, um an einem überlaufenen Strand zwei Wochen lang in der brüllenden Sonne zu garen, nur weil deine Freundinnen das chic finden, dann hast du dich geschnitten!«, ereiferte er sich. Als Reaktion erntete er irritierte Blicke. Irgendwas hatte er da wohl gründlich falsch verstanden. »Na ja, also, nur mal so als Beispiel«, fügte er lahm hinzu.

Elke schüttelte den Kopf und wandte sich Abraham zu, der hinter der Theke stand und den Auftritt amüsiert beobachtet hatte.

»Wenn du willst, kannst du mit uns fahren. Wir nehmen den Benz, dann sind wir vor Cordula da. Na, was sagst du?«

»Ehrlich gesagt hatte ich nicht mehr vor, an dieser Talkshow teilzunehmen«, antwortete Abraham. Seit der Sache mit der Kohlscheuche wirkte er ein wenig geknickt, das war Hans schon aufgefallen.

»Natürlich fährst du da hin!«, drängte Elke ihn. »Das wird 'ne super Werbung für dein Grünkohlbüfett, und du willst doch auch, dass der Krug wieder auf die Beine kommt, oder? Außerdem sollen die Bocksdorfer mal sehen, was für ein Supertyp hier kocht.«

Moni hakte sich bei Abraham ein. »Elke hat recht«, sagte sie. »Fahr da hin und zeig's allen!«

»Und was ist mit dem Public Viewing heute Abend?«, gab Abraham zu bedenken. »Wenn es voll wird, schaffst du das nicht allein.«

»Macht euch darüber keine Sorgen«, sagte Elke. »Ich weiß zwei Frauen im Dorf, die sind ganz scharf darauf, hier auszuhelfen.«

»Können wir die denn bezahlen?«, fragte Moni.

Elke winkte ab. »Na, und ob. Heute Abend brummt der Laden. Du wirst schon sehen.«

Moni seufzte. »Dein Wort in Gottes Ohr.«

Hans hatte mit wachsendem Befremden zugehört und immer wieder versucht, einzuhaken. Jetzt kam er endlich zu Wort. »Meinen Wagen wollt ihr nehmen? Das geht nicht. Ich stecke bis zum Hals in Ermittlungen!«

»Na, das sieht man.« Elke schnaubte verächtlich. »Wenn du meine Meinung hören willst: Ich hätte mir schon längst Cordula vorgeknöpft, dann ist der Fall schnell gelöst. Habt ihr nicht Spuren von ihren Schuhen im Hof gefunden? Stattdessen sitzt du hier und frühstückst.«

»Ich warte auf den Bericht der KT«, verteidigte sich Hans. »Ob das im Hof Abdrücke von ihren Stöckelschuhen sind, ist ja noch gar nicht gewiss.«

»Aber wenn es so ist, würde ich mich beeilen, es herauszufinden. Die ist nämlich mit dem Taxi hin zum Bahnhof und nimmt den nächsten Zug nach Hamburg. Sie trägt ihre Stiefel, und sie hat einen Koffer dabei.«

Das war allerdings verdächtig. Cordula wollte doch nicht

abhauen? »Wieso fährt sie dann nicht mit dem Porsche?«, fragte Hans.

»Weil die Polster gereinigt werden«, antwortete Elke. »Ich an deiner Stelle würde mich fragen, warum.«

Hans wusste es. Ihm fiel die Schlammdusche vor dem Krug ein, als er mit durchdrehenden Reifen davongerast war, weil Cordula so hartnäckig ihr Handy zurückverlangt hatte. Sie hatte eine ordentliche Ladung Matsch abbekommen, das war im Rückspiegel deutlich zu erkennen gewesen. Wenn sie so in den Porsche gestiegen war, hatte es den Polstern nicht gutgetan.

»Geschieht ihr recht«, murmelte er, zog seine Geldbörse aus der Hosentasche und legte das Geld für das Frühstück auf den Tisch.

»Ich fahr dann mal zum Bahnhof, danke für den Tipp. Tut mir leid, wenn ich euch den Hamburg-Trip damit versaue.«

Elke lächelte. »Tust du nicht, Schatz. Ich hätte da nämlich eine andere Idee.«

»Ach ja?«

»Du fährst doch so gern Porsche, oder?«

***

Die Schranken schlossen sich in dem Moment, als Hans vor der Genossenschaft am Bahnhof parkte. Da stand schon ein weiterer Trecker, allerdings ein moderner Fendt. Der Allgaier, mit dem Hans hergekommen war, wirkte daneben wie ein Spielzeugauto.

Er kletterte vom Sitz, denn er hatte Cordula schon auf dem Bahnsteig entdeckt. Glücklicherweise telefonierte sie gerade, sodass sie seine Anwesenheit noch nicht registriert hatte.

Außer ihr wartete eine junge Frau mit einem Klapprad auf den Zug, der gerade einfuhr.

»Cordula«, rief er laut. »Ich muss mit dir reden!«

Sie hob den Kopf, aber statt ihm entgegenzukommen, lief sie den Bahnsteig in die entgegengesetzte Richtung entlang. So schnell er konnte, sprintete er ihr nach, leider war sie schneller als er, trotz Koffer.

Der Zug kam quietschend zum Stehen, und die Türen öffneten sich. Cordula hatte den Fuß schon in der vordersten Tür, da bekam Hans sie noch am Ärmel zu fassen und zog sie zurück auf den Bahnsteig.

»Aua! Was soll das, was willst du von mir?«, schrie sie ihn an. »Ich bin auf dem Weg zum Fernsehen und darf den Zug nicht verpassen.«

»Ich hab doch gesagt, ich muss dringend mit dir reden«, keuchte er.

Die Frau mit dem Klapprad starrte zu ihnen herüber, unschlüssig, ob sie einsteigen oder Cordula zu Hilfe eilen sollte. Auch der Zugführer lehnte sich aus dem Fenster.

»Lass mich los!«, fauchte Cordula.

»Nein.« Hans atmete schwer. Er hatte Mühe, seinen Herzschlag zu beruhigen nach dem ungewohnten Spurt.

»Du tust mir weh!«, schrie Cordula. »Lass mich einsteigen.«

Die Bahn stand immer noch da. Hans Olbers bekam mit halbem Ohr mit, dass der Zugführer ihm etwas zurief. Die Fahrgäste klebten ebenfalls an den Scheiben.

»Das ist ein Polizeieinsatz!«, rief Hans laut und zog mit der freien Hand seinen Ausweis aus der Brusttasche. Er zeigte ihn zu allen Seiten hin, obwohl keiner im Zug auf die Entfernung sehen konnte, ob es nicht der Büchereiausweis war. Der Zugführer nickte jedoch und verschwand in seinem Führerhaus, die Frau mit dem Klapprad stieg ebenfalls ein. Da spürte Hans plötzlich einen scharfen Schmerz in der Hand. Instinktiv ließ er Cordula los. Sie hatte ihn doch tatsächlich gebissen.

Cordula machte wild entschlossen einige Schritte auf die sich schließende Tür zu. Hans hechtete ihr nach. Er war jetzt wirklich wütend. Im letzten Moment bekam er sie wieder zu fassen. Der Zug fuhr an, und er riss Cordula zurück. Sie fielen rückwärts auf das Pflaster, während der Zug aus dem Bahnhof verschwand.

Cordula rappelte sich als Erste hoch. Völlig sinnlos rannte sie dem Zug nach und brüllte: »Halt! Anhalten!«

Als die roten Rücklichter hinter einer Kurve verschwanden,

sank sie auf die Knie. »Ich muss aber zum Fernsehen«, heulte sie. »Das ist meine letzte Chance.«

Hans verstand nicht genau, was sie damit meinte. Es war ihm im Moment auch egal. Er rappelte sich mühsam hoch. Seine linke Hand blutete, und die Hüfte tat ihm höllisch weh. Als er endlich stand, musste er kurz innehalten, denn vor seinen Augen tanzten Sterne, aber der Moment war schnell vorbei. Er humpelte zu Cordula und reichte ihr die unversehrte Hand.

»Steh auf!«

Sie hob den Kopf. Ihr Kajal war zerlaufen, was ihr eine gewisse Ähnlichkeit mit einem Panda verlieh. »Du hast alles kaputt gemacht«, schluchzte sie, und Rotz tropfte auf das Pflaster. »Meinen Auftritt, meine Karriere, mein ganzes Leben!« Sie vergrub das Gesicht in den Händen.

»Na, na«, sagte Hans, der ihren Ausbruch für leicht übertrieben hielt, und wühlte in seiner Jackentasche nach einem Papiertaschentuch. Er fand eines, in das er erst ein Mal hineingeschnäuzt hatte, riss die benutzte Stelle ab und reichte Cordula den übrig gebliebenen Fetzen. »Deine Nase läuft. Sieht nicht schön aus.«

Cordula griff danach und schnäuzte sich ausgiebig. »Ich dachte, wir sind Freunde«, jammerte sie.

Hans betrachtete seine Hand, die gerade blau anlief, verkniff sich aber den Kommentar.

»Was willst du von mir? Ich hab nichts getan«, wimmerte Cordula. »Aber keiner glaubt mir, nur weil ich eine Carus bin.«

Fast rührte sie ihn jetzt. Was, wenn er ihr doch unrecht tat? Vielleicht hätte er nicht auf Elke hören sollen. »Dann hilf mir, das zu beweisen«, sagte er. »Komm mit auf die Wache, und wir klären das. Dann lasse ich dich in Ruhe.«

Cordula hörte augenblicklich mit dem Geschniefe auf. »Wie wäre es denn, wenn du mich nach Hamburg begleitest, und nach der Talkshow komme ich mit und stehe dir Rede und Antwort. Na? Ist das ein Deal?«

Hans hätte zu gern nachgegeben. Einen kurzen Augenblick kam ihm der Gedanke, dass Elke es geahnt und ihm deswegen den Benz abgeschwatzt hatte. Frustriert sah er zu dem altersschwachen Allgaier hin, und Cordula folgte seinem Blick.

»Das ist jetzt nicht dein Ernst, oder?«, flüsterte sie, und ihr Kinn begann zu beben.

Hans hob entschuldigend die Hände. »Es tut mir leid. Die anderen fahren mit dem Benz nach Hamburg. Aber ich denke mal, Abraham wird dich gut vertreten.«

Cordula wischte sich mit dem Ärmel über das Gesicht, was ihr Make-up vollständig ruinierte. »Abraham ist unterwegs?« Sie klang fassungslos. »Und wer noch?«

»Elke, Linde und dein Bruder.«

»Hermann?« Sie lachte böse. »Den lassen die gar nicht erst rein ins Studio, so wie der aussieht. Außerdem riecht er nach Stall.«

»Ach, weißt du, Linde hat ihn fein zurechtgemacht«, sagte Hans, den Cordulas Stimmungsumschwung irritierte. Verstand einer die Frauen. »Du kannst ja später in den Krug gehen, da wird die Aufzeichnung gezeigt. Das halbe Dorf kommt zum Public Viewing. Wird bestimmt ganz nett.«

»Ganz bestimmt nicht!«, schnappte Cordula und baute sich vor ihm auf. »Ich werde meinen Anwalt einschalten. Und die Presse! Die zuerst. Ich bin schließlich Journalistin. Ich habe Kontakte. Du hinderst mich an der Ausübung meines Berufes. Das ist ja Zensur!«

Hans hob seine verletzte Hand. »Und das hier ist Widerstand gegen die Staatsgewalt, meine Liebe. Dafür kannst du drei Jahre in den Bau wandern. So gesehen steht es eins zu eins.«

»Was willst du denn überhaupt von mir?«, schrie sie hysterisch.

»Deine Stiefel.«

Cordulas Kiefer klappte nach unten. »Du kommst mit dem Trecker hier vorgefahren und willst meine Stiefel? Ist das so eine Art Fetisch von dir?«

»Nein, das ist Polizeiarbeit. Kommst du jetzt freiwillig mit, oder muss ich dir Handschellen anlegen?«

Cordula schien zu überlegen. Dann gab sie endlich nach.

Erleichtert führte er sie zum Trecker und half ihr auf den Beifahrersitz, eine verrostete Blechschale auf dem linken Schutzblech. Sein Blick wanderte gen Himmel, wo schon wieder dunkle Wolken aufzogen. Der Allgaier brachte es auf schlappe fünfundzwanzig Stundenkilometer. Vor dem nächsten Guss würden sie es nicht schaffen, aber es gab ein paar Unterstände auf dem Weg. Er startete den Motor. Wenn sie Glück hatten, waren sie am späten Nachmittag da.

***

Enno saß an seinem Schreibtisch, als sie die Wache betraten. Jessica war schon gegangen, denn der Tag neigte sich dem Ende. Hans und Cordula hatten Stunden gebraucht, jedenfalls fühlte es sich so an. Sie hatten keinen überdachten Unterstand ausgelassen, denn es schauerte und stürmte alle Nase lang.

Enno starrte Cordula entsetzt an. »Bist du in den Harvester gekommen?«

Cordula stöhnte gequält. »So ähnlich. Ich bin ein Eisklumpen.«

Hans schüttelte die Thermoskanne neben der Kaffeemaschine. Sie hörte sich halb voll an. »Kann ich die mit ins Besprechungszimmer nehmen?«, fragte er.

Enno nickte. »Die Gipsabdrücke von den Fußspuren im Hof vom Krug sind übrigens gekommen«, sagte er. »Die liegen in dem Karton.« Enno deutete mit dem Kopf zu einer Pappschachtel, die auf dem Tresen stand.

»Das wurde auch Zeit. Und was ist mit dem Bericht?«, fragte Hans.

»Noch nicht fertig.«

Hans seufzte schwer und schnappte sich die Pappschachtel. Ihm fiel auf, dass Enno ziemlich bedröppelt dreinschaute.

»Wie geht es eigentlich Jürgen?«, fragte er.

»Besser. Der Verein kommt ihn heute besuchen.«

»Kann er sich mittlerweile an irgendwas erinnern?«

»Nein«, antwortete Enno gequält.

Es entstand eine kurze Pause.

»Ich geh dann mit Cordula ins Besprechungszimmer«, sagte Hans schließlich und wandte sich zum Gehen, aber Cordula rührte sich nicht. Sie stand da, in verkrampfter Haltung, und kniff die Beine zusammen. Hans kannte das von Elke und sagte: »Die Toiletten sind hinten links.«

»Oh, gut.« Sie griff sich den Koffer und zog ihn hinter sich her. »Ich mach mich dann auch schnell ein bisschen frisch!«

Während Hans wartete, schwieg Enno verbissen. Cordula brauchte lange. Hans sah auf die Uhr. Die Aufzeichnung der Sendung musste fast schon beendet sein. Wenn Cordula sich nicht beeilte, verpasste er noch das Public Viewing, und das alles wegen weniger Fragen, die schnell geklärt sein dürften.

Er spürte, wie die Bisswunde an seinem Handballen zu pochen begann. Irgendwo hatte er gelesen, dass Menschenbisse nicht ganz ungefährlich waren. Wie lange lag eigentlich seine letzte Tetanusimpfung zurück? Er wusste es nicht. Elke hatte seinen Impfausweis, denn er verlor solche Sachen regelmäßig. Er nahm sich vor, sie danach zu fragen. Jetzt konnte es allerdings nicht schaden, die Wunde ein wenig zu verarzten. Außerdem saß er dann nicht tatenlos herum, während Cordula sich im Polizeiklo eine Dauerwelle legte und Enno vor sich hin brütete.

Er ging zu dem Medizinschränkchen, das gleich neben dem Tresen hing, und öffnete es.

»Hat die Spurensicherung eigentlich mal verlauten lassen, wann wir endlich mit den Ergebnissen vom Leichenfundort rechnen können?«, fragte Hans, während er nach dem Pflaster suchte.

Enno zuckte nur mit den Schultern. »Personalmangel.«

Das war doch in Sachen Kommunikation immerhin ein Anfang. »Und was hat unsere Praktikantin heute gemacht?«

»Recherchiert.«

Hans sprühte sich Desinfektionsmittel auf die Wunde und sog scharf die Luft ein, weil es höllisch brannte. Dann klebte er sich ein Pflaster auf und räumte die Sachen wieder zurück. Als er fertig war, blickte er in Richtung Toilette. So langsam könnte Cordula in die Puschen kommen. Warum dauerte das so lange? Und warum machte Enno den Mund nicht auf? Schließlich hielt Hans es nicht länger aus. »Ich geh schon mal vor in den Besprechungsraum. Erklär Cordula gleich, wo sie hinmuss.«

»Kann ich dann Feierabend machen, Chef?«, fragte Enno.

Hans blickte ihn nachdenklich an. »Ehrlich gesagt hoffe ich noch auf die Berichte. Wenn die da sind, müssen wir sie gemeinsam durchgehen. Tut mir leid.«

»Es ist wegen Thekla«, druckste Enno herum.

Hans gab nach. »Na schön. Wenn es deinem häuslichen Frieden dient.«

»Danke. Ich krieg das schon wieder hin, versprochen.«

Das hörte Hans seit Tagen. Er wandte sich um und ging ins Besprechungszimmer, wo er den Karton und die Thermoskanne auf den Tisch stellte. Er holte zwei Becher dazu und überprüfte das Aufnahmegerät. Jetzt konnte es losgehen, es fehlte nur noch Cordula.

Als sie endlich hereingerauscht kam, konnte Hans sein Erstaunen kaum unterdrücken. Statt der rotzverschmierten Megäre stand nun ein Prachtweib in der Tür. Sie hatte sich umgezogen und trug einen knappen Minirock aus rotem Leder, dazu eine schwarze Bluse mit Glitzersteinen, die einen tiefen Einblick in ihr Dekolleté gewährte. Sie hatte etwas mit den Haaren gemacht, ein geflochtenes Kunstwerk, aus dem lässig einige Strähnen herausfielen. Auch ihr Make-up hatte sie aufgefrischt und, wie es schien, sogar die Fingernägel frisch lackiert. Außerdem duftete sie herrlich.

»Es hat ein bisschen gedauert«, entschuldigte sie sich, »aber jetzt fühle ich mich wieder wie ein Mensch.«

»Wolltest du so ins Fernsehen?«, fragte Hans leicht verwirrt. »Da haben die Zuschauer ja wirklich was verpasst.«

»Schwamm drüber«, hauchte Cordula und machte eine wegwerfende Geste. »Ich stehe dir jetzt voll und ganz zur Verfügung.«

Hans spürte, wie ihm heiß wurde. Er musste scharf nachdenken, was er eigentlich von Cordula wollte.

»Es tut mir leid, Hans«, fuhr sie mit zerknirschter Miene fort. »Mir sind schlichtweg die Nerven durchgegangen vorhin am Bahnhof.«

»Na ja, vielleicht war ich auch ein bisschen grob«, bemerkte Hans und registrierte seinen staubtrockenen Mund. »Kann ich das mit einem Kaffee wieder gutmachen?«

»Auf jeden Fall.« Cordula lächelte, und er goss ihr ein. Sie trank einen Schluck, lehnte sich zurück und schlug die Beine übereinander. Beine, die bis ins Universum reichten. »Wie geht es deiner Hand?«, fragte sie.

»Ach, das ist nichts.«

Er erhob sich, ging zum Fenster, unter dem das Sofa stand, und reckte sich, um es zu öffnen. Er hatte plötzlich ein großes Bedürfnis nach frischer Luft. Warum waren sie noch mal hier? Ach ja.

»Würdest du bitte erst mal deine Stiefel ausziehen?«, bat er sie, ohne sich umzudrehen. Er stellte fest, dass es besser ging, wenn er ihr den Rücken zukehrte.

»Hier und jetzt?«, hauchte sie.

»Ich muss die Absätze mit den Abdrücken vom Krug vergleichen. Ist nur so eine Routine.«

»Na schön. Wenn du meinst, dass das nötig ist. Ich denke, das lässt sich machen.«

Er hörte es hinter sich rascheln. »Wenn du fertig bist, sag mir Bescheid, ja?«

»Aber natürlich.«

Wieder ließ sie sich Zeit, aber Hans war es egal. In seinem Kopf lief ein Film ab. Er stellte sich vor, wie sie die Stiefel von den Beinen streifte. Von wunderschönen, endlos langen, schlanken, herrlichen Beinen. Trotz der kalten Luft, die ihm ins Gesicht blies, begann er zu schwitzen, und es war fast wie eine Erlösung, als sie endlich sagte: »Ich wäre dann so weit.«

Ihr Tonfall löste etwas in ihm aus, das ihm eine Gänsehaut bereitete und ihn gleichzeitig warnte.

»Könntest du bitte das Fenster schließen? Ich bekomme kalte Füße«, hauchte Cordula. Der letzte Rest von Widerstand bröckelte. Hans schloss das Fenster und drehte sich um.

Sein Hirn brauchte einige Sekunden, bis er verstand, was er sah. Cordula Carus saß ihm gegenüber auf einem Stuhl und war nackt. Sie hatte die Beine übereinandergeschlagen und lächelte amüsiert. Eine Strähne fiel ihr ins Gesicht, sie pustete sie weg und warf den Kopf in den Nacken. Die Stiefel hatte sie fein säuberlich nebeneinander vor sich auf dem Tisch abgestellt.

Hans schluckte. Die Sprache schien ihn verlassen zu haben. Er machte einen Schritt, blieb dann aber vor dem Sofa stehen, wobei er seinen Blick nicht von Cordula lassen konnte.

»Das, ähm … war doch nicht … also, so hatte ich das nicht gemeint«, stammelte er.

»Wie dann?«, hauchte sie verführerisch. »Ich dachte, du als Kommissar möchtest das Corpus Delicti auf verdächtige Spuren untersuchen.« Sie strich sich dabei mit dem Finger vom Hals abwärts über die Brüste bis zum Bauchnabel. »Rein routinemäßig, versteht sich.«

Sie hatte dieses Timbre in der Stimme, das ihn fast um den Verstand brachte. Er griff nach seiner Kaffeetasse, trank und merkte nicht einmal, dass sie leer war. Cordula lächelte, stand langsam auf und kam um den Tisch, bis sie ganz nah vor ihm stand. Sie duftete wie frischer Rosinenstuten, und ihm lief das Wasser im Mund zusammen. Sie nahm seine Hände und legte sie auf ihre herrlichen Brüste.

»Du kannst gleich hier mit der Spurensicherung anfangen.«

»Aber ich … ich bin verheiratet«, stammelte Hans.

Sie gab ihm einen kleinen Schubs, sodass er auf das Sofa plumpste. »Mach dich locker und vergiss das mal.«

Dienstag, zur selben Zeit

Der Kohlfahrtverein war zu Besuch gekommen. Frau Jesco, Volker und Bernd standen um Jürgens Bett, nur Cordula fehlte. Bernd hatte ihm gerade erzählt, dass sie heute in der Talkshow auftrat. Sie hatten eine Flasche Traubensaft mitgebracht, um das zu begießen, aber Jürgen hatte dankend abgelehnt. Wenn es so weiterging, könnte er nach seiner Entlassung Handel damit betreiben. Echter Wein wäre ihm lieber gewesen.

Die Tür ging auf, und Jürgens Bettnachbar schlurfte herein. Grußlos warf er sich auf seine Matratze, schleuderte die Puschen von seinen Füßen und drehte dem Besuch demonstrativ den Rücken zu.

»Aufenthaltsraum«, nuschelte Jürgen, dem das Sprechen immer noch Mühe machte. Er schlug seine Decke zurück.

»Kanns du denn al woller rumloopen?«, fragte Volker besorgt.

»Hab 'nen Rentnerporsche.« Jürgen deutete auf den Rollator neben seinem Bett.

Der Aufenthaltsraum lag am anderen Ende des Flurs. Gerda eilte voraus, als gelte es, gute Plätze zu reservieren. Volker schob den Galgen mit der Infusion neben Jürgen her, der auf seinen Rollator gestützt nur langsam vorankam. Er hatte immer noch Gleichgewichtsprobleme. So konnte er jedoch ein paar Worte mit Volker und Bernd wechseln, ohne dass die Ehrenvorsitzende alles mitbekam.

»Gibt es Neuigkeiten?«, fragte er leise.

»De Kohlorden is woller dar«, bemerkte Volker.

»Hat Enno schon erzählt. Sonst noch was?«

Bernd wiegte seinen Kopf. »Nicht direkt. Aber ich sollte dich vorwarnen: Frau Jesco glaubt, dass du was mit Ennos Frau am Laufen hast und dass Enno dich deshalb … na, du weißt schon. Wegen Eifersucht und so.«

Jürgen blieb stehen. »Ist das der Dorfklatsch? Dass ich und Thekla …?«

Die anderen beiden nickten.

»Wer flüstert, lügt«, polterte Gerda, die vor einem Glaskäfig stehen geblieben war, um auf die drei Nachzügler zu warten. In dem Käfig hockten Patienten in dichtem Nebel und rauchten. Sie verzog angewidert das Gesicht.

»Jürgen hat mich nur gerade gefragt, wann die Talkshow über Larum im Fernsehen kommt«, erklärte Bernd betont locker.

Gerda rümpfte missbilligend die Nase. »Eigentlich hätte *ich* da ja hingehört, als Ehrenvorsitzende des Vereins.« Sie riss sich vom Anblick der Raucher los und stolzierte weiter. Die anderen folgten. Am Ende des Gangs stieß Gerda die Tür zum Aufenthaltsraum auf. Er war leer. »Wo sind die denn alle?«, fragte sie überrascht. »Etwa in dem Glaskasten?«

»Gibt gleich Abendbrot«, erklärte Jürgen, der jetzt auch lieber in seinem Bett läge, als Gerda Rede und Antwort zu stehen. Außerdem: Was ging sie überhaupt sein Liebesleben an? Er war nicht mehr ihr Schüler.

Gerda steuerte einen Tisch in der hintersten Ecke an und ließ sich umständlich nieder. Jürgen setzte sich zu ihr, und Volker stellte den Galgen mit der Infusion neben Jürgens Stuhl ab, während Bernd den Rollator in eine Ecke schob.

»Im Dorf erzählt man sich so dies und das«, begann Gerda und durchbohrte Jürgen mit ihren kleinen, stechenden Augen. »Zum Beispiel, dass du was mit Ennos Frau hast.«

Jürgen gluckste. »Für die Frau braucht man einen Waffenschein. Ich bin doch nicht lebensmüde.«

»Kannst du dich denn mittlerweile an irgendwas erinnern?«

»Nee!« Jetzt fing Gerda auch damit an. Er schüttelte den Kopf. »Retrograde Amnesie.«

»Ah. Aber wo fängt diese Amnesie an? Ich meine, was ist das Letzte, an das du dich erinnern kannst?«, bohrte Gerda weiter.

»Ich weiß es nicht! Aber das hab ich alles schon Enno und dem Kommissar und auch dem Arzt gesagt. Und jetzt kommt ihr auch noch damit.«

Gerda ließ nicht locker. »Was sagt denn der Arzt? Kommt die Erinnerung irgendwann zurück?«

Jürgen zuckte genervt mit den Schultern. »Keine Ahnung. Und jetzt bin ich müde.«

»Dann lassen wir dich mal in Ruhe«, sagte Bernd.

»Ward ok Tied, dat wi in Kroog kaamt, anners verpasst wi noch de Talkshow«, meinte Volker.

***

Der Krug platzte aus allen Nähten. Alle wollten sehen, wie sich der Koch vom Larumer Krug im Fernsehen machte. Moni hatte alle Hände voll zu tun, die Gäste zu bedienen. Wie gut, dass Hanne und Mimi sich bereit erklärt hatten, ihr zu helfen. Allein hätte sie es nicht geschafft. Gemeinsam hatten sie am frühen Abend den schweren Rollschrank mit dem riesigen Röhrenfernseher in den Clubraum geschoben. Es war die letzte größere Anschaffung ihres Vaters gewesen, und zwar zur Fußballweltmeisterschaft 2006. Er hatte den Apparat günstig bekommen, denn der war damals schon Auslaufware gewesen. Jetzt schaltete sie das Gerät ein, in einer halben Stunde sollte es losgehen. Abraham hatte von unterwegs angerufen, sie waren schon auf dem Rückweg und würden bald da sein.

Die Larumer versammelten sich bereits vor der Mattscheibe, obwohl noch Zeit war, aber es lief gerade eine dieser beliebten Serien, die vom psychotischen Gefühlschaos der oberen Zehntausend handelte. Die hatten es eben auch nicht leicht.

Während Moni wieder hinter die Theke zurückkehrte, um Bier zu zapfen, hörte sie Gerdas Stimme. Sie hatte sich schon gewundert, wo der Kohlfahrtverein blieb. Dann waren sie ja fast vollständig versammelt.

Als es endlich so weit war, wurde Moni so aufgeregt, dass sie feuchte Hände bekam und aufpassen musste, dass ihr die Gläser nicht aus der Hand rutschten. Sie fieberte mit Abraham mit, als die Moderatorin ihre Gäste begrüßte.

»Und wo ist Cordula?«, fragte Gerda laut. Moni fiel ein, dass der Verein noch nicht wusste, dass ihre Pressefrau von Hans gerade verhört wurde. Sie sah auf die Uhr. Der Kommissar war schon ziemlich lange fort. Vielleicht hatte er sie ja festgenommen?

Die Moderatorin stellte das Thema der Sendung vor: »Kohlfahrten im Wandel der Zeit«.

»Was macht denn der Schwatte in der Sendung?«, keifte Gerda, und alle drehten sich zu ihr um. Einige zischten böse. Am liebsten hätte Moni sie jetzt rausgeworfen, aber sie hatte gerade keine Zeit.

»Ich darf heute einen Gast begrüßen, auf den ich mich besonders freue«, bekam Moni mit halbem Ohr mit, während sie wie am Fließband Getränkebons abarbeitete. Sie blickte kurz zum Fernseher hin. Die Kamera schwenkte gerade auf Abraham, der sich lächelnd verneigte. Moni fand, dass er ausgesprochen gut aussah.

»Guten Abend, auch nach Larum«, grüßte er und winkte in die Kamera. Die Larumer im Krug grüßten lautstark zurück, und es brauchte Zeit, bis es wieder still wurde, deswegen bekam Moni den Anfang der ersten Frage an ihren Mann nicht mit.

»… mit Frau Carus hierherkommen, die leider kurzfristig verhindert ist. Frau Carus vertritt den Kohlfahrtverein Larum, über den Sie uns sicher auch etwas erzählen können?«

Abraham tat ihr den Gefallen und berichtete von dem ehemals berühmten Grünkohlorden und seinem Jubiläum.

»War es das historische Erbe Larums, das Sie als Sternekoch dazu bewogen hat, von Berlin nach Larum zu gehen?«, fragte die Moderatorin und lenkte das Gespräch geschickt zurück auf ihn.

»Indirekt schon«, antwortete Abraham und erzählte von seinem internationalen Grünkohlbüfett. Er wirkte sehr souverän, und die Larumer hingen an seinen Lippen. Als die Kamera über die Zuschauer schwenkte, erkannte Moni Elke und Linde, zwischen ihnen saß Hermann. Sie sahen fröhlich aus. Schade, dass sie den Anfang der Aufzeichnung verpassten.

»Ist Tisch drei fertig? Die werden ungeduldig«, riss Mimi sie aus ihren Gedanken. Moni stellte zwei frisch gezapfte Biere auf das Tablett, und Mimi eilte damit zu den Gästen. Und schon kam Hanne und legte den nächsten Bestellbon ab. Moni begann zu rotieren und vergaß die Talkshow. Dann klingelte auch noch das Telefon, mitten in der größten Hektik. Sie nahm ab.

»Hansens Krug?«, rief sie laut in den Hörer, während sie mit der freien Hand ein Glas Weizenbier auf ein Tablett stellte.

»Ich will Elke Olbers sprechen«, sagte eine Stimme, die hallig klang, wie aus einer Kathedrale.

»Wer ist denn da?«

»Tut nichts zur Sache. Es geht um den Kommissar.«

»Hans?«

Vor der Theke wartete Hanne ungeduldig auf das nächste Tablett mit Getränken, auf dem noch eine Cola fehlte.

»Wer sind Sie?«, hakte Moni erneut nach und fischte die Cola einhändig aus dem Kühlschrank. Hanne verschwand damit, und Moni klemmte sich den Hörer zwischen Ohr und Schulter, um weiter Bier zapfen zu können.

»Ich hab doch gesagt, das tut nichts zur Sache. Ich will Elke Olbers sprechen!«

»Aber die ist noch nicht hier«, sagte Moni.

Wie bestellt flog die Tür auf, und Elke kam herein, gefolgt von Linde, Hermann und Abraham.

»Moment! Sie ist gerade gekommen«, versuchte Moni den Lärm zu übertönen, denn die Ankömmlinge wurden mit großem Hallo begrüßt. Sie machte Elke ein Zeichen. Die drängelte sich lachend zu ihr durch.

»Hier will dich jemand ganz dringend sprechen«, sagte Moni und reichte ihr den Telefonhörer. Dann zapfte sie die Biere fertig, denn Hanne und Mimi warteten schon wieder ungeduldig. Als Moni sich Elke wieder zuwandte, um zu fragen, wie es gelaufen war, blickte sie in ein Gesicht, so weiß wie Bierschaum.

»Was ist denn passiert?«, fragte Moni besorgt.

»Hans, er hat … Ich muss noch mal weg«, war die knappe Antwort.

***

Der Wagen schlingerte auf der regennassen Fahrbahn. Elke hatte gar nicht gemerkt, dass sie mit achtzig Sachen durch das Dorf raste. Die Ampel vor der Grundschule sprang auf Rot, sie stieg in die Eisen und kam, fast schon auf dem Fußgängerübergang, zum Stehen. Kein Mensch war in Sicht. Die Larumer saßen alle im Krug und sahen sich die Talkshow an. Um diese Zeit war auch kein Kind mehr in der Schule. Aber die Ampel war rot. Wer hatte sich so was einfallen lassen? Sie tippte das Gaspedal an und ließ den Motor aufheulen. Verflucht noch mal, wie lange dauerte das? Das Ding musste ja wohl kaputt sein. Sie blickte nach links und nach rechts – kein Auto in Sicht – und gab Gas. Ein Pkw kam ihr entgegen. Aus den Augenwinkeln sah sie, dass es ein Polizeiwagen war. Sie wurde langsamer. War das Hans? Hatte sich der anonyme Anrufer einen Scherz erlaubt?

Wenige Sekunden später überholte sie der Wagen. Er hatte gewendet und zeigte ihr die rote Kelle. Was sollte das nun wieder? Sie parkte und kurbelte die Scheibe herunter.

»Was zum Teufel soll das?«, explodierte sie, als sich die Tür des anderen Autos öffnete.

»Elke?« Es war nicht Hans, sondern Enno. Sie schluckte ihren Zorn hinunter. »Die Frage sollte ich wohl eher dir stellen«, sagte Enno. »Weißt du, dass du gerade bei Rot über die Ampel gefahren bist?«

»Echt? Ist ja 'n Ding! Ich war so in Gedanken.«

»Das wird ziemlich teuer und gibt einen Punkt in Flensburg. Ich muss dich außerdem ins Röhrchen blasen lassen.«

»Enno, bitte. Ich muss zu Hans!«

Enno, der Block und Stift schon gezückt hatte, blickte auf. »Ist was passiert?«

»Das will ich ja gerade rausfinden!«

»Um Hans musst du dir keine Sorgen machen. Dem geht es gut«, sagte Enno. »Der verhört gerade Cordula.«

Es fühlte sich an, als hätte sie einen Felsbrocken verschluckt. Dann stimmte es also, was dieser seltsame Anrufer ihr im Krug gesagt hatte. Oder war es eine Anruferin gewesen? Die Stimme hatte verzerrt geklungen.

»Tut mir leid, Enno, aber ich muss weiter«, sagte Elke und preschte mit quietschenden Reifen los.

In der Wache brannte Licht. Elke stieg langsam aus, ihr Herz raste. Sie atmete tief durch und betrat die Höhle des Löwen.

»Hans?«, rief sie mehrmals, als sie vor dem verwaisten Empfang stand. Niemand antwortete, aber aus einem der hinteren Räume glaubte sie Geräusche zu hören. Sie horchte. Es klang, als habe jemand große Schmerzen. Mit weichen Knien folgte sie den Geräuschen und blieb vor dem Besprechungszimmer stehen. Sie drückte vorsichtig die Klinke, die Tür öffnete sich fast von allein.

Der Boden war übersät mit Kleidungsstücken. Auf dem Tisch lag eine Akte, daneben ein Paar Stiefel. Ihr Blick ging zum Sofa. Dort war sie, die Arme weit über dem Kopf ausgestreckt, die Hände mit Handschellen an einer Rippe des Heizkörpers befestigt und splitternackt. Hans kniete über ihr und fummelte an den Handschellen. Immerhin trug er noch Socken.

Cordula musste sie gehört haben, denn sie wandte Elke das Gesicht zu.

»Ihr steht auf Fesselspielchen?«, fragte Elke tonlos und wunderte sich, dass ihr die Worte so sicher über die Lippen kamen. Hans fuhr herum und rutschte ab. Es krachte gewaltig, als er auf dem Boden landete.

»Elke!«, würgte er hervor und suchte hektisch nach seiner Unterhose. »Es ist nicht das, wonach es aussieht, glaub mir bitte«, flehte er.

»Was ist es dann? Ein ›Fifty Shades of Grey‹-Verhör?«

»Das ist … ich … weil …«

»Ja?«

»Sie hat sich selbst ausgezogen und an den Heizkörper gefesselt!«

Elke lachte hysterisch auf. »Und da wurde dir so heiß, dass du dich auch ausgezogen hast?«

Hans fand endlich seine Boxershorts und verhedderte sich darin. Er musste sich am Tisch festhalten, um nicht wieder zu stürzen.

»Machst du mich jetzt los?«, raunte Cordula mit rauchig verstellter Stimme. Sie schien die Situation zu genießen. Elke wusste nicht, auf wen sie wütender war.

»Hast du mich angerufen?«, platzte sie heraus. Cordula machte große Augen.

»Angerufen? Dich? Wie denn? Der Kommissar hat mich hier festgekettet.«

Hans, der auf den Boden herumkroch auf der Suche nach irgendetwas, hob den Kopf. »Was redest du denn da?«

»Die Wahrheit. Und jetzt mach mich bitte los. Die Dinger tun mir weh.«

»Ich finde den Schlüssel nicht wieder.«

Elke entdeckte ihn hinter einem Tischbein und kickte ihn mit dem Fuß in Hans' Richtung. Der hob ihn auf und befreite endlich Cordula, die sich vollkommen gelassen auf den Bauch drehte und nach ihrem Slip angelte.

»Was machst du eigentlich hier?«, fragte Hans seine Frau, während er hektisch seine restlichen Klamotten zusammensammelte.

»Dich hat jemand verpetzt.«

Hans blickte von einer Frau zur anderen. Seine Gesichtsfarbe wechselte rasant. Er hob die Hände. »Lasst uns bitte vernünftig sein und wie Erwachsene reden. Ich kann das alles erklären.«

»Nicht nötig.« Elke zog den Autoschlüssel aus ihrer Tasche und schleuderte ihn Hans vor die Füße. »Der Benz gehört dir, das Haus mir. Ich nehme ein Taxi.«

Sie machte auf dem Absatz kehrt und schritt hocherhobenen Hauptes aus dem Raum. Hans lief auf Socken hinterher. »Lass uns bitte reden. Elke! Es ist alles ein großes Missverständnis! Wo soll ich denn schlafen? Du weißt doch, dass ich fremde Matratzen nicht vertrage!«

Elke drehte sich zu ihm um. »Deine Matratze kannst du dir gern abholen, ich bin ja kein Unmensch. Ein passendes Bett wirst du schon dafür finden.«

Nacht zu Mittwoch

Seit Stunden parkte er nun schon in einer düstere Ecke zwischen Feuerwehrhaus und Krug, wo ihn so schnell keiner entdecken konnte. Bis Mitternacht war es hier hoch hergegangen, aber nun hatte sich auch der letzte Gast auf den Heimweg gemacht. Mimi und Hanne verabschiedeten sich gerade an der Tür von Moni.

»Kommt gut nach Hause. Und danke für die Hilfe!«, rief sie ihnen nach.

Hans wartete, bis die beiden Frauen verschwunden waren, dann stieg er aus und schlich zum Eingang. Er fühlte sich wie ein geprügelter Hund.

»Moni?«, rief er leise.

Sie hielt inne und blickte überrascht zu ihm hin. »Hans! Was machst du denn noch hier? Hat Elke dich rausgeworfen?«

Sie lachte, denn sie hatte es scherzhaft gemeint, aber es traf den Nagel auf den Kopf. Er war nach der Szene auf der Wache zunächst nach Hause gefahren, denn bisher hatten sie sich immer wieder vertragen. Aber statt ihn reinzulassen, hatte sie seine Matratze aus dem Schlafzimmerfenster geworfen. Er hatte darum gebettelt, dass sie ihn reinließ, aber dieses Mal war Elke hart geblieben. Er wusste, sie hatte allen Grund dazu.

»Hans? Ist alles in Ordnung?«, fragte Moni.

Er schüttelte den Kopf. »Nein. Nichts ist in Ordnung.«

»Was ist denn passiert?«

»Elke hat sich von mir getrennt, und ich weiß nicht, wo ich übernachten soll. Habt ihr ein Zimmer frei?«

»Jetzt sag nicht, du hast wieder …«

»Doch«, antwortete Hans tonlos, und eine Sekunde lang fürchtete er, Moni würde ihn einfach stehen lassen. Verdient hätte er das.

»Also schön. Dann komm rein«, sagte sie jedoch. »Hier draußen holst du dir noch den Tod.«

Abraham hob den Kopf, als er den späten Gast entdeckte.

»Hans?«, rief er überrascht. »Was treibt dich zu dieser Stunde noch hierher?«

Hans ließ sich erschöpft auf eine Bank fallen. Er vergrub das Gesicht in den Händen. »Ich hab den größten Bockmist meines Lebens gebaut«, stöhnte er. »Dabei liebe ich Elke doch.«

Abraham blickte verständnislos zu Moni. Die machte eine hilflose Geste.

»Kann ich einen Schnaps haben?«, fragte Hans.

Abraham langte wortlos nach einer Flasche Aquavit, setzte sich zu ihm und schenkte ihm ein. Hans trank. Die Flüssigkeit rann ihm scharf den Rachen hinunter. Er schob Abraham das Glas erneut hin. Nachdem er auch den zweiten Schnaps getrunken hatte, fühlte er sich ein wenig besser.

»Ich habe mich nur kurz umgedreht, und dann sitzt die plötzlich nackt auf dem Stuhl«, begann er zu erzählen. »Dabei hatte ich sie nur gebeten, die Stiefel auszuziehen. Nur die Stiefel, versteht ihr? Ich wollte doch nur die Absätze mit den Abdrücken aus eurem Hof vergleichen.«

Abraham machte große Augen. »Also du und Cordula, ihr …«

»Ja, verdammt.« Hans schlug sich gegen die Stirn. »Und dann sind die Pferde mit mir durchgegangen.« Er griff nach der Flasche und schenkte sich einen Aquavit nach, einen doppelten. »Aber das Schlimmste kommt ja noch. Sie hat mir die Handschellen geklaut und sich damit an den Heizkörper gefesselt. Versteht ihr? Wir beide nackt, sie mit Handschellen. Und dann stand Elke in der Tür. Das verzeiht sie mir nie.«

Hans legte den Kopf auf den Tisch. Er hatte es gründlich verbockt. Vielleicht sollte er Thekla fragen, wie man Klomann bei Sanifair wurde.

»Soll ich mit ihr reden?«, schlug Moni vor, aber es klang nicht recht überzeugt.

»Ich glaube kaum, dass das Sinn macht«, antwortete Hans. Er rieb sich die Augen, denn er konnte die Tränen kaum noch zurückhalten. Aber vor Abraham und Moni wollte er nicht zusammenbrechen wie einer seiner Delinquenten beim Geständnis. Da trank er lieber noch einen Schnaps. »Irgendjemand muss Elke gesteckt haben, dass da was mit Cordula läuft.«

»Ja, stimmt«, sagte Moni. »Elke war gerade aus Hamburg zurückgekommen, da hat jemand angerufen und wollte sie sprechen. Danach ist sie abgerauscht.«

Hans hob den Kopf. »Kann das Cordula gewesen sein?«

Moni überlegte. »Die Stimme klang komisch. Wie aus einer Kirche oder einem Gully.«

»Mann oder Frau?«

»Keine Ahnung.«

»Cordula war vor dem Verhör ziemlich lange auf der Toilette«, erinnerte sich Hans, und dann fiel es ihm wie Schuppen von den Augen. »Die hat das geplant. Und ich hab ihr auf dem Bahnhof auch noch brühwarm von dem Public Viewing hier im Krug erzählt und dass Elke später dazukommen wollte.«

***

Cordula tat es leid um die schönen Stiefel. Die hatte sie in besseren Zeiten gekauft, als sich mit Klatschkolumnen und Paparazzi-Storys noch richtig viel Kohle verdienen ließ. Es waren echte Guccis, für die sie ein Vermögen hingeblättert hatte. Aber leider waren es nun auch Beweisstücke. Schweren Herzens hatte sie beschlossen, sie verschwinden zu lassen, ehe der Kommissar zur Besinnung kam und merkte, dass sie die Stiefel wieder an sich genommen hatte, bevor er sie mit den Abdrücken der Spurensicherung vergleichen konnte. Er war so schön durcheinander gewesen und hatte nichts mehr gerafft. Jetzt war es höchste Zeit, aus dem Dorf zu verschwinden.

Mit einem gequälten Stöhnen stopfte sie die Guccis in den Küchenofen und schloss die Klappe. Als sie sie nach wenigen Minuten wieder öffnete, um zu prüfen, ob sie schon brannten, schlug ihr dunkler Qualm entgegen. Hustend schlug sie die Klappe wieder zu und holte sich ein Bier aus dem Kühlschrank. Sie ging damit ins Wohnzimmer, um fernzusehen, denn bis die Stiefel verkohlt waren, würde es wohl noch eine Weile dauern.

Sie schaltete den Apparat ein. Ein Mann und zwei Frauen trieben es heftig an einem Pool. Sie schaltete um. Eine Frau mit üppigen Brüsten stöhnte: »Ruf mich an!« Sie versuchte es weiter und landete in einer blutigen Schlacht. Resigniert schaltete sie das Gerät aus und trank das Bier in einem Zug leer.

Ein Schatten fiel auf die Wand neben ihr. Erschrocken fuhr sie herum und entdeckte ihren Bruder, der in der Tür stand und sie schweigend beobachtete. Er sah so anders aus.

»Wie lange stehst du schon da und glotzt?«, motzte sie ihn an.

Er rührte sich nicht.

»Mein Gott, wie bescheuert du aussiehst mit dieser Frisur. Hat Linde wirklich geglaubt, sie macht was aus einem Bauerntrampel wie dir?« Sie lachte höhnisch, aber er zuckte nicht einmal mit den Wimpern. Wenn er sich wenigstens wehren würde. Ihr war nach Streiten zumute, aber nicht mal das konnte man mit Hermann! Stattdessen kam er ins Wohnzimmer und setzte sich neben sie.

»Was soll das?« Cordula rückte ein Stück zur Seite. Erst jetzt bemerkte sie, dass er einen Karton in seinen Händen hielt. Sie hatte für die Küche eine neue Kaffeemaschine angeschafft, die Verpackung hatte sie einfach in die Waschküche gestellt. Jetzt stellte Hermann sie ihr in den Schoß.

»Soll das ein Wink mit dem Zaunpfahl sein, dass ich den Müll wegräumen soll?«

Hermann reagierte nicht. Auf dem Stubentisch stand zwischen allerlei Kram ein Glas. In einer trüben Brühe schwammen zwei Bockwürste. Er griff mit zwei Fingern hinein, fummelte eine heraus und stopfte sie sich in den Mund. Cordula sah ihm angeekelt dabei zu, aber etwas lenkte sie ab. In ihrem Schoß wurde es plötzlich warm. Sehr warm wurde es. Der Karton begann zu qualmen. Sie hob ihn hoch. An einer Ecke leckten kleine Flammen empor. Sie sprang auf und warf den Karton auf den Boden. Ein schwelender Klumpen kullerte auf die Holzdielen, aber das registrierte sie kaum, denn sie war damit beschäftigt, ihre Kleidung zu löschen. Sie griff nach dem Wurstglas und schüttete die Brühe über den Kunstlederrock.

»Willst du mich umbringen?«, schrie sie ihren Bruder an.

Hermann stand auf. Er griff in die Taschen seiner Anzughose und zog etwas hervor. Cordula wich instinktiv zurück. Aber es waren nur die Absätze ihrer Stiefel.

Mittwoch

Hans Olbers drehte sich langsam auf die Seite. Obwohl er die klamme Matratze in dem Gästezimmerbett gegen seine eigene ausgetauscht hatte und trotz der vielen Schnäpse war an Schlaf kaum zu denken gewesen. In den kurzen Momenten, in denen er eingenickt war, träumte er von Stiefeln.

Er sah auf seine Armbanduhr, die er auf dem Nachttisch abgelegt hatte. Es war kurz nach sieben, im Haus rumorte schon jemand herum, obwohl sie alle erst weit nach Mitternacht ins Bett gegangen waren. Direkt unter ihm spielte ein Radio, er hörte Töpfe und Geschirr klappern. Sein Zimmer befand sich anscheinend direkt über der Küche. Widerwillig schlug er die Decke zurück, kroch aus dem Bett und warf einen Blick aus dem Fenster. Es ging nach hinten raus. Gerade sprang die Hofbeleuchtung an. Abraham brachte etwas in den Müllcontainer. Plötzlich wusste Hans, warum ihn dieser Stiefeltraum die ganze Nacht verfolgt hatte. Cordula hatte ihre getragen, als sie gestern die Wache verließ. Seine einzigen Beweisstücke waren weg!

Hans ließ sich wieder aufs Bett fallen und starrte an die Decke. Warum hatte er dieses Biest nicht schon längst hinter Schloss und Riegel gebracht, wo es doch wirklich genug Verdachtsmomente gegen sie gab? Aber nein! Hans Olbers hatte sich von ihr um den Finger wickeln lassen. Und er hatte wie immer brav auf die Untersuchungsergebnisse gewartet, die wegen der dünnen Personaldecke wahrscheinlich erst am Sankt-Nimmerleins-Tag eintrudelten, denn die Kollegen kannten seine Bequemlichkeit. Den Olbers konnte man ruhig auf die lange Bank schieben, der beschwerte sich nie. Aber dieses Mal hatten sie sich geschnitten. Sie sollten ihn kennenlernen, den Olbers.

Entschlossen stand er auf, machte am Waschbecken eine Katzenwäsche und spülte seinen Mund aus. Er hatte nicht einmal eine Zahnbürste dabei. Seine Zunge fühlte sich pelzig an vom

Schnaps, wahrscheinlich hatte er eine gewaltige Fahne. Er zog sich an und stellte fest, dass der Pullover unter den Achseln müffelte. Außerdem hatte er dunkle Augenringe und einen Bartschatten. Seine schulterlangen Haare zeigten einen leichten Fettglanz, und die Hose war zerknittert. Er musste sich dringend Waschzeug und saubere Kleidung kaufen, sonst würde man ihm am Bahnhof bald Münzen zustecken. Oder sollte er es doch noch einmal bei Elke versuchen, jetzt, wo sie eine Nacht darüber geschlafen hatte? Er suchte nach seinem Handy, musste aber feststellen, dass der Akku leer war. Das Aufladekabel lag auf dem Schreibtisch in seiner Dichterkammer.

»Ach, die Liebe
Hat nur Triebe
Die nicht zu zügeln
Musst dann bügeln
Aus den Schmerz
Ist kein Scherz.«

Hans lauschte den dürren Worten nach, die ihm gerade eingefallen waren, und vergrub das Gesicht in den Händen. Sogar die Muse hatte ihn verlassen. Es klopfte.

»Ich hab dich reden hören. Unten gibt es Frühstück, wenn du möchtest.«

»Ich komme gleich«, sagte er und hörte, wie Moni die Treppe wieder hinunterstieg. Er fuhr sich noch einmal durch die Haare und atmete tief durch, um sich für den Tag zu wappnen. Es gab viel zu tun, obwohl er sich am liebsten in ein Erdloch verkrochen hätte.

»Schon auf den Beinen?«, fragte Abraham betont munter, als Hans sich zu ihnen an den Tisch setzte. Er brummte nur etwas in seinen Bart. »Kaffee?«

Hans hielt Abraham die Tasse hin, der schenkte ein.

»Was kosten die Zimmer bei euch eigentlich? Also mit Frühstück?«, fragte er, nachdem er den ersten Schluck getrunken hatte. »Ich werde ja wohl eine Weile hier wohnen müssen, bis ich etwas anderes gefunden habe.«

»Du wohnst umsonst«, sagte Abraham.

Hans schüttelte den Kopf. »Das kann ich nicht annehmen.«

»Sei nicht albern«, sagte Moni. »Wie oft habe ich bei euch gewohnt?«

»Euch«. Das Wort versetzte ihm einen Stich. Es würde kein »euch« mehr geben. Auch kein »wir« oder »uns«.

»Was willst du jetzt tun?«, fragte Abraham und biss von seinem Brötchen ab.

Hans lehnte sich zurück und blickte die beiden entschlossen an. »Ich kauf mir eine Zahnbürste. Und dann gehe ich Verbrecher jagen.«

***

Sowie Enno ihn sah, sprang er auf und kam ihm entgegen.

»Hast du gestern noch mit Elke gesprochen?«, fragte er, ohne seinen Chef zu begrüßen.

Hans' neue Entschlossenheit bekam einen leichten Dämpfer. Enno war also schon im Bilde. Immer wieder schön, wenn der Flurfunk im Dorf so reibungslos funktionierte.

»Versucht hab ich's«, knurrte Hans, »aber sie hört mir nicht zu. Da ist nichts zu machen.« Er ließ sich schwer auf seinen Schreibtischstuhl fallen und schaltete seinen Computer ein. Enno stellte sich neben ihn. Wollte er ihm jetzt einen Vortrag über eheliche Treue halten? Ausgerechnet Enno?

»Ich muss schon sagen, das hätte ich Elke nicht zugetraut«, empörte sich sein Kollege stattdessen. Das überraschte Hans nun doch. »Ich meine, was soll man denn machen als Beamter? Kein Grund, so überzogen zu reagieren.«

So hatte Hans die Sache noch gar nicht betrachtet.

»Egal, was sie dir gesagt hat, sie ist nicht unschuldig!«, fuhr Enno aufgebracht fort.

»Na ja«, beschwichtigte ihn Hans, »sie hat schließlich einen triftigen Grund, sauer zu sein.«

Enno schnappte nach Luft. »Du musst sie nicht auch noch verteidigen. Tut immer so gesetzestreu, aber sie wollte bei mir nicht mal blasen! Ist einfach abgehauen und hat mich stehen lassen. Das ist doch kein Kavaliersdelikt!«

Hans hob langsam den Kopf. Jetzt war er es, dem die Luft wegblieb.

»Die Ampel war dunkelrot«, wetterte Enno weiter. »Da drückt man doch nicht einfach aufs Gas, oder? Ich finde, eine kleine Strafe hat sie verdient.«

»Wovon redest du?«, fragte Hans, dem das Gespräch langsam seltsam vorkam.

»Na, von der roten Ampel, die deine Frau gestern überfahren hat. Die vor der Larumer Grundschule. Ich hab sie auf dem Heimweg erwischt. Ganz zu schweigen von der Fahrerflucht. Aber ich wollte erst mit dir sprechen, bevor ich etwas unternehme. Was denkst du denn?«

Hans schluckte. »Lass mal gut sein mit der Anzeige«, sagte er schließlich. »Elke hat es gerade auch nicht leicht.«

Enno starrte ihn an. »Wie meinst du das?«

Hans seufzte. Es hatte keinen Sinn, länger um den heißen Brei zu reden.

»Ich hatte gestern ein kleines Techtelmechtel mit Cordula Carus, nachdem du weggefahren bist«, gestand er. »Elke hat uns erwischt.«

Enno ging wortlos zu seinem Schreibtisch zurück. Schließlich sagte er: »Frauen sollen ja tatsächlich einen Riecher für so was haben.«

»Vielleicht«, sagte Hans, »aber in diesem Fall vermute ich stark, dass Cordula es darauf angelegt hat. Sie hat Elke im Krug angerufen und herbestellt.«

Enno kratzte sich am Kopf. »Warum sollte sie so was Bescheuertes tun?«

»Weil sie ein raffiniertes Biest ist.« Hans hatte wenig Lust, Enno die Sache mit den Stiefeln auch noch zu erklären. Stattdessen fragte er: »Sind denn die Berichte endlich da?«

»Hier ist nichts angekommen.«

Hans nickte grimmig. »Na, dann werde ich den Herrschaften mal Dampf machen, bevor ich suspendiert werde.«

***

Jessica war eine Stunde später eingetrudelt und sofort von Hans mit der meterlangen Liste von Cordulas Handykontakten in den Besprechungsraum verfrachtet worden. Es war frustrierend, wie viel diese Frau telefonierte.

»Und was soll ich jetzt damit machen?«, fragte Jessica. »Das soll ich doch nicht etwa alles abtelefonieren?«

»Doch. Ich will wissen, wann die gute Frau gestern mit wem telefoniert hat. Hast du das verstanden?«

»Ich bin ja nicht blöd.«

»Freut mich. Denn wenn du wirklich zur Polizei willst, brauchst du Köpfchen.«

Jessica machte ein säuerliches Gesicht. »Ich glaube, ich überleg mir das noch mal«, sagte sie und gähnte ausgiebig.

»Ach, so plötzlich? Was ist denn passiert?«

»Nichts. Ich hab mir das nur anders vorgestellt. So mit Abhörgeräten und geilen Autos, die sprechen können, und schießenden Kugelschreibern und so.«

Hans sah sie an. Er war sich nicht sicher, ob sie ihn veräppeln wollte.

»Und was soll ich sagen, wenn sich jemand meldet?«, fragte sie.

»Entschuldigung, ich hab mich verwählt. Und vergiss nicht, die Namen aufzuschreiben.«

»Kann ich nicht einfach Tante Google fragen?«

»Wer ist das denn?«, wollte Hans wissen.

Jessica seufzte. »Ich meine, ich könnte einfach eine Telefonnummern-Rückwärtssuche machen. Klappt nicht bei allen Nummern, aber bei vielen.«

»Mach, was du willst, aber finde heraus, mit wem Cordula telefoniert hat.«

Hans ließ sie mit der Liste allein, denn Enno stand in der

Tür und winkte mit einem Stapel Papiere. Endlich, die Kriminaltechnik und die Rechtsmedizin hatten ihre Berichte gefaxt. Hans nickte zufrieden. Gemeinsam kehrten sie in ihr Büro zurück, und Hans begann fahrig, die Seiten zu überfliegen.

»Verflucht noch mal! Ich bin mir sicher, dass die Carus ihre Finger im Spiel hat, aber das hier passt hinten und vorne nicht!«, platzte Hans der Kragen. »Hier zum Beispiel: Im Bericht der KT steht, dass die Federpartikel in Jürgens Kopfwunde von einer italienischen Edelhuhnrasse stammen. Zwergancona. Nie gehört. Und die Holzsplitter sind aus Mahagoni. Aber ich fress einen Besen, wenn die Hühner im Brook Italienisch gackern und Cordulas Bruder sie mit einer Mahagoniaxt schlachtet.«

Enno gab einen seltsamen Laut von sich. »Ich glaube, ich weiß, wonach wir suchen«, sagte er tonlos. »Aber das finden wir nicht bei Cordula Carus im Brook.«

»Aha. Und wo dann?«

»In meinem Keller.«

Hans glaubte zuerst, sich verhört zu haben. »In deinem Keller?«, fragte er zur Vorsicht nach. »Wieso sagst du das?«

Enno rieb sich erschöpft über die Augen. »Ich war vor Jahren mal mit Thekla bei den Karl-May-Festspielen in Bad Segeberg«, begann er stockend zu erzählen. »In dem Jahr, als Pierre Brice zum letzten Mal den Winnetou gespielt hat. Thekla fährt ja total auf den ab. Und da hat sie sich als Souvenir einen Tomahawk gekauft. War schweineteuer, das Ding. Schätze mal, weil er von Pierre Brice persönlich signiert ist.«

»Schöne Geschichte. Aber was hat das mit dem Überfall auf Jürgen zu tun?«

Enno war aufgestanden. Er trat ans Fenster und drehte Hans den Rücken zu. Es schien ihn Mühe zu kosten, weiterzusprechen, aber er gab sich einen Ruck. »Diese Indianeraxt hat einen Stiel aus Mahagoni und ist mit bunten Federn geschmückt.«

»Enno, was willst du mir sagen?«, hakte Hans vorsichtig nach, und sein Kollege lachte leise.

»Heute scheint der Tag der Offenbarungen zu sein. Ich muss

dir nämlich auch etwas beichten. Hätte ich eigentlich schon längst tun sollen.« Er drehte sich um, und Hans bekam bei seinem Anblick eine Gänsehaut. »Ich mach's kurz«, sagte er. »Ich bin schwul, und Jürgen und ich sind ein Paar. Deswegen ist Thekla sauer auf mich.« Er lachte freudlos. »Wozu sie allen Grund hat, nicht wahr?«

»Aber ihr … ihr habt einen Sohn!«

»Na und? Ich wollte es ja selbst lange nicht wahrhaben! Und unser Sohn ist inzwischen erwachsen und lebt nicht mehr bei uns. Also kriegt er von dem Drama nicht mehr so viel mit.« Enno vergrub das Gesicht in den Händen. »Ich wollte längst reinen Tisch machen, aber Thekla will, dass wir den Schein wahren. Wegen der Leute.«

»Verstehe. Und jetzt vermutest du, dass sie aus Eifersucht Jürgen eins verpasst hat mit diesem Indianerdings?«

»Sie glaubt, dass er mich sozusagen umgedreht hat.« Enno lachte unglücklich. »Als ob man sich entscheiden könnte, wen man liebt.«

Stille trat ein, denn Hans brauchte eine Weile, um das zu verdauen. »Aber wie hat sie ihm dieses Ketamin verabreicht?«, fiel ihm ein. »Und woher hat sie es überhaupt?«

Enno blickte gequält auf. »Sie ist seit einem Jahr Aushilfsputzkraft in der Tierklinik. Sie springt ein, wenn jemand Urlaub hat oder krank ist. Das letzte Mal hat sie im Dezember dort gearbeitet. Und das war auch die Zeit, in der sie den ersten Verdacht geschöpft hat.«

Hans erhob sich. Ihm war etwas eingefallen. »Auf dem Überwachungsvideo der Raststätte war sie auch drauf, und Kuno hatte ebenfalls Ketamin im Blut, stand im Bericht der Rechtsmedizin. Ich glaube, wir sollten ihr ganz dringend einen Besuch abstatten.«

***

»Hier, sieh dir das mal an«, sagte Abraham und legte hocherfreut ein Hochglanzmagazin vor Moni auf die Theke. Auf der

Titelseite war eine Grünkohlpflanze abgebildet. »Das hab ich im Supermarkt gefunden. Ich sag dir was: Im nächsten Jahr stehen wir da drin.«

Er war eben vom Einkaufen zurückgekommen, denn die Vorräte mussten schon wieder aufgestockt werden. Die nächsten Tage waren bereits ausgebucht mit Gruppen, die Grünkohl im Larumer Krug essen wollten. Moni freute sich, dass Abraham so eifrig bei der Sache war. Ihm schien es hier richtig Spaß zu machen.

»Hast du den Kohl schon aufgestellt?«, fragte er. »Du weißt ja, dass er lange kochen muss.«

»Hab ich«, sagte Moni und blätterte in dem Magazin. Es sah hochwertig aus, ähnlich wie eine dieser Landlust-Zeitschriften, die gerade en vogue waren. »Und das handelt alles nur von Grünkohl und Kohlfahrten?«, fragte sie überrascht. »Kann man so viel darüber schreiben?«

»Na, und ob! Es gibt sogar in China einen Kohlkönig«, erklärte Abraham, während er sich seine Kochschürze umband, »und in Australien und Berlin. Sogar Angela Merkel war mal ...« Er hielt abrupt inne und schnupperte. »Riechst du das auch?«

»Was denn?«

Moni legte das Magazin weg, als Abraham wie von der Tarantel gestochen in die Küche stürzte.

»Was hast du denn?«, fragte sie durch die geöffnete Tür.

»Riechst du das denn nicht?«

»Ich rieche nur Grünkohl, und das schon seit Tagen. Fällt mir gar nicht mehr auf.«

»Irgendwas brennt hier an!«

Moni schnupperte, konnte aber immer noch nichts Verdächtiges riechen. Jedoch wusste sie, dass Abraham eine überaus feine Nase hatte. Sie folgte ihm in die Küche und hob den Deckel vom Topf, in dem der Kohl vor sich hin köchelte. »Der ist vollkommen in Ordnung.«

»Aber es stinkt doch verbrannt. Oder spinne ich?«

Endlich roch Moni es auch. »Das kommt nicht vom Essen«, stellte sie fest, »das riecht eher nach Schwelbrand.«

Sie hatten beide den gleichen Gedanken und stürzten hinaus in den Hof.

Aus den Kartons, die Monis Vater dort gestapelt hatte, schlugen Flammen. Vom Küchenfenster aus hatten sie es nicht gesehen, denn der Pappeturm lag abseits in einer geschützten Ecke.

»Das Dach!«, schrie Moni und zeigte auf die Funken, die der Wind unter den Dachüberstand wehte. Die Balken waren alt, und unter den Pfannen versteckte sich das alte Reetdach. Ihr Vater hatte es vor Urzeiten neu decken lassen, ohne das Reet abzutragen. Das hatten damals viele gemacht, denn es war billiger und vor der Zeit geschehen, in der man reetgedeckte Häuser reihenweise unter Denkmalschutz stellte.

Abraham sprintete in die Küche zurück, während Moni sich einen leeren Mayonnaise-Eimer schnappte, der mit Regenwasser vollgelaufen war. Sie schüttete ihn über der brennenden Pappe aus. Eine dicke Wolke weißer Dampf stieg auf, aber der Brand war damit nicht gelöscht. Abraham kehrte mit dem Feuerlöscher zurück und versuchte, ihn in Gang zu bekommen, aber außer einem leichten Sprotzeln tat sich nichts an der Düse.

»Verflucht noch mal, wie alt ist das Teil?«, brüllte er und schüttelte ihn.

»Keine Ahnung. Der hing schon immer da.«

»Na toll. Ruf die Feuerwehr!«

Moni eilte ins Haus und wählte den Notruf.

***

»Wo fahren wir eigentlich hin?« Hans klammerte sich an der Konsole fest, während Enno mit Karacho, Blaulicht und Martinshorn über die Autobahn bretterte.

»Heute ist Mittwoch. Also putzt Thekla bei Sanifair und danach bei Privatleuten in Bocksdorf. Wenn wir uns beeilen, fangen wir sie noch auf der Raststätte ab.«

»Ich würde trotzdem gern lebend ankommen«, keuchte Hans, der bei Geschwindigkeiten über achtzig Stundenkilometer leicht in Panik geriet.

Fünf Minuten später hatte er die Höllenfahrt jedoch überstanden. Enno bremste vor dem Raststättenklo und sprang aus dem Wagen. Hans brauchte ein paar Sekunden, bis er sich gesammelt hatte, und stieg dann ebenfalls aus.

Thekla stand mit einem Sanifair-Mitarbeiter am Aschenbecher und rauchte. Beide blickten verdutzt auf, als Hans und Enno auf sie zustürzten. Aber dann erkannte Thekla ihren Mann, und ihr Mund verzog sich zu einem verächtlichen Grinsen. Der Sanifair-Mann schien zu merken, dass Ärger im Anflug war, und verabschiedete sich schnell, um ins Reich der selbstreinigenden Klobrillen zu verschwinden.

»Was willst du denn hier? Ist die Spülung auf der Wache kaputt?« Thekla drückte ihre Zigarette aus.

»Steig ein!«, herrschte Enno sie an und packte sie grob am Arm. So aufgebracht hatte Hans seinen Kollegen noch nie erlebt. Thekla riss sich los und rieb sich den Ellenbogen.

»Haben Sie das gesehen, Herr Olbers? Er tut mir weh!«

Enno schnaubte verächtlich. »Das sagt die Richtige.«

Bevor Hans dazwischengehen konnte, packte Enno sie erneut. »Wo ist das Indianerbeil, das du damals in Bad Segeberg so dringend haben wolltest?«

»Bad Segeberg? Das ist hundert Jahre her. Ich habe keine Ahnung, wovon du redest.«

»Ich glaube, du weißt das ganz genau! Was, meinst du, wird die Kriminaltechnik finden, wenn ich ihr das Ding zur Untersuchung bringe?«

Thekla riss sich ein zweites Mal los. »Das kann ich dir sagen, du Rüpel«, zischte sie aufgebracht. »Die finden ein Autogramm von Winnetou. Sonst nichts. Und jetzt lass mich zufrieden mit dem Blödsinn.«

Sie hob ihre Tasche auf, die sie neben den Standaschenbecher gelegt hatte. »Ich muss weiter. Die Arbeit ruft.«

Sie wandte sich zum Gehen, aber Enno hielt sie am Handgelenk. Er drückte so fest zu, dass Thekla mit einem Schmerzensschrei die Tasche wieder fallen ließ. Etwas ging zu Bruch.

»Du Tölpel! Das war meine neue Thermoskanne.«

Hans sah, wie sich auf dem Boden ein dunkler Fleck ausbreitete, vermutlich Kaffee.

»Scheiß auf deine Thermoskanne. Was hast du mit Jürgen gemacht?«, brüllte Enno, der nun vollkommen die Beherrschung verlor. Es wurde höchste Zeit, die Sache hier zu beenden, denn einige Schaulustige verfolgten bereits die Szene. Hans schnappte Worte auf wie »die arme Frau« und »Polizeigewalt«. Die Ersten hoben ihre Smartphones und fingen an, die Szene zu filmen. Hans trennte die beiden Streithähne.

»Nun mal mit der Ruhe«, sagte er und wandte sich zuerst Thekla zu. »Frau Theiß, ich möchte Sie bitten, mit auf die Wache zu kommen.«

»Warum?«

»Wir haben ein paar Fragen.«

»Aber wir müssen auf dem Weg bei uns vorbeifahren. Wir brauchen noch das Beweisstück«, keuchte Enno.

Thekla starrte ihren Mann an. »Ich bin deine Frau! Was sollen denn die Leute denken?«

»Wenn du wüsstest, wie scheißegal mir das inzwischen ist«, sagte Enno.

Überraschenderweise gab Thekla auf. Sie ließ sich wortlos von Hans in den Wagen helfen, während Enno Anstalten machte, auf der Fahrerseite einzusteigen, aber Hans hielt ihn zurück.

»Ich fahre.« Vorher wandte er sich den Schaulustigen zu, die immer noch munter filmten. »Ich sammle jetzt Ihre Handys ein, wegen Sicherung von Beweismaterial!«, rief er in die Menge. »Es kann ein bisschen dauern, bis Sie Ihre Geräte wiederbekommen. Wir haben Personalmangel.«

Die Leute verstreuten sich so schnell in alle Winde, wie sie gekommen waren. Hans setzte sich in den Wagen. Er wollte gerade den Motor anlassen, da sagte Thekla: »Na schön, ich war's.«

Hans wandte sich überrascht zu ihr um. Sie thronte auf der Rückbank, die Arme vor der Brust verschränkt, und blickte reglos aus dem Fenster, als würde sie gerade vom Wetter sprechen. Zur Sicherheit hakte Hans noch mal nach.

»Wovon reden Sie, Frau Theiß?«

Sie sah ihn verständnislos an. »Das wissen Sie doch. Darüber zerreißen sich die Leute im Dorf doch schon alle das Maul. Stellen Sie sich das mal vor: Mein Mann hat einen Geliebten! Wenn es wenigstens eine Frau wäre. Der hätte ich den Kopf gewaschen, die Augen ausgekratzt und gut. Aber ein Kerl? Was blieb mir denn anderes übrig?« Sie wischte sich über die Nase. »Ich musste dem ein Ende machen.«

»Mit einem Mordversuch?«, platzte es aus Enno heraus, aber Hans machte ihm ein Zeichen, dass er seine Frau nicht weiter unterbrechen sollte.

»Reden Sie weiter«, sagte er. »Wie ist das abgelaufen?«

»Ich habe Jürgen eingeladen. Hab gesagt, wir sollten mal reden. Ich habe ihn in den Keller gelockt. Also besser gesagt, in unseren Partyraum. Und da habe ich ihm dann Ketamin in den Weinbrand getan und, als er das Bewusstsein verlor, eins übergebraten. Es war ganz einfach. Ich dachte, er ist tot. Aber als ich nach ihm sehe, gegen Abend, da war er weg.« Sie stöhnte auf. »Und dann überlebt er auch noch den Unfall. Gott muss ein böses Kind sein.«

Enno starrte die Frau an, mit der er immer noch verheiratet war. Hans legte ihm beschwichtigend die Hand auf die Schulter, denn er war sich nicht sicher, ob Enno wieder ausflippen würde. Aber er sagte nur: »Du tust mir leid, Thekla. Ich meine das ernst.«

»Und wie war das mit Kuno Hansen? Wieso haben Sie den umgebracht?«, fragte Hans.

»Kuno Hansen? Wieso? Was soll ich da gemacht haben?« Thekla blickte ihn verständnislos an.

»Sie waren an dem Tag, als er verschwand, hier auf der Raststätte. Es ist auf dem Überwachungsvideo zu sehen. Kurze Zeit später wurde er umgebracht.«

»Aber das war ich nicht! Ich kann mich erinnern, dass er auf die Herrentoilette gegangen ist«, erklärte sie. »Er hatte diesen Beutel bei sich, fest vor die Brust geklemmt, als ob er den Inhalt beschützen müsste. Das ist mir aufgefallen.«

»Sonst nichts?«

»Diese Carus stand draußen an ihrem Porsche. Hat irgendwas gesucht, jedenfalls fluchte sie vor sich hin. Das ist alles.« Thekla schluckte. Sie wirkte plötzlich sehr verletzlich. »Das mit Jürgen, das war ich. Aber mit Kuno hab ich nichts zu tun. Da fragen Sie mal Gerda Jesco. Die wollte unbedingt, dass ich ihr Ketamin besorge. Angeblich für ihren kranken Hund. Die hat mich doch erst auf die Idee gebracht!«

***

Die Nachricht vom Brand im Krug kam auf dem Rückweg über Funk.

»Hast du das gehört? Jetzt drück mal endlich auf die Tube, der Krug brennt!«, blaffte Enno seinen Chef an, der mit fünfundachtzig Stundenkilometern über die Autobahn schlich. Hans beschleunigte auf fünfundneunzig, wobei ihm ziemlich blümerant zumute wurde.

»Lass mich fahren, sonst haben wir Frühling, bevor wir ankommen. Halt an!«

»Wo denn?« Hans' Kopfhaut kribbelte, er umklammerte das Lenkrad so fest, dass seine Knöchel weiß hervortraten. »Hier ist kein Parkplatz«, keuchte er und drosselte die Geschwindigkeit wieder. Hinter ihm hupte ein Transporter und überholte forsch.

»Himmel, dann park eben auf dem Pannenstreifen! Wir sind die Polizei, falls du das vergessen hast.«

Hans tat, was Enno gesagt hatte, und hielt am Rande der Autobahn. Sie tauschten die Plätze, und Enno fuhr weiter. Hans öffnete die Augen erst wieder, als sein Kollege vor dem Krug in die Eisen stieg.

Das Dach qualmte. Die Bocksdorfer Feuerwehr hatte schon die Schläuche ausgerollt, und der Brandmeister gab das Kommando »Wasser marsch!«. Gerade kam eine weitere Wehr herangeprescht. Hans quälte sich aus dem Wagen, denn er hatte von der Fahrt immer noch weiche Knie und bekam nur aus den Augenwinkeln mit, dass Enno seine Frau mit Handschellen fixierte. Er musste sofort an Elke denken, und ihm wurde kurz schwarz vor Augen.

»Jetzt komm schon!«, rief Enno. »Oder soll ich das hier allein machen?«

Hans riss sich zusammen. Er stieß sich vom Wagen ab und lief Enno nach, der zum Einsatzleiter der Feuerwehr eilte. Hans dagegen machte sich auf die Suche nach Moni und Abraham. Er fand Moni als Erste. Sie saß auf einem Campingstuhl, Leila und Maria kümmerten sich um sie. Sie waren wohl aus dem alten Feuerwehrhaus herübergekommen, um zu helfen. Moni umklammerte den Griff eines Eimers, auf dem mit roter Schrift das Wort »Mayonnaise« zu lesen war. Als Hans näher kam, blickte sie mit tränennassen Augen zu ihm auf.

»Um Gottes willen, Moni, wie ist das passiert?«, fragte Hans und kniete sich vor sie hin. »Hat dein Mann mit flambiertem Kohl experimentiert?«

Moni schüttelte nur den Kopf, brachte aber kein Wort heraus.

»Jemand macht Feuer in Hof«, radebrechte Leila.

»Was? Wer?«

»Nicht wissen.«

»Auf einmal haben die Kartons im Hof gebrannt«, brach es nun aus Moni heraus. »Und als die Feuerwehr kam, stand schon das Dach in Flammen.« Sie wischte sich Rotz von der Nase. »Wenn wir hier noch eine Wehr hätten, dann wäre das nicht passiert!« Sie gab einen gequälten Laut von sich, und die Frauen gaben Hans zu verstehen, dass er gehen sollte.

Eine Frage hatte er jedoch noch: »Wo ist Abraham?«

»Mann helfen Feuerwehr«, sagte Leila.

Hans fand ihn mit Enno am Polizeiwagen. Sein Kollege stand da mit einem Block und notierte sich etwas.

»Zuerst roch es wie angebranntes Essen, und als wir dann im Hof nachgesehen haben, da schlugen Flammen aus diesen Kartons«, hörte er Abraham sagen.

»Hast du jemanden gesehen? Oder ist dir sonst etwas aufgefallen?«, fragte Hans dazwischen.

»Nein. Nur, dass das Tor offen stand.«

»Und du bist dir sicher, dass ihr es nicht selbst geöffnet habt? Vielleicht, um Mülltonnen an die Straße zu stellen?«

»Auf keinen Fall!«

»Tja …« Hans fehlten für einen Moment die Worte. Erst wurde der Wirt ermordet, und dann brannte der Krug. Jemand schien entschieden etwas gegen Kohlfahrten zu haben. Er wollte Abraham gerade anbieten, bei ihm und seiner Frau zu wohnen, bis sie etwas gefunden hatten, aber dann fiel ihm ein, dass er das nicht mehr zu entscheiden hatte. Schlimmer: Mit dem Brand war er ebenfalls obdachlos geworden. Aber darüber konnte er sich später Gedanken machen.

»Konntet ihr noch was retten?«, fragte er.

Abraham deutete mit dem Kopf zu einem Sammelsurium aus Töpfen, einzelnen Möbeln und anderem Kram, das sich drüben bei Moni stapelte. »Nur das da«, sagte er. »Unsere Nachbarn aus dem Feuerwehrhaus haben mit angepackt. Aber was hilft's?«

Ein Feuerwehrmann gestikulierte wild und rief dem Brandmeister etwas zu. Er klang aufgeregt. Hans ließ Abraham stehen und eilte zu ihm hin.

»Was gibt's?«

»Wie es aussieht, haben wir einen Leichenfund«, berichtete der Brandmeister aufgeregt.

»Was? Wo genau?«

»Unter dem Pappestapel hinten bei den Mülltonnen.«

***

»De Kroog brennt!«, platzte Volker heraus, als Frau Jesco ihm die Tür öffnete.

Volker und Bernd waren sofort zu ihr gefahren, schließlich ging die Heimat des Kohlfahrtvereins gerade im Flammen auf. Doch Gerda stand in der Tür und blickte seltsam abwesend auf ihre ehemaligen Schüler, so als ginge sie das gar nichts an. Vielleicht hatte sie geschlafen? Volker schnappte nach Luft, um seine Hiobsbotschaft zu wiederholen, da fragte Bernd: »Ist der Berliner Koch hier bei dir?«

Volkers Mund klappte wieder zu. Er folgte mit den Augen Bernds Zeigefinger und sah, was er meinte. Vor Gerdas Garage parkte der Allgaier, der im Dorf gerade für gewaltig viel Gesprächsstoff sorgte: Der neue Koch fuhr damit zum Einkaufen in die Stadt. Außerdem kursierte das Gerücht, Kommissar Olbers habe Cordula Carus mit dem Trecker verfolgt und am Bahnhof festgenommen. Nun gut, wenn Cordula zu Fuß geflohen war, konnte es sein.

»Hast du Besuch?«, hakte Bernd nach, denn Gerda schwieg noch immer. Statt einer Antwort trat sie beiseite und bedeutete ihnen, einzutreten. Sie ging voran ins Wohnzimmer, wo im Fernsehen gerade ein Heimatfilm lief, und schaltete den Apparat aus.

Volker war noch nie im Haus seiner Lehrerin gewesen und hatte das Gefühl, einen verbotenen Ort zu betreten. Er warf Bernd einen verstohlenen Blick zu. Ihm schien es ähnlich zu gehen, denn er kratzte sich verlegen am Kopf.

Ehrfürchtig blickten sich beide um. Hier gab es gediegene Schränke mit Schnitzereien, die Jagdszenen darstellten. Die Sofagarnitur aus Brokat und dunkler Eiche nahm fast den gesamten Raum ein, und aus einem barocken Bilderrahmen röhrte ihnen ein Hirsch entgegen.

»Wollen wir denn gar nicht hinfahren, Frau Jesco?«, fragte Bernd vorsichtig und nahm Volker damit das Wort aus dem Mund.

Endlich fand Frau Jesco ihre Sprache wieder. »Da haben wir nichts mehr zu suchen, Jungs«, presste sie zwischen zusammengekniffenen Lippen hervor.

Das konnte nicht ihr Ernst sein! »Wi mööt uuse Gröönkohlorden dar ruthaaln!«, rief Volker aufgeregt, und Bernd nickte heftig.

»Da hat er recht, Frau Jesco. Wir sollten uns beeilen.«

»Setzen!«, schnauzte Gerda die beiden an. Die Männer gehorchten sofort, und Gerda schloss die Tür.

Im Flur waren Schritte zu hören. Eine Tür klappte. Sie hatte also doch heimlichen Besuch gehabt. Aber wer konnte das sein?

Wer kam mit dem Allgaier hierher? Dafür kamen im Moment nur zwei in Frage: Abraham Baschir oder Hans Olbers. Aber die waren doch beim Krug zugange! Volker hatte sie gesehen. Er rieb sich nachdenklich das Kinn.

Draußen orgelte der Treckermotor. Volker stemmte die Fäuste in die weichen Polster, aber Frau Jesco stellte sich drohend vor das Fenster, das mit dicken Gardinen verhangen war. Volker sank auf das Sofa zurück. Im selben Moment sprang der Motor stotternd an, und der Trecker entfernte sich. Frau Jesco konnte einen erleichterten Seufzer nicht unterdrücken. Etwas Seltsames ging hier vor.

»Keen weer dat dar buuten?«, wagte Volker zu fragen.

Gerda machte einen Schritt. »Das hat euch nicht zu kümmern«, sagte sie. »Wir trinken jetzt zusammen einen Weinbrand.«

»Um disse Tied?«, fragte Volker irritiert. Er wusste ja, wie ungehalten Frau Jesco auf Alkohol zur Unzeit reagierte, und es war noch viel zu früh am Tag.

»Also, ich hätte lieber einen Kaffee«, meinte Bernd.

»Papperlapapp«, sagte Frau Jesco und verließ den Raum.

»Jichenswatt löppt hier verkehrt«, meinte Volker. Auch Bernd fühlte sich unbehaglich, Volker sah es seinem Kumpel deutlich an. Aber bevor sie zu dem Entschluss kamen, den düsteren Raum und das unheimliche Haus zu verlassen, kehrte Frau Jesco mit einem Tablett zurück, auf dem drei Cognacgläser standen, randvoll gefüllt mit einer bernsteinfarbenen Flüssigkeit. Sie schob jedem ein Glas hin. Volker betrachtete seines unglücklich.

»Worauf trinken wir eigentlich?«, fragte Bernd.

Gerda setzte sich den Männern gegenüber in einen Sessel und hob feierlich ihr Glas. »Wir trinken auf das Ende des Kohlfahrtvereins und der Larumer Kohlfahrt, so wie wir sie kannten.«

»Dar kann'n doch nicht op drinken!«, empörte sich Volker und schob sein Glas weg.

»Du bist doch nicht etwa muksch? Ich sag's deinem Vater!«

Der Satz löste bei Volker einen Reflex aus. Er hob das Glas und kippte den Inhalt in sich hinein. Bernd folgte seinem Beispiel. Als er sein Glas abstellte, schüttelte er sich und keuchte: »Was ist das denn für eine Marke?«

Auch Volker verzog das Gesicht. »Schmeckt meist na Peerpiß.«

Gerda, die ebenfalls ihr Glas in einem Zug geleert hatte, lächelte in sich hinein. »Macht euch keine Sorgen. Es wird jetzt alles gut.«

***

Ruth Jessen war dieses Mal selbst gekommen. Die Chefin der Kriminaltechnik untersuchte gerade mit einer langen Pinzette einen zusammengeschmorten Klumpen, den sie aus dem verkohlten Pappehaufen gezogen hatte. Der Hof war vollkommen ausgebrannt, aber mit dem Haus sah es nicht mal so schlecht aus. Die Wehr hatte den Dachstuhlbrand schnell unter Kontrolle gehabt. Es bestand sogar Grund zur Hoffnung, dass der Krug wiederaufgebaut werden konnte. Gerade wurde das Reet freigelegt, um nach Glutnestern zu suchen.

»Was ist das?«, fragte Hans.

»Ich würde mal sagen, es ist der Rest einer Handtasche. Und zwar einer teuren. Sehen Sie mal.« Sie zeigte auf eine Reihe Buchstaben aus Metall auf ihrem provisorisch aufgebauten Arbeitstisch.

»KULAGEFEL«, las Hans. »Was soll das sein?«

»Da fehlen ein paar Buchstaben«, erklärte Frau Jessen. »Ich würde sagen, das hieß ursprünglich ›Karl Lagerfeld‹. Diese Handtasche hat gut und gern vierhundert Euro gekostet.«

Hans erinnerte sich an eine Tasche mit genau diesem Schriftzug. Sie hatte erst kürzlich auf dem Tisch im Besprechungszimmer gestanden. Er wagte nicht, es auszusprechen. Stattdessen fragte er: »Konnte die Leiche schon identifiziert werden?«

»Bisher nicht«, sagte die Kriminaltechnikerin und zog etwas Dunkles aus dem verkohlten Klumpen heraus. »Na, sieh mal einer an. Das hier ist ein Portemonnaie, und es ist überraschend gut erhalten. Ein Dank an Herrn Lagerfeld. Da hat sich der Preis ja mal gelohnt.«

»Ist da ein Ausweis drin?«, fragte Hans, und sein Mund wurde trocken. Trotz allem hoffte er immer noch, dass es sich bei der Leiche nicht um Cordula handelte.

»Wollen mal sehen.« Frau Jessen öffnete vorsichtig die Geldbörse und lächelte. »Da ist er, der kleine Lümmel.« Sie reichte dem Kommissar eine verformte Plastikkarte. Foto und Schrift waren noch teilweise erhalten.

Es bestand kein Zweifel. Sie war es. Er atmete tief durch und fragte: »Gibt es schon Erkenntnisse über die Brandursache?«

Ruth Jessen seufzte. »Nur einen Sack voll Vermutungen. Auf jeden Fall wurde Brandbeschleuniger benutzt, so wie die Leiche aussieht.«

»Könnte sie den Brand selbst gelegt haben?«

Sie hob die Schultern. »Kaum. Sie müsste den Pappehaufen mit Brennflüssigkeit übergossen haben, um dann darunterzukriechen und das Ganze anzuzünden. Aber dann hätten die Baschirs ihre Schreie gehört.« Sie schüttelte den Kopf. »Ich glaube nicht, dass es so war, es sei denn, sie hat den Brand gelegt und sich dann erschossen oder so. Aber das wird die Obduktion zeigen.«

Hans nickte frustriert. »Gibt es sonst noch was?«, fragte er.

»Da ist tatsächlich noch eine Sache«, sagte Frau Jessen und blickte nachdenklich auf die wenigen sichergestellten Beweismittel, die auf ihrem Tisch lagen. »Die Schuhe fehlen. Sie war barfuß.«

Das war tatsächlich ein interessantes Detail, aber bevor Hans sich weitere Gedanken darüber machen konnte, klingelte sein Handy. Zu seiner Überraschung war Jessica am Apparat.

»Ich bin durch mit der Telefonliste, und ich hoffe, es gibt Schmerzensgeld bei der Polizei«, wetterte sie. »Von dem vielen Telefonieren hab ich jetzt nämlich einen Tinnitus.«

»Ja, ja, die gute alte Polizeiarbeit«, sagte Hans und konnte sich ein Grinsen nicht verkneifen. »Dann war es wohl nichts mit der Rückwärtssuche?«

»Nein. Aber sagen Sie mal, stimmt es, dass es eine neue Leiche gibt?«

»Leider.« Hans gab einen Stoßseufzer von sich. »Es ist höchstwahrscheinlich unsere Hauptverdächtige. Wir können wieder von vorne anfangen.«

»Cordula Carus ist tot? Krass!«

»Was ist jetzt mit der Telefonliste?«, fragte Hans. »Haben Sie etwas Interessantes entdeckt bei Ihrem Ausflug in die analoge Welt?«

»Allerdings!« Hans hörte Jessica in Papieren blättern. »Das Unwichtige zuerst«, sagte sie. »Gestern Abend hat Frau Carus mit dem Krug telefoniert. Das war so gegen …«

»Dann war sie es also doch!«, unterbrach Hans. Aber was nutzte ihm jetzt noch die Erkenntnis, dass dieses Biest ihn bei Elke verpetzt hatte? Cordula war tot. Mit hinreichender Wahrscheinlichkeit. »Und was noch?«, fragte er unfreundlicher, als er es vorgehabt hatte. Jessica störte sich nicht daran. Als Lokalreporterin war sie sicher einiges gewöhnt.

»Der letzte Anruf kam von Frau Jesco. Das war heute Morgen so gegen halb acht.«

»Und was ist jetzt das Wichtige?«, hakte Hans ungeduldig nach.

»Mir ist eine Nummer aufgefallen, die sie ziemlich oft angerufen hat, bis zu dem Tag, an dem Kuno Hansen verschwunden ist. Danach taucht sie kein einziges Mal mehr auf.«

Hans hörte gespannt zu. »Und wer ist das?«, fragte er.

»Der Restaurator. Ich habe mit ihm telefoniert. Und jetzt kommt's!« Jessica machte eine kunstvolle Pause und schien Hans' Ungeduld zu genießen.

»Nun sagen Sie es schon!«, blaffte Hans sie an.

»Er hat mir erzählt, dass der Orden eine Fälschung ist.«

***

Gerda beobachtete die beiden Männer, wie sie da auf dem Sofa hingen und darum rangen, bei Bewusstsein zu bleiben. Sie wollten einfach nicht aufgeben.

Bernd und Volker trugen die wenigste Schuld, sie waren ihr

und dem Verein immer treu geblieben. Genau betrachtet fehlte noch Jürgen, um den Kohlfahrtverein komplett auszuradieren, aber nach dem, was jetzt über ihn und Enno ans Tageslicht gekommen war, zählte sie ihn nicht mehr zu den Mitgliedern. Einen kleinen Wermutstropfen gab es wohl immer.

Sie stand auf und holte den Grünkohlorden, den sie aus dem Gasthaus gerettet hatte, während Moni und Abraham versucht hatten, den Brand zu löschen. Sie hängte ihn sich um den Hals.

Hermann war inzwischen mit dem Trecker zurück in den Brook gefahren. Ohne seine Hilfe hätte sie es niemals geschafft, dieses Luder zu betäuben und unter der Pappe zu verstecken. Er war kein Mörder. Sie hatte ihm alles erklärt, und er hatte verstanden, dass Cordula bestraft werden musste. Er hatte ja auch unter ihr gelitten. Er begriff, dass ohne seine Schwester das alles nicht passiert wäre. Ohne sie hätte niemand den Orden angerührt. Ohne ihre Geltungssucht wäre nicht ans Licht gekommen, dass der ehrwürdige Heinrich Jesco ein Betrüger gewesen war. Ohne Cordulas unsinnige Idee, den Orden zu einem Restaurator zu bringen, hätte sie Kuno nicht umbringen müssen, Himmel noch mal!

Der war an dem Sonntag zu ihr gekommen, vollkommen aufgelöst. So hatte sie den alten Knaben noch nie erlebt. Er erzählte eine wirre Geschichte, wie er Cordula entkommen war. Irgendwie durch den Hintereingang der Raststättentoilette, den ein Mitarbeiter hatte offen stehen lassen, und dann war er zurück nach Larum getrampt. Gerda konnte sich das kaum vorstellen bei Kuno. Er musste einen gewaltigen Brass gehabt haben, und den hatte er, und zwar auf sie. Er hatte gerade erfahren, dass der Orden nur das war, wonach er aussah. Ein alter Knochen eben. Er hatte damit gedroht, es allen zu erzählen, weil er sich betrogen fühlte. Seit der alte Gockel verliebt war, wurde er komisch. Man konnte sich nicht mehr auf ihn verlassen.

Gerda hatte die Katastrophe kommen sehen, seit Cordula in den Verein eingetreten war. Deshalb hatte sie sich von Thekla das Ketamin besorgt. Sie konnte doch nicht mit ansehen, wie der ehrwürdige Name Jesco besudelt wurde, weil eine mediengeile

Pressehure beschlossen hatte, ihr ramponiertes Image mit der Legende von der Larumer Kohlfahrt aufzupolieren. Da wollte sie lieber alles ausradieren. Tabula rasa machen. Keiner sollte es jemals wagen, über sie zu lachen.

Bernd brummelte etwas. Er war gegen Volker gesackt, was zur Folge hatte, dass dieser wieder zu Bewusstsein kam.

»Zähe Kerle«, presste Gerda zwischen den Zähnen hervor und schritt im Wohnzimmer auf und ab. Sie wollte auf Nummer sicher gehen, keiner der beiden durfte ihr jetzt noch einen Strich durch die Rechnung machen. Es konnte nicht mehr lange dauern, bis sie k.o. waren. Sie selbst wollte bei vollem Bewusstsein in den Tod gehen. Sie war schließlich eine Jesco!

Volker hob den Arm. Verflucht, sie hatte den beiden eine Dosis verpasst, mit der man einen Elefanten hätte betäuben können!

Mit Kuno war es schneller gegangen, dabei hätte sie ihm gern mehr Zeit gewidmet. Er sollte einen angemessenen Tod sterben. Deshalb der Grünkohl. Hermann hatte ihr dann geholfen, den Leichnam in den Fluss zu schaffen. Sie hatte lange überlegt, ob Cordulas Bruder es wert war, dass sie ihn auch mit auf ihre letzte Reise nahm, aber irgendwo musste Schluss sein.

Bernd und Volker rührten sich nicht mehr. Sie rüttelte an ihnen, aber sie reagierten nicht. Es war so weit. Mit entschlossener Miene holte sie zwei Kanister aus dem Flur und verteilte den Inhalt auf dem Boden.

***

Hans holte aus dem Benz raus, was eben ging, und raste mit fast hundert Sachen über die Landstraße. Es galt, eine Mörderin dingfest zu machen. Er vergaß dabei, wie sehr er Geschwindigkeit hasste.

Nach dem, was Jessica ihm erzählt hatte, waren die fehlenden Puzzleteile von allein an ihren Platz gefallen. Er erinnerte sich an Theklas Aussage, dass Gerda Ketamin von ihr verlangt hatte. Er hatte das noch mal nachgeprüft. Der Zeitpunkt fiel mit dem Datum zusammen, an dem Cordula den Orden zu diesem Restaurator gebracht hatte. Gerda Jesco musste die ganze Zeit gewusst haben, dass mit dem Orden etwas nicht stimmte, und jetzt räumte sie auf.

Er erreichte ihr Haus, bremste scharf und war im Begriff auszusteigen, als ein gewaltiger Knall ertönte, der ihn zusammenfahren ließ. Das Haus explodierte. Es war, als habe jemand einen Plattenspieler auf 45er Abspielgeschwindigkeit gestellt. Hinter den Scheiben wurde es zuerst hell, dann wölbte sich das Glas nach außen und zerbarst in tausend Stücke. Die Vorhänge wehten nach draußen, Flammen leckten an ihnen.

Hans, der die Wagentür schon geöffnet hatte, ließ sich aus dem Benz herausfallen und ging in Deckung. Als keine weitere Explosion folgte, rappelte er sich auf, war in wenigen Schritten bei der Eingangstür und warf sich mit aller Kraft dagegen. Er hatte nicht damit gerechnet, dass die Tür nur angelehnt war, und schlitterte mit Schwung den gebohnerten Flur entlang, bis er gegen Bernd krachte, der aus dem Wohnzimmer robbte. Er lallte wie ein Schützenkönig nach dem großen Schießen. Aus dem Wohnzimmer schlugen Flammen. Volker lag hinter der Tür, er roch ebenfalls wie eine Horde Piraten und rührte sich nicht. Hans packte ihn an den Armen und zerrte ihn in den Flur. Mit halbem Ohr nahm er wahr, dass die Feuerwehr gleich da sein musste. Er hörte das Martinshorn. Bis die da waren, musste er jedoch retten, was zu retten war.

Hans drückte sich den Ärmel vor den Mund und betrat das Wohnzimmer, in dem die Möbel lichterloh brannten. Ihm präsentierte sich eine groteske Szene.

Auf dem Tisch, zwischen Hörzu und Brillengarage, stand Gerda, die Arme ausgebreitet wie ein Prophet. Um ihren Hals baumelte der falsche Schweinekiefer. Die Flammen hatten sie noch nicht erreicht. Sie sah ihn an, als habe sie den Verstand verloren, und fing an zu lachen. Er registrierte das Feuerzeug in ihrer Hand. Sie schnippte es an.

»Gerda, nicht!«, brüllte er, doch es war zu spät. Gerda verwandelte sich in eine Fackel.

Hans stand völlig fassungslos vor ihr und starrte sie an, da packte ihn jemand von hinten und zog ihn weg von ihr und weg von dem brennenden Zimmer, in dem Gerda lachte und tobte. Er fand sich draußen auf dem Boden wieder. Ein Feuerwehrmann erstickte die Flammen, die an seiner Kleidung leckten, mit einer Decke. Hans hatte nicht einmal gemerkt, dass er auch Feuer gefangen hatte.

Ende

Sie standen an den Stehtischen und genossen den letzten Kohl für dieses Jahr. Es war Gründonnerstag und noch recht kühl, sodass der Grünkohl wunderbar schmeckte. Jürgen hatte seinen Arm um Enno gelegt. Die beiden waren endlich zusammengezogen und wirkten zufrieden. Enno hatte sich von Thekla getrennt, sie saß in U-Haft. Man würde ihr wegen schwerer Körperverletzung den Prozess machen, während die Hauptschuldige, Gerda Jesco, in der Hölle briet. Sicher leistete Cordula ihr Gesellschaft.

Auch Jessica war zum letzten Kohlessen dieser Saison gekommen. Sie hatte ihr Praktikum bei der Polizei beendet und wollte sich nun bei »Deutschland sucht den Superstar« mit einer plattdeutschen Version von »Macht kaputt, was euch kaputt macht« versuchen.

Moni und Abraham standen in ihrem Imbisswagen und bereiteten gerade den Nachtisch vor. Das Dorf hatte zusammengeschmissen und ihnen den Wagen geschenkt, denn Moni und Abraham sollten bleiben, da waren sich am Ende alle einig. Bis zur Renovierung des Krugs konnten sie sich auch mal mit Pommes und Bratwurst zufriedengeben. Alle bis auf Abraham, der gerade mit Fast Food experimentierte und schon einen Preis für den leckersten Grünkohlburger gewonnen hatte.

Der Krug war eingerüstet, aktuell wurde das Dach gedeckt. Bis alles fertig war, würde es allerdings noch dauern. Eigentlich konnten alle glücklich sein. Bis auf Hans. Elke hatte ihm immer noch nicht verziehen, obwohl er ihr regelmäßig Gedichte schickte. Deshalb wohnte er, ebenso wie Moni und Abraham, in einem Wohnwagen vor dem Krug. Immerhin hatte Elke ihm vor ein paar Tagen erlaubt, ein paar Sachen aus der Wohnung zu holen, und sie hatten zusammen einen Kaffee getrunken. Zum Kohlessen war sie heute nicht erschienen, was Hans' Hoffnung auf ein Revival einen herben Dämpfer versetzte. So saß er missmutig zwischen den anderen.

Aber dann erschien sie doch. Hans erkannte sie schon von Weitem, und sein Herz machte einen Sprung. Sie kam mit dem Rad, auf dem Gepäckträger klemmte ein Karton. Hans legte die Gabel weg und ging ihr entgegen.

»Wie schön, dass du doch noch gekommen bist. Können wir eine Minute reden?«, empfing er sie, als sie das Rad abstellte.

»Den gleichen Gedanken hatte ich auch.«

Sie klang dabei so ernst. Hatte er schon wieder etwas falsch gemacht? Hans musterte sie besorgt, als sie den Karton vom Rad nahm, und überlegte fieberhaft, was da drin sein konnte.

»Ich muss mich entschuldigen«, sagte sie und reichte ihn ihm. »Der liegt schon so lange bei mir rum. Er kam, kurz nachdem … na, du weißt schon. Wie auch immer, ich wollte dir das Paket jetzt endlich mal bringen. Hoffentlich ist nichts Wichtiges drin.«

Das wurde ja immer rätselhafter. »Ich habe keine Ahnung, was es sein könnte. Ich hab nichts bestellt.«

Er nahm das Paket trotzdem entgegen und las den Absender, der ihm absolut nichts sagte. Also öffnete er den Karton. Was es auch immer war, es war gut verpackt in mehrere Lagen Papier und Luftfolie. Als er sich endlich durchgewühlt hatte, setzte sein Herz einen Schlag aus.

»Der Schlabberzombie«, flüsterte er und schlug das Paket wieder zu.

Elke runzelte besorgt die Stirn. »Bitte?«

Hans nahm den Karton, stand auf und warf ihn samt Inhalt in einen der Bauschuttcontainer, die vor dem eingerüsteten Krug standen.

»Was war denn jetzt da drin?«, wollte Elke wissen.

Hans winkte ab. »Nichts Wichtiges. Nur Werbung.« Er lächelte sie an. »Aber wo du schon mal hier bist: Darf ich dich zu einem Grünkohlburger einladen?«

Elke nickte. Sie ergriff seine Hand, und er sah sie überrascht an. »Weißt du eigentlich, dass wir in ein paar Monaten Silberhochzeit haben?«

»Natürlich weiß ich das. Aber ich dachte, du und ich …«

»Der Tag fällt auf den Buß- und Bettag, ich habe nachgesehen.«

»Ja und?«

»Ein gutes Datum, um es noch mal miteinander zu versuchen, oder? Also, wenn du Buße tust.«

»Ich gelobe sogar Besserung.«

Elke lächelte. »Das wollte ich hören. Und kannst du dir vorstellen, dass wir unsere Silberhochzeit im neu eröffneten Krug feiern? Ich habe schon mit Moni und Abraham gesprochen.«

Er blickte sie noch immer erstaunt an und brachte kein Wort heraus.

»Komm, Hans, gib dir einen Ruck!«, rief Abraham ihm zu. »Am Buß- und Bettag beginnt auch die neue Grünkohlsaison. Ein besseres Datum für eine Feier gibt es nicht. Schon gar nicht in Larum.«

»Genau«, pflichtete Moni ihm bei. »Wir haben schon einen Menüplan ausgearbeitet.«

»Was denn für einen Menüplan?«, fragte Hans. »Zur Eröffnung der Saison gibt es doch immer nur eines: Grünkohl.«

»Schon. Aber Grünkohl international.« Abraham zwinkerte ihm zu. »Das ist jetzt nämlich so Tradition bei uns.«

Grünkohl afrikanisch

Zutaten für 4 Portionen:
1 große Zwiebel
3 EL Rapsöl
500 g Grünkohl aus der Tiefkühltruhe
125 ml Gemüsebrühe
2 Knoblauchzehen
1 scharfe Peperoni
1 TL Senfkörner
1 TL Kreuzkümmel
Salz, Pfeffer
3 EL Erdnussbutter

Zubereitung:
Die Zwiebel schälen und fein würfeln. Das Öl in der Pfanne erhitzen und die Zwiebel kurz anbraten. Den aufgetauten Grünkohl ausdrücken und in die Pfanne geben. Zwiebeln und Kohl kurz zusammen braten, dann die Gemüsebrühe dazugeben. Das Ganze circa 20 Minuten bei kleiner Flamme köcheln lassen.
Den Knoblauch abziehen und fein hacken, die Peperoni ebenfalls in möglichst kleine Stücke schneiden. Mit den Gewürzen unter den Kohl rühren. Noch mal 10 Minuten garen lassen. Am Ende die Erdnussbutter dazugeben.

Grünkohlmoussaka

Zutaten für 4 Portionen:
400 g Kartoffeln
400 g Grünkohl aus der Tiefkühltruhe
1 Zwiebel
1 EL Olivenöl
500 g Hackfleisch vom Schwein
1 kleine Dose Tomatenmark
2 EL Butter
2 EL feines Weizenmehl
250 ml Milch
250 ml Rinderbrühe
2 Eigelb
250 g geriebener Gouda
Salz, Pfeffer, Paprika edelsüß, Muskat, Majoran

Zubereitung:
Die Kartoffeln schälen, circa 15 Minuten in Salzwasser kochen, bis sie bissfest sind.
Währenddessen den Grünkohl tauen lassen, das Wasser gut ausdrücken.
Die Zwiebel schälen und fein hacken. In dem Öl kurz glasig braten. Dann das Hackfleisch hinzugeben und beides durchbraten. Mit dem Tomatenmark, Salz, Pfeffer, Paprika und Majoran kräftig abschmecken. Weitere 8 Minuten bei kleiner Flamme ziehen lassen.
Butter zerlassen, das Mehl darin anschwitzen. Mit der Milch und der Brühe unter ständigem Rühren aufgießen und kurz aufkochen lassen, bis die Soße sämig ist. Sollte sie klumpen, mehr Flüssigkeit hinzugeben und kräftig rühren. Vorsicht! Brennt schnell an.
Mit Salz, Pfeffer und Muskat abschmecken, vom Feuer nehmen und die beiden Eigelbe unterziehen.

Kartoffeln abgießen und in dünne Scheiben schneiden. Eine Auflaufform einfetten und den Boden mit der Hälfte der Kartoffelscheiben belegen. Dann eine Lage (jeweils die Hälfte der Masse) Hack, danach Grünkohl und Soße darauf schichten, schließlich den Rest Kartoffeln, Hack und Grünkohl. Die verbleibende Soße mit der Hälfte vom Käse verrühren und obenauf schichten. Zuletzt noch eine Lage Käse.
Im vorgeheizten Backofen bei 200 Grad 40–45 Minuten backen.
Umluftofen: 180 Grad.

Grünkohl mit Pinkel traditionell

Zutaten für 4 Portionen:
250 g geräucherter Bauchspeck
2 Zwiebeln (mittelgroß)
125 g Gänseschmalz
2,5 kg Grünkohl aus der Tiefkühltruhe
500 ml Rinderbrühe
125 g Hafergrütze
4 Kochwürste
4 Pinkel
500 g Kasseler
10 Kartoffeln
2 EL mittelscharfer Senf
1 TL brauner Zucker
Salz, Pfeffer

Zubereitung:
Den Bauchspeck und die Zwiebeln klein schneiden. Beides in dem Gänseschmalz gut anbraten. Den Grünkohl dazugeben, mit der Rinderbrühe ablöschen, 30 Minuten bei kleiner Flamme köcheln lassen, ab und zu umrühren.
Dann die Hafergrütze hinzufügen und noch mal eine Stunde auf kleiner Flamme kochen lassen. Bei Bedarf Wasser zugießen. Den Kohl über Nacht kühl stellen.
Am nächsten Tag den Grünkohl langsam erwärmen, die Kochwürste, den Pinkel und das Kasseler (in Scheiben geschnitten) hinzugeben und alles 40 Minuten zusammen auf kleiner Flamme kochen lassen.
Die Kartoffeln schälen und 20 Minuten in Salzwasser gar kochen. Den Grünkohl zum Schluss mit Senf, Zucker, Salz und Pfeffer abschmecken.
Zur Verdauung empfiehlt sich ein eisgekühlter Weizenkorn oder Aquavit.

Grünkohlsuppe vegetarisch

Zutaten für 4 Portionen:
3 Kartoffeln
1 große Zwiebel
2 Möhren
2 Zehen Knoblauch
1 EL Butter oder Öl
1 Glas Grünkohl (circa 500 g)
800 ml Gemüsebrühe
200 g Schmand
100 g süße Sahne
Salz, Pfeffer, Muskat und brauner Zucker oder Honig

Zubereitung:
Kartoffeln und Zwiebel schälen, die Möhren abschrappen, alles in kleine Würfel schneiden. Den Knoblauch hacken und in der Butter/im Öl andünsten. Kartoffeln, Möhren und Zwiebeln darin anschwitzen. Den Grünkohl dazuschütten und mit der Brühe aufgießen. Alles zusammen circa 30 Minuten weich kochen. Mit einem Pürierstab die Suppe pürieren. Dann Schmand und Sahne unterrühren. Mit Salz, Pfeffer, Muskat und braunem Zucker oder Honig abschmecken. Dazu schmeckt geröstetes Brot.

Grünkohlwaffeln

Zutaten für 16 Waffeln:
2 Kochwürste
200 g Butter
4 Eier (Größe M)
250 g feines Weizenmehl
1 Msp. Salz
250 ml Milch
300 g Grünkohl mit Pinkel (Fertiggericht oder Rest)
3 EL mittelscharfer Senf
1 Msp. schwarzer Pfeffer
1 Msp. Salz
1 Msp. Muskat
Fett zum Einfetten des Waffeleisens

Zubereitung:
Die beiden Kochwürste 15 Minuten kochen, abkühlen lassen, in dünne Scheiben schneiden.
Butter zerlassen und schaumig rühren. Nach und nach die Eier hinzugeben und kräftig verrühren. Dann Mehl, Salz und Milch dazugeben und zu einem Teig vermengen. Nun den fertigen Grünkohl dazugeben. Die Pinkel nicht in der Pelle lassen!
Mit dem Mixer alles kräftig verrühren und den Teig 30 Minuten stehen lassen.
Mit Senf, Pfeffer, Salz und Muskat abschmecken.
Ein Waffeleisen aufheizen und einfetten. Waffeln backen, bis sie goldgelb sind (circa 3 Minuten). Mit den Kochwurstscheiben anrichten.

HELGA BÜRSTER
INSEL, WIND UND TOD
URLAUBSKRIMI
emons:

Helga Bürster
FLINTENWEIBER
Broschur, 256 Seiten
ISBN 978-3-95451-390-1

»Routiniert schreibt Bürster, schafft es, den Leser mit unkonventionellen Charakteren zu verblüffen, die nicht nur abseits des Mainstream liegen, sondern zugleich noch glaubwürdig sind und ohne die Attribute schön, schlank und reich auskommen.« ekz